Inhalt

Worum es mir geht 5

Wie wir Stalin ehrten und uns dabei selbst nützten 14

Wie sich nach dem Krieg das freie Unternehmertum trotz Verbot und Sozialismus wieder in Birkenhain einnistete 40

Wie ich die Besatzungsmacht nutzte, um hinter ein erotisches Geheimnis zu kommen 59

Reisen bildet 72

Meine ersten Erfahrungen in Physiognomie und Psychologie 101

Erkenntnisse eines Unterschichtsphilosophen und Bio-Deutschen 140

Wie wir uns selbst abschaffen 157

Noch ein Beispiel unserer Selbstabschaffung 160

Eine kurze Betrachtung zu den verwandtschaftlichen Ost-West-Beziehungen 163

Die Umkehr von Ursache und Wirkung 190

Der Besuch 197

Von den Auswirkungen der ersten gesellschaftlichen Arbeitsteilung 212

Von den Beziehungen 219

Das Haus 227

Hagen Schmidt

Hoffentlich geht's gut

Betrachtungen eines Ostlings

Uetz

Originalausgabe

Printed in Germany
ISBN 978-3-948909-02-4
Kritik und Anregungen können Sie richten an: h.schmidt@uetz.de
www.uetz.de/buch

Worum es mir geht

Heraklit, der berühmte griechische Naturphilosoph (544-483), lag nicht verkehrt, als er behauptete: panta rhei – alles fließt, nichts ist beständig. Ich hingegen, ein Stinknormaler, also kein Philosoph, erdreiste mich, diese Erkenntnis mit meinen gemachten Lebenserfahrungen noch zu erweitern und behaupte, dass sich auch fließend und beständig alles wiederholt. Wenn auch in unregelmäßigen Zeitabständen, aber sie sind beständig, diese Wiederholungen.

Nach gründlichen Überlegungen, meistens des Nachts, wenn mich die Altersschlaflosigkeit plagt, und nach vielen gesehenen Talk-Shows im Fernsehen und Politikerreden habe ich noch etwas zu Heraklit herausgefunden. Er meinte nämlich, dass man nicht zwei Mal in ein und denselben Fluss steigen kann, immer wäre der Fluss ein anderer. Vielleicht wusste er noch nichts vom ewigen Kreislauf des Wassers, ist der doch eine immerwährende Wiederholung. Also steigt man nach einer gewissen Zeit doch wieder in dieselben Fluten des Flusses. Und genau das ist es, was mich ungemein beunruhigt - diese ständigen Wiederholungen.

Nun gut, Heraklit konnte nicht alles wissen, lebte er doch noch so gut wie am Anfang unserer zivilisierten Welt, die mit den Jahrhunderten immer unzivilisierter wurde. Auch dafür konnte er nichts. Zu seiner Zeit waren die Gesellschaftsverbände in den griechischen Stadtstaaten noch klein und übersichtlich. Berufsbeamte und Berufspolitiker gab es nicht. Diejenigen, die etwas zu sagen hatten, wurden durch ein Los bestimmt und demzufolge gab es auch keine Lobbyisten und keine ausufernde Bürokratie.

Es gab nur eine Oberschicht und eine Unterschicht. Und genau von da an nehmen für mich die Wiederholungen ihren Lauf, und sind nicht mehr aufzuhalten. Heute, 2500 Jahre nach Heraklit, gehöre ich nämlich, entsprechend meines Einkommens und sozialer Stellung, auch einer gesellschaftlichen Schicht an - der Unterschicht.
Ein anderer schlauer Grieche war es auch, der herausgefunden hatte, dass das Geld den Menschen macht. Nicht schwer herauszufinden, welchen Menschen er wohl meinte. Der Mann war ein Prophet! Er muss die Fähigkeit gehabt haben, bis weit in unsere heutige Zeit zu schauen. Gut möglich, dass er der Oberschicht angehörte, denn die kannte sich schon damals mit dem Geld, seiner Vermehrung und was es aus dem Menschen alles so machen kann, recht gut aus. Auch da meldet sie sich wieder – die Wiederholung. Die Macht des Geldes, die von einer unheimlichen Gier gekennzeichnet ist, ist eine gesetzmäßige Anreicherung von ständigen Wiederholungen. Diese Gier vermag den Menschen total zu verbiegen. Heute erkennbar an den vielen großen und kleinen Wirtschafts-, Partei-, Börsen- und Bankenbossen. Diebe und andere Langfinger sind dagegen kleine Beutelschneider.
Hegel, der große Philosoph, soll irgendwo in seinen bahnbrechenden philosophischen Abhandlungen und Schriften vermerkt haben, dass alle großen, weltpolitischen Ereignisse sich zwei Mal ereignen. Ich selbst habe nicht viel von ihm gelesen. Er und seine Zunft mit all ihren Erkenntnissen sind mir etwas zu schwierig und hier und da auch ein bisschen zu weltfremd. So soll später sein jüngerer Berufskollege Schopenhauer immer Angst davor gehabt haben, dass man ihn als Scheintoten beerdigt. Er ließ sich nie von einem Barbier rasieren und auf seinem Nachtschrank hatte er immer eine geladene Pistole liegen. Gut möglich, dass er vor sich selbst Angst

hatte. Außerdem gab er zu, ein Weiberhasser zu sein; wo ich doch mit den Frauen, speziell mit meiner eigenen, die besten Erfahrungen gemacht habe. Wie gesagt, Hegel kam der Sache mit den Wiederholungen schon beträchtlich näher und der Dichterfürst Goethe traf ins Schwarze, als er zu seinem Sekretarius Eckermann sagte: „Denn alles wiederholt sich, und es gibt kein Ding in der Welt, das nur einmal da wäre."

Karl Marx bemerkte zum Thema Wiederholungen nur lakonisch, wie es eben Philosophenart ist: „Das eine Mal als Tragödie, das andere Mal als Farce."

Nun, ich würde weder den 1. Weltkrieg, der auf den Krieg von 1870/71 folgte, noch den letzten schrecklichen Weltkrieg als Farce bezeichnen. Sie allesamt waren große Tragödien. Wie Hegel konnte auch Marx nicht alles wissen, obwohl seine Schriften über den Kapitalismus und dessen Profitgier für uns Ostlinge gut vierzig Jahre der Katechismus zu sein hatten, der auf alles eine Antwort gab und an den wir zu glauben hatten. Heute, wo ich nicht mehr an Marx glauben muss und keiner mehr Marxismus/Leninismus als Pflichtlernfach hat, bin ich geneigt zu sagen: ihr könnt reden so viel ihr wollt. Wenn ich die schamlose Gier der heutigen Unternehmer nach immer höheren Profiten sehe, dann hat der rauschebärtige und an ständiger Geldnot leidende Geselle doch hier und da recht gehabt. Und einige Politiker stehen heute diesen raffgierigen Unternehmern im nichts nach.

Ich bleibe also dabei: alles wiederholt sich, hier und da sogar noch in einer höheren Qualität. Außerdem habe ich noch herausgefunden, dass Wiederholungen sich in gute und schlechte einteilen lassen. Ich bin auch eine Wiederholung, eine gute, so denke ich jedenfalls, aber ohne höhere Qualität. Meine Gene, die mir von meinen Vorfahren vererbt wurden, lassen eine höhere Qualität

einfach nicht zu. Unbarmherzig treffen die Wiederholungen also auch mich.
Hier nur einige Alltagsbeispiele, die das belegen: meine sonst so kleinen Ohren haben sich in den letzten Jahren um gut ein bis zwei Zentimeter vergrößert, sind also etwas nach oben und unten in die Länge gegangen. Ebenso verhält es sich mit meinen Füßen. Auch die haben sich vergrößert, sind gewachsen. Trug ich früher, je nachdem wie sie ausfielen, Schuhe in den Größen vierzig bis einundvierzig, muss ich heute zu zweiundvierzig bis dreiundvierzig greifen. Mich aber wegen meiner Ohren und den paar Falten im Gesicht einer Schönheitsoperation bei Professor Mang in München zu unterziehen, lehne ich kategorisch ab. Das wäre noch was, dass ich mich in meinem Alter noch verunstalten lasse, womöglich eine Gesichtskorrektur vornehme, also mit einem Katzengesicht herumlaufe, so dass sich mein Gesicht beim Lachen zu einer Fratze verzerrt, wo ich doch so gerne lache und somit ganz zufrieden mit mir bin. Nebenbei, Mutter hat immer gesagt: „Schöne Männer gibt es nicht, nur interessante!"
Auch gebe ich wegen meiner neuen Schuhgröße nicht den Indern oder den anderen armen Schuhherstellern der dritten Welt die Schuld. Nein, dieses Phänomen ist eine Wiederholung der Natur. Sie ist ein unübersehbares Zeichen welches man bei Leuten beobachten kann, die alt werden. Dagegen hilft weder eine Ohren-, Nasen- oder Fußkorrektur und Botox schon gar nicht. Und da ist noch etwas, was sich bei mir wiederholt, was ich vielleicht gar nicht erwähnen sollte, weil es Leute gibt die sagen werden: „Iiih, Igittigitt". Aus meinen Ohren und aus meiner Nase wachsen in den letzten Jahren verstärkt einige Haare, die ich mit einem speziellen Haarschneideapparat kurzhalten muss, und in meinem Bad und Schlafzimmer

riecht es nach Ankündigung einer Wetterumstellung genau so, wie ich es früher als Kind bei meinen Großeltern, später auch bei meinen Eltern, gerochen habe. Die haben sich nämlich ihre schmerzenden Glieder mit einer streng riechenden Salbe eingerieben, die sie „Schlangengift" nannten. Heute riecht meine Salbe zwar nicht gar so streng und heißt auch nicht „Schlangengift", dafür hilft sie auch umso weniger, hat aber immer noch diesen alten, mir bekannten Kamfergeruch. Und da die Salbenerfinder auch ihren Profit machen wollen, muss ich mir meine schmerzenden Glieder öfter damit einreiben, mein Verbrauch steigt also. Da hat das Geld den Schmerz - oder Schlangengiftsalbenhersteller gemacht, würde der schlaue Grieche dazu gesagt haben. Außerdem konnte ich auch bei meinen Großeltern und Eltern beobachten, dass mit dem Alter ihre Ohren größer geworden sind.
Ich habe also immer weniger Zeit, und das ist auch der Grund, warum ich mich zu Wort melde. Es sind die Zeit und die verfluchten Wiederholungen, die mich antreiben und die von uns nur allzu schnell vergessen werden. Warum überhaupt? Man macht doch einen Fehler nicht zwei Mal? Doch, wir Deutschen sind Weltmeister im Wiederholen und damit auch im Fehler machen. Unsere unselige Vergangenheit hat es bewiesen. So gesehen sind meine kleinen Geschichten auch nichts Neues, alles ist schon mal dagewesen und beruht, genau genommen, auf Wiederholungen. Und wenn sie dann veröffentlicht werden sollten - heute ist es gar nicht mal so einfach, als Normalo ein Buch zu veröffentlichen. Erfolgreich therapierte Kriminelle oder Kinderschänder, bedeutungslose Filmsternchen, von der Fresssucht Geheilte oder gar Edelhuren haben nach Meinung einiger Verleger mehr zu bieten - kommen sie daher und schwadronieren. Die Gutmenschen und die Parteimenschen, die ewigen Reformer

und die Weltverbesserer, die Schwarzen und die Roten, die Grünen und die Gelben, die ganz Schlauen und die ganz Blöden, die Schwulen und die Lesben, die Heteros und die Nichtheteros, und natürlich auch die Vergesslichen; sie alle werden rufen (die Feiglinge unter ihnen werden leise flüstern): „Woher nimmt er die Unverfrorenheit und schreibt so etwas? Hat er überhaupt die nötige Bildung wie wir sie haben, um Derartiges in die Welt zu setzen? Hat er studiert so wie wir? Wer ist dieser Mensch überhaupt, dessen Name in deutschen Telefonbüchern als zweithäufigster vorkommt? Wenn er sich wenigstens hinter seinen deutschen Allerweltsnamen noch einen zweiten zugelegt hätte, so einen mit Bindestrich dazwischen, aber so... Und in einer der vielen Fernseh-Talk-Shows wurde er auch noch nie gesichtet. Wenigstens da hätte er ja mal aufkreuzen können, wo doch Hinz und Kunz dort nach Herzenslust plappern können."
Wenn es so kommt, und es kommt so - darauf könnt ihr euch verlassen - dann werde ich antworten: „Nein, nein, bloß nicht ins Fernsehen! Dort lässt man schon genügend Leute ans Mikrofon, die mit ihren ungemein wichtigen und diffusen Wortschöpfungen und Dauerreden die Welt erklären wollen. Mit deren Lebensphilosophie kann ich einfach nicht mithalten, für alle Probleme der Welt haben sie eine Lösung gefunden. Toleranz heißt ihr Zauberwort, und genau darin sehe ich eine Gefahr für die Demokratie, die ich für die beste Gesellschaftsform halte, die aber Gefahr läuft, langsam aber sicher von den vielen Toleranten ausgehöhlt zu werden. Außerdem ist es nur ein winziger Schritt von der Toleranz bis zur Feigheit. Ich will einfach nicht mehr tolerant sein: weder mit Leuten, die früh morgens keine Lust haben aufzustehen, um einer angebotenen und zumutbaren Arbeit nachzugehen. Ihr sagt schönredend Arbeitsunwillige; ich sage Faulpelze

und Sozialschmarotzer zu denen. Mit Schul- oder Lehrabbrechern; ihr sagt Bildungsverweigerer, ich sage Null-Bock-Typen, die den Steuerzahlern auf der Tasche liegen. Mit Beratern der Politik- und Bankerzünfte im feinen Armani-Anzug, die den gemeinen Mann um sein Geld prellen. Ihr sagt schönredend Lobbyisten oder Finanzinvestoren; ich sage rücksichtslose Geldhaie und Polit- und Bankenmafiosis. Mit Bildungswissenschaftlern, die das Rad zum zweiten Mal erfinden und keinen Bezug zur Realität haben. Ihr sagt Reformpädagogen; ich sage studierte Schulchaoten, die manchmal hier und da auch etwas pädophil sind. Auch nicht mit Schlägern, Dieben oder anderen Kriminellen, die erst nach zwanzig begangenen Straftaten vor einem Richter stehen, der ihnen zum großen Erstaunen der Opfer eine schlechte Kindheit oder Jugend, aber eine gute Sozialprognose bescheinigt und die mit weniger als einem blauen Auge davon kommen. Begründung: eine Verurteilung lohne sich einfach nicht. Laut Juristendeutsch müssten sie erst eine „qualifizierte Straftat" begangen haben, am besten Mord und Totschlag! Vergewaltigung ist auch so eine wacklige Angelegenheit, dem Opfer wird häufig nicht geglaubt.
Ich will auch nicht tolerant sein mit jenen Muslimen in meinem Land, die sich weigern, menschliche Werte unserer Gesellschaft anzunehmen, die ihren Koran nach Gutdünken auslegen, ihre Frauen unterdrücken und ihre Töchter oder Söhne zwangsverheiraten und sie sogar manchmal der „Familienehre" wegen von einem „strafunmündigen" Familienclanmitglied töten lassen. Toleranz hört bei mir auch bei denen auf, die schwarz-vermummt Brandflaschen werfen und in den Straßen der Großstädte für Chaos sorgen.
Noch kann ich mir meine Nichttoleranz erlauben, aber wie lange noch? Und noch etwas ist mir wichtig zu sagen:

ihr habt schlichtweg vergessen, dass wir Menschen, angeblich nach Gottes Ebenbild geschaffen, die größten Raubtiere und Zerstörer sind. Nichts ist vor uns sicher: wir verschandeln das Land, holzen der Urwälder ab, verpesten die Luft und vergiften die Meere und Flüsse. Setzt man uns keine Grenzen, im Kleinen wie im Großen, wird die Welt in Chaos und Anarchie versinken. Soll auch schon mal dagewesen sein, sogar schriftlich überliefert im Buch der Bücher (1. Buch Moses, Vers 19). Also auch eine Wiederholung.
Nach euren vielen „Reformwörtern", die da sind: Leih- oder Zeitarbeiter, Konsumverweigerer, Parallelgesellschaft, Willkommenskultur, Jobcenter, Bildungslotsen, Reformpaket, Rettungsschirm, Aufstocker, Unterschicht, „Wir schaffen das" und so weiter, bin ich ein Normalo, sogar ein Stinknormaler, und für die bei uns lebenden muslimischen Mitbürger bin ich ein Bio-Deutscher. Aber daraus mache ich mir nichts. Meine Mutter war eben nicht die Cousine meines Vaters. Und weil ich eben ein Stinknormalo bin, macht gerade das für euch und die übrigen Überdemokraten und Toleranten meine Gefährlichkeit aus. Meine Gedankengänge sind noch normal: Ich liebe meine Frau (immer noch die Erste), obwohl wir schon über fünfzig Jahre miteinander verheiratet sind (für euch fast unvorstellbar und daher, nach euren Maßstäben gemessen, schon Guinnessbuchverdächtig, könnte man doch darüber ein Buch schreiben, doch das wäre schon wieder eine Wiederholung, sind doch unzählige „Ratgeber" zum Thema Treue und Ehe schon auf dem Markt und bewirken dennoch nicht viel).
Ich liebe die Natur und selbstverständlich auch die Menschen. Natürlich nur die, die mit mir zusammen über das große Irrenhaus Deutschland und die damit einhergehende Verblödung nur noch lachen können. Ich habe aber

nicht vor mich totzulachen, mich also einfach so lachend aus dem Staub zu machen. Das ist nicht meine Art. Ich muss aber zugeben, dass das keine schlechte Idee wäre. Gegen den Strom lässt sich nämlich nur ganz schwer anschwimmen. Und eben aus all den angeführten Gründen muss ich einfach schlussfolgern, dass die Welt, und damit auch mein Land, ein großes Irrenhaus geworden ist und ich - ob ich will oder nicht - bin mittendrin und kann nicht weglaufen. So resigniere ich und behaupte, dass die Welt sich ganz schlecht retten lässt, und von mir schon gar nicht. Wenn ich aber schon auf dem Ast sitzen muss, den die vielen Irren und Toleranten absägen, dann will ich wenigstens - solange der Sägevorgang andauert - den Versuch unternehmen, die Zeit für diejenigen, die meine derb lustigen und notgedrungenen Aufzeichnungen lesen, etwas angenehmer zu machen, sie zum Nachdenken und vielleicht auch zum letzten Handeln anregen. Wenn es nicht gelingt, wird der Ast eines Tages mit Gepolter und Getöse in den Abgrund sausen. Würde er auf die Erde fallen, ginge das ja noch an, aber er wird ins Bodenlose stürzen. Darum frage ich euch: wo ist da ein Unterschied, ob nun irgend ein Irrer die erste Atombombe schmeißt, auf die dann weitere folgen würden, oder die Welt an Verschmutzung, Überhitzung, Profitgier und ausufernder Unmoral, die man gemeinhin auch als Wohlstandsverwahrlosung bezeichnet, zugrunde geht? Dann fließt wirklich alles - unaufhaltsam.

> Wer den Menschen die Hölle auf Erden bereiten will, braucht ihnen nur alles zu erlauben.
>
> Graham Greene

Wie wir Stalin ehrten und uns dabei selbst nützten

Der Ort meiner Kindheit, wo ich auch zur Schule gegangen bin, war ein kleines uckermärkisches Dorf. Nicht mehr als zwei handvoll Häuser, die sich um eine alte, aus Feldsteinen erbaute Kirche scharten. Wegen seiner Abgelegenheit hatte es den letzten, schrecklichen Krieg recht gut überstanden.
Der Nachkriegsschock und die Ratlosigkeit wegen all des Elends dauerte bei meinen Dörflern nicht lange. Durchweg waren sie so lebenserfahren, dass sie sofort die Ärmel hochkrempelten und dazu beitrugen, dass alles langsam wieder auf die Beine kam. Sie, die Klein- und Mittelbauern, der Dorfschmied, der Stellmacher mit seinen Gesellen, der Tischler, der auch den Sarg machte wenn jemand im Dorf verstarb, der Bäcker und der dicke Kaufmann, über dessen Laden nun nicht mehr „Kolonialwaren" stand sondern nur noch „Lebensmittel", der Pfarrer, die Landarbeiter- und Flüchtlingsfamilien, die Kriegswitwen mit ihren Kindern und der Neulehrer, der nebenher, genauso wie alle anderen Dörfler ein kleines Feld beackerte, um sein Überleben zu sichern. Sie alle drängen mich und melden ihr kleines Recht an, in meinen Geschichten nicht vergessen zu werden.
Wie in anderen Orten auch geschehen, kamen die Sieger mit dem roten Stern an ihren Mützen auch in mein kleines Dorf und verkündeten ihre Ordnung, so wie es eben Sieger schon immer getan haben. Die neue Ordnung war noch recht verworren und gewöhnungsbedürftig. Aber Sieger verstehen keinen Spaß, wenn man nicht schleunigst das tut, was sie wollen. Es sollte ja nur zu unserem Besten sein. Für das Volk will man immer nur das Beste.
„Euer ganzes Übel, warum ihr so zänkisch und kriegerisch seid, ist in eurer Kultur begründet", klärten uns die

russischen Kulturoffiziere auf und machten sich mit ihren deutschen Erfüllungsgehilfen daran, unsere Kultur grundlegend zu verändern.
Obwohl das Land in Trümmern lag, begann man nach Siegervorbild in den Städten sogenannte „Kulturpaläste" förmlich aus dem Boden zu stampfen. Erst die Kultur, dann das Wohnen, hieß die neue Ideologie. Allen Ernstes versprach man sich davon, unsere Kultur und erst recht unsere kulturelle Vergangenheit mit Stumpf und Stiel auszurotten. Nicht wenige erschraken über das Ausrotten mit Stumpf und Stiel. Das kam ihnen sehr bekannt vor, erinnerte es sie doch an den stummelbärtigen Wahnsinnigen, dem sie zuvor willenlos gefolgt waren. Einige schnelle Startlochsucher erkannten gleich die Gunst der Stunde und wurden Kulturfunktionäre, natürlich mit Hilfe der Sieger. Immerhin brachte dieser oder jener schon einige praktische Erfahrungen mit. Als gewöhnlicher Dauerkrimineller hatte er irgendwo in einem Lager eingesessen und dort in einem kleinen Gefangenenchor mitgesungen, der aus den letzten ausgemergelten Juden, Russen oder Polen bestand. Die Sieger aber erkannten ihn als „Verfolgten des Naziregimes" an. Nichts wurde von der neuen Ideologie der Sieger ausgelassen, auch mein Dorf nicht. Für einen „Kulturpalast" war es zu klein, aber ein „Kulturraum" hatte es wenigstens zu sein. Kurzerhand wurde der Tanzsaal des Dorfkruges auf Anordnung der kreislichen Kulturbehörde zum Kulturraum auserkoren. Dem Dorfkrugwirt war es egal wie das Ding hieß, Hauptsache aus dem Bierhahn floss es kräftig. Und sein Selbstgebrannter unter dem Schanktisch wartete auch ungeduldig auf seine Liebhaber.
Aber so einfach war das mit der neuen Kultur nicht. Da die Sieger jetzt über Form und Inhalt der neuen, erstrebenswerten Kultur bestimmten, hatten natürlich auch ihre

Vorstellungen, wie so ein Kulturraum aussehen musste, oberste Priorität. Die Kultur in der großen Sowjetunion war schließlich abwechslungsreich, volksverbunden und sehr bunt. Alle waren sie dort rundum glücklich. So jedenfalls stand es in den Zeitungen geschrieben. Zeitungen vermelden gerne Regierungsgenehmes und übertreiben dabei oft maßlos. Heute wie gestern. Ja, und mit der bunten Kultur fing das ganze Dilemma für mein kleines Dorf an. Woher das Bunte nehmen und nicht stehlen?
Kasimir, ein kleines dürres Männchen, der wegen seiner unübersehbaren körperlichen Verwachsung am letzten großen Krieg nicht teilnehmen durfte, dafür aber um so eifriger seine übergroßen Ohren angestrengt hatte um Feindsenderlauscher ausfindig zu machen, die er auch untertänigst dem Ortsgruppenführer meldete, schlug sich schnell wieder auf die richtige Seite und wurde kurzerhand von den Siegern zum „Ortsbeauftragten für Kulturfragen" befördert. Darauf war Kasimir ungemein stolz. Wie schon einmal, so bekam er auch dieses Mal wieder ein kleines Quäntchen Macht, welches er gedachte auszubauen. Wer weiß, vielleicht könnte er mal Bürgermeister werden? So schwor er sich, wie viele andere erst abgetauchte und nun wieder aufgetauchte willige Helfer des letzten, braunen Despoten, endlich alles richtig zu machen. Zum Wohle des Volkes, versteht sich!
Und so lernte Kasimir eifrig die Zaubersprüche der Sieger, die da hießen: Lenin und Stalin, Kolchos und Kollektiv, Volkseigentum und Ausbeutung, Kapitalismus und Kommunismus, Kriegstreiber und Friedenskämpfer, Eigeninitiative und Masseninitiative. Kasimir kam dabei gehörig ins Schwitzen. Die Partei, der er schnell beigetreten war, verlangte einfach von ihm diesen Lerneinsatz und wer den Parteiauftrag nicht erfüllte, der konnte schnell ins Abseits geraten. Das kannte Kasimir schon von seiner

letzten Partei. Seine neue Partei hatte das „National" einfach weggelassen, sie war nur noch sozialistisch.
Kasimir beschloss, zum Bürgermeister zu gehen und diesen für das Kulturvorhaben zu gewinnen. Alfons, ein Kleinbauer, dem die Sieger es nicht weiter krumm genommen hatten, dass er im vorangegangenen Sozialismus Ortsbauernführer war, wurde nach einigem Hin und Her, und weil im Moment kein anderer Kandidat dafür zur Verfügung stand, von ihnen als Bürgermeister eingesetzt. Da half alles Sträuben nicht, sie hatten das Sagen, und lange würde er den Posten sowieso nicht bekleiden dürfen. Ein neuer, sozialistischer Mensch musste erst herangezogen werden. Aber dann...
Alfons nahm immer alles so, wie es gerade kam, und außerdem blitzte aus seinen Augen oft ein gewaltiger Schalk und ein gehöriger Schuss Bauernschläue. Beide waren sie seine Überlebensstrategie für manch brenzlige, überstandene Situation gewesen.
„Du bist der Bürgermeister und trägst für die neue Kultur eine große Mitverantwortung", begann Kasimir ihn zu belehren. „Wie stellen wir es an, den Kulturraum würdig herzurichten?" fragte er und sah Alfons dabei lauernd an.
Alfons war es nicht gewöhnt, sich von Kasimir belehren zu lassen. Doch was half's? Kasimir war Kleinfunktionär der neuen Partei geworden. Und kleine Funktionäre wollten schnell große werden. Natschalnik (russisch für Vorgesetzter, Verballhornung in der DDR, jeder Russe war ein kleiner Vorgesetzter) wollte Alfons aber nicht zu ihm sagen, das konnte ins Auge gehen. Nachdenklich schob er seine speckige Mütze in den Nacken und kratzte sich am Kopf. Für Kasimir tat er so als denke er angestrengt nach, wie er der Siegerkultur in seinem Dorf zum Durchbruch verhelfen könnte. Dabei bewegte ihn nur der Gedanke,

ob sich damit nicht auch so ganz nebenbei seine eigenen kleinen Wünsche befriedigen ließen, er sozusagen mit der neuen Kultur ein Kompensationsgeschäft eingehen könne. Dann hatte er's.

„Also", begann er listig, „in Eigeninitiative schaffst du das nicht. Wir werden, wie es Lenin schon geraten hatte, die große Masseninitiative bei den Leuten im Dorf wecken müssen. Das ist doch was, oder?"

Kasimir stutze. Alfons, Lenin und die Masseninitiative? Er verstand nicht recht wie Alfons das meinte, obwohl er wusste wer Lenin war. Beflissen nickte er zu Alfons Vorschlag. Vor der Obrigkeit hatte er schon immer genickt.

„Hat man einen Termin gesetzt?" fragte Alfons weiter. Kasimir schüttelte seinen dürren Kopf. Alfons Gesicht hellte sich auf.

„Gut, Kasimir, du wirst denen in der Kreisstadt vorschlagen, dass unser Dorf die Einweihung des Kulturraumes gerne zum Geburtstag unseres großen und weisen Führers in Moskau vornehmen möchte."

Alfons sah Kasimir dabei lauernd an. Der kam gehörig ins Schwitzen. All die neuen politischen Redewendungen und Schlagwörter der Siegerordnung hatte er des Nachts immer wieder auswendig gelernt, und nun das. Er hatte den Geburtstag des großen und weisen Führers des Weltproletariats, des Genossen Generalissimus Josef Wissarionowitsch Stalin, der eigentlich Dschugaschwili hieß, vergessen. Dafür aber funktionierte sein Langzeitgedächtnis umso besser. Der 20. April war es auf keinen Fall.

Schadenfroh grinste Alfons Kasimir an und ging zum Wandkalender, der in allen sozialistischen Amtsstuben hing. Die zwölf Zahlenkästchen des Kalendariums, eigentlich das Wichtigste an so einem Tages- und Monatszähler, nahmen sich durchweg mickrig aus gegen-

über dem wuchtigen Spruch und der dazugehörenden Abbildung:
„Vorwärts! Alle Kraft für Frieden und Sozialismus! Nieder mit den Kriegstreibern in Amerika und Bonn!" Dazu blickten ein muskulöser Arbeiter mit einem gewaltigen Schraubenschlüssel in der Hand und eine Frau, vermutlich eine Kolchosbäuerin, deren Kopftuch durch ihren harten Arbeitseinsatz etwas verrutscht war - und somit ein klein wenig sozialistische weibliche Erotik verriet - starr und siegessicher in eine aufgehende Sonne.
„Am 21. Dezember hat dein Führer Geburtstag", verriet Alfons Kasimir.
„Nicht nur mein Führer, Bürgermeister, der Führer aller geknechteten Menschen dieser Welt", verbesserte ihn Kasimir bissig.
„Meinetwegen", erwiderte Alfons knapp und begann, Kasimir in seinen Plan einzuweihen.
„Also, wie gesagt: Du wirst die Masseninitiative bei unseren Dörflern wecken. Als erstes gehst du zum Neulehrer und erzählst ihm, was wir vorhaben. Er soll anlässlich dieses denkwürdigen Tages mit den Kindern ein kleines Kulturprogramm einstudieren. Deswegen ja Kulturraum, verstehst du?" Kasimir verstand.
„Gut würde sich machen", fuhr Alfons weiter listig fort, „wenn sie Stalins Lieblingslied, meinetwegen auf russisch, singen. Das kommt gut an und wird bei denen da oben Wirkung zeigen", wobei er mit seinem krummen Daumen in Richtung Kreisstadt wies.
„Und wenn Du den Neulehrer so richtig überzeugt hast, dann mach dich auf zu diesem Flüchtling".
„Umsiedler, Genosse Bürgermeister, Umsiedler, nicht Flüchtling. Vor unseren Befreiern brauchte niemand zu fliehen", belehrte ihn jetzt Kasimir. Alfons schnaufte.
„Erstens bin ich nicht dein Genosse, das war ich mal und

nie wieder, und zweitens ist es doch scheißegal, ob nun Flüchtling oder Umsiedler. Freiwillig ist wohl keiner gegangen!"
Kasimir schwieg jetzt vorsichtshalber, brauchte er doch Alfons für seinen schwierigen Kultur-Parteiauftrag. Aber merken wollte er sich schon dessen Bemerkung zum Flüchtling oder Umsiedler. Wollten doch die Genossen in der Kreisstadt ständig von ihm wissen, wer alles im Dorf nicht auf der politischen Linie lag. Wer weiß, vielleicht würde er doch mal den Bürgermeisterposten bekommen.
„Also", fuhr Alfons fort, „du gehst zu diesem Kluge, der ist Malermeister, der kennt sich bestimmt mit der Kulturraummalerei aus. Der hat den Raum auf Vordermann zu bringen, so wie es sich gehört". Und dabei sah Alfons Kasimir wieder lauernd an.
„Das Wichtigste aber hast Du vergessen, Bürgermeister", schulmeisterte Kasimir, und seine Miene verriet, dass er in seinem Element war.
„Was habe ich denn vergessen?" fragte Alfons gespielt zurück.
„Farbe, mein Lieber, Farbe. Woher nehmen und nicht stehlen. Alles ist knapp oder wird zugeteilt, Wir brauchen eine Freigabe von oben, verstehst du?" Und ob Alfons verstand.
Na endlich, dachte er erleichtert, hat dieser Dösel es kapiert.
Schon vor dem Kriege jammerte ihm seine Alte fast täglich die Ohren voll, dass die gute Stube mal einen neuen Wandanstrich gebrauchen könnte. Hin und her hatte Alfons überlegt, wie sich das bewerkstelligen ließe. Jetzt war die Gelegenheit gekommen.
„Erinnere dich, Kasimir, hast du schon mal erlebt, dass irgend jemand von da oben ein Vorhaben abgelehnt hat, welches Führer und Volk betraf?" Kasimir dachte nach.

Alfons hatte nicht ganz unrecht.
„Gleich morgen fährst du mit dem Milchwagen in die Stadt, gehst zu den Leuten von der Kulturabteilung und erzählst denen von unserem grandiosen Vorhaben. Erkläre ihnen, dass du allein die Masseninitiative geweckt hast, das wirkt garantiert. Alle wollen sie in unserem Dorf einen schönen Kulturraum haben, es fehlt aber an Farbe. Du wirst sehen, du bekommst diese Freigabe. Vergiss aber nicht, vorher zum Kluge zu gehen. Der muss dir sagen, wie viel wir benötigen. Und noch was Kasimir...", jetzt legte Alfons vertraulich seinen gewaltigen Arm auf Kasimirs verwachsene Schultern, „schlage überall ein bisschen drauf. Nicht dass wir nachher zu wenig Farbe haben und den Termin der Einweihung abblasen müssen. Das könnte bei denen da oben politisch nicht gut ankommen. Womöglich drehen sie uns noch einen Strick daraus. Das mit dem Strick kennen wir doch, oder?"
Kasimir fühlte sich geschmeichelt, weil die Dorfobrigkeit ihren Arm auf seinen schiefen Buckel gelegt hatte, und einen Strick wollte er sich schon gar nicht drehen lassen, das kannte er auch. Kasimir war in seinem Element. Er war stolz auf die große Verantwortung, die er jetzt trug.
Er machte sich zum Neulehrer auf. Neulehrer deshalb, weil ihn die neue Macht kurzerhand als Lehrer eingesetzt hatte. Den alten Lehrer hatte man davongejagt. Dieser blasse junge Mann wurde uns Kindern vor die Nase gesetzt, um uns die ersten wackeligen Schritte Richtung aufgehender Sonne beizubringen, die da Sozialismus hieß.
Der Neulehrer nickte eifrig zu Kasimirs Plan, kam der ihm doch auch sehr gelegen. Nicht wegen der Farbe, nein, endlich konnte er mal denen in der Schulbehörde beweisen, dass er auf der richtigen Seite stand. Ewig mäkelten sie an seiner Vergangenheit herum. Schon hun-

dert Mal hatte er beteuert, dass er schlichtweg von den braunen Machthabern verführt worden sei. Mehr nicht. Ja, gut, er hatte felsenfest an den Endsieg geglaubt und das noch mehr, als man ihn kurz vor Schluss vom Gefreiten zum Leutnant befördert und ihm das EK I in Aussicht gestellt hatte, wenn er mit seinem Häuflein Volkssturmmänner die Russen aufhielte. Er hatte doch seinen Fehler eingesehen, was wollte man noch mehr? Viele sahen ihre Fehler ein und ihre Einsicht zahlte sich mehr als gut aus (heute auch wieder!).
Er versprach Kasimir, ein Kulturprogramm mit uns paar Schäfchen hinzulegen, so dass man noch lange im Dorf und erst recht in der Schulbehörde über seine Initiative reden würde.
Nachdem Kasimir den Neulehrer politisch überzeugt hatte, hunschelte er anschließend zum Malermeister Kluge, der Umsiedler - nicht Vertriebener - aus Breslau war, um auch bei ihm die sozialistische Masseninitiative zu wecken.
Kluge, ein immer zu Späßen aufgelegter dicker Mann mit kugelrundem und völlig kahlem Schädel, der in unserem Ort eine vorläufige Bleibe gefunden hatte, bevor er wenige Jahre später gen Westen weiterzog, lächelte nur zu Kasimirs Vorhaben.
„Kulturraum sagt man jetzt also dazu. Na gut, ich kenne mich aus mit der Kultur", redete er beruhigend auf Kasimir ein.
„Was meinst du, was ich nicht schon alles für die deutsche Kultur gepinselt habe, und erst die schönen Sprüche. Ein schöner Spruch gehört dazu, sonst wirkt das alles nicht."
Kasimir war begeistert von Kluges Einfall.
„Ja, ja, ein Spruch gehört dazu", beeilte er sich zu sagen.

„Ich hab noch einige gute auf Lager, vielleicht helfen die.“ Kasimir war zu dumm, um den versteckten Spott des Umsiedlers Kluge herauszuhören.
„Dazu brauche ich aber Farbe.“
„Kriegst du. Wie viel?“, fragte Kasimir wichtigtuerisch, als wäre er der Farbenverteiler von „denen da oben“. Kluge staunte über Kasimir, fing sich aber schnell und begann blitzschnell zu überschlagen, was er alles so an Farben, Pinsel und anderem Malerzubehör für den neuen Kulturraum benötigen würde. Zuletzt legte er hier und da noch kräftig drauf. Man weiß ja nie, was die Zeiten noch so bringen, sicher ist sicher. Und überhaupt, seine Kunden fingen schon an zu meckern weil er seine zugeteilte Leimfarbe so kräftig verdünnte, dass sie fast nicht mehr an den Wänden kleben blieb. Der Malermeister erkannte: dieses Übel ließ sich nur mit Hilfe der neuen sozialistischen Kultur und Stalins abstellen. Schnell kritzelte er seine Farbenkalkulation auf einen Zettel und übergab ihn Kasimir.
Wie mit Alfons abgesprochen zuckelte Kasimir am nächsten Tag mit einem Neusiedler, der Land vom geflohenen Baron erhalten hatte und versuchte, dieses mit seinem mageren Gaul zu beackern, in die Kreisstadt. Versunken saß Kasimir auf den Milchkannen und hing seinen Gedanken nach. Wenn er es recht bedachte, war das doch ein starkes Stück, wofür ihn seine ewig quengelnde Alte überreden wollte. Seit Kaisers Zeiten war die Küche nicht mehr geweißt worden und ausgerechnet jetzt wollte sie, dass er ein wenig von der Kulturraumfarbe abzwackte, also Volkseigentum stahl, damit sie sich ihren Wunsch erfüllen konnte. Das ging doch wohl zu weit, gerade jetzt wo man daran ging, eine bessere Welt aufzubauen.
„Nimm ein paar Eier für die hohen Herrn in der Stadt mit“, hatte sie ihm noch geraten. Kasimir hatte sich also

am frühen Morgen, bevor er auf den Ackerwagen des Neusiedlers zu all den Milchkannen stieg, in die kleine Speisekammer geschlichen und aus dem großen Steintopf zehn schöne Eier mitgenommen. Sicher ist sicher, sagte er sich und dachte natürlich auch an den „gedrehten Strick" und den Bürgermeisterposten.

„Kulturbeauftragter des Kreises" stand an der Tür, an die Kasimir jetzt untertänigst anklopfte. Er staunte nicht schlecht, als er mehrere gut genährte Männer an den Schreibtischen sitzen sah. Stand da nicht „Kulturbeauftragter" an der Tür? In allen Einzelheiten berichtete nun unser Dorfbeauftragter für Kultur dem Kreisbeauftragten für Kultur und seinem Mitarbeiterstab, dass man in seinem Dorf geradezu versessen darauf sei, einen Kulturraum zu erschaffen. Die Dorfbewohner hätten sich das grandiose Ziel gesteckt, diesen zu Ehren des Geburtstages des großen und weisen Führers Josef Wissarionowitsch Stalin einzuweihen. Das war Musik in den Ohren des Kreisbeauftragten und seiner Mannen. Endlich konnte er mal wieder eine gepfefferte Erfolgsmeldung „nach oben", zum Kulturbeauftragten des Bezirkes, absetzen.

In Gedanken formulierte er sie schon: Dank hervorragender politischer Agitationsarbeit und intensiver Bemühungen sei es ihm gelungen, alle Einwohner des Ortes Hindenburg unter Einbeziehung aller dörflichen Reserven zu mobilisieren, um eine würdige Heimstatt für die Verbreitung der Ideologie des Leninismus-Stalinismus zu schaffen. Von dieser Stätte aus, so wollte er weiter berichten, würde der Leninismus-Stalinismus seinen Siegeszug durch die Köpfe der werktätigen Bauern antreten. Der Sieg der sozialistischen Kulturpolitik des neuen, freien Deutschlands sei nicht mehr aufzuhalten. Den Kriegstreibern und Revanchisten in Bonn würde dadurch wieder eine empfindliche Niederlage beigebracht werden! So

wollte er seinen Bericht nach oben schmettern. Wer weiß, vielleicht würde er irgendwann „Bezirksbeauftragter für Kultur" werden?
Freudig nahm er die zehn Eier von Kasimir entgegen. Wer sagte es denn? Seine Kulturpolitik begann schon jetzt auf fruchtbaren Boden zu fallen.
Kasimir berichtete weiter vom Kulturprogramm und dass jeder im Ort seinen Teil zum Gelingen des großen Vorhabens beitragen würde.
„Auch die Altbauern?" fragte der Kulturbeauftragte.
„Auch die Altbauern", bestätigte Kasimir und war nicht so dumm um herauszuhören, was der Kreisbeauftragte damit meinte. So manch eine Wurstkringel oder Speckseite waren schon nach einem Gelage unauffällig in die weiten Taschen der Funktionäre gewandert. Vergessen war da der Klassenkampf. Wenn es ums Feiern ging, waren die Genossen Funktionäre nicht zu halten. Schnell hatte man auch die Ess- und Trinkgewohnheiten der Sieger übernommen. Kasimir schüttelte sich immer noch wenn er nur daran dachte, wie er anlässlich seiner Ernennung zum „Dorfbeauftragten für Kultur" vom russischen Kulturoffizier genötigt wurde, Wodka in Senfgläsern hinunter zu kippen. „Sto (hundert) Gramm" sagten die Russen zu diesem Maß. Da half auch die Speckscheibe nicht, die er nach jedem Glas Wodka zu essen hatte. Doch was sollte er machen, die neue Kultur forderte eben auch ihre Opfer.
Wie Alfons vorausgesehen hatte, ließ sich der Kulturbeauftragte nicht lumpen, stellte großzügig eine Farbenfreigabe aus und dachte dabei genüsslich an die zu erwartende Einweihungsfeier.
„Donnerwetter, wie groß ist denn Euer Kulturhaus?", fragte der Kollege von der Farbenausgabenstelle und ließ dabei geschickt zwei, drei Farbbüchsen verschwin-

den, die er aber Kasimir anrechnete. Dieser hatte nichts bemerkt. Zurück im Dorf lagerte Kasimir alles im Bürgermeisterbüro ein. Alfons staunte nicht schlecht, was Kasimir so alles angeschleppt hatte.
„Du musst noch nachprüfen, ob die Menge stimmt", sagte Kasimir, nachdem er alle Tüten und Büchsen sorgfältig abgelegt hatte.
„Aber Kasimir, du bist Kulturfunktionär, wem sollte ich sonst trauen?"
Kasimir nickte dankbar. Es tat ihm gut, dass der Bürgermeister vertrauensvoll mit ihm zusammenarbeitete.
Nachdem Kasimir gegangen war ging Alfons daran, seinen Teil in einem großen Sack zu verstauen, den er gedachte bei Dunkelheit beiseite zu schaffen. Nicht lange, da stellte sich auch Malermeister Kluge ein, um den Bestand zu begutachten. Erstaunt riss er seine Augen auf, als er die vielen Büchsen, Tüten und Pinsel sah.
„Wenn du es klug genug anstellst", riet Alfons ihm, „dann bleibt noch genug für dich übrig, verstehst du?" Das ließ sich der „Umsiedler" aus Breslau nicht zweimal sagen. So kam noch eine gehörige Menge zu seiner „Überkalkulation" hinzu.
Nun mussten wir Kinder für die neue, verordnete Kultur herhalten. Nach mehreren vergeblichen Versuchen gab es Neulehrer Schweiger auf, uns Stalins Lieblingslied in russischer Sprache beizubringen. Ein sehr tragisches Lied hatte da Stalins Herz erweicht. Diktatoren haben das so an sich. Morden sie hier millionenfach, rührt sie dort ein schmalziger Liedtext zu Tränen. Das Lied besang Suliko, ein schönes russisches Mädchen, es könnte aber auch ein Jüngling gewesen sein, so genau ließ sich das aus der Übersetzung nicht entnehmen. Jedenfalls wurde deren - oder dessen - Grab von ihrem Geliebten verzweifelt gesucht. Vielleicht war es Stalins Hohn auf alle, die die

Gräber ihrer Geliebten, Väter oder Söhne im kalten Sibirien, im „Archipel Gulag", suchten.
Traurig beließ es Neulehrer Schweiger dann bei der deutschen Fassung. Diese war ja auch nicht schlecht. Die Genossen von der Schulbehörde würden bestimmt auch so seine Bemühungen erkennen und dass er damit endlich seine kulturelle und auch politische Einstellung und Heimat gefunden hätte.
Als krönenden Abschluss unseres Kulturprogramms hatten wir das „Spanienkämpferlied" vom weiten, spanischen Himmel zu singen, dessen Refrain immer mit dem schönen Wort „Freiheit" endet. Dieses „Freiheit" stellte für mich kleinen Knirps eine schier unüberwindbare Hürde dar. Ich kapierte einfach nicht, warum der erste Teil der „Freiheit" schön lang gesungen wurde, also „Freiiiii..." – und dann plötzlich kurz in „...heittt" endete. Das kurze, knappe „...heittt" musste exakt militärisch sitzen, das verlangte unser Lehrer so. Vielleicht kam da wieder der kleine Gefreite durch, wie schon einmal, als dieser ein großer Feldherr werden wollte.
Unterdessen pinselte und rollte Malermeister Kluge - trotz überplanmäßigem Bestand die Farbe kräftig verdünnt, schließlich hatte er ja noch mehr Kunden - an die Wände des Kulturraumes. Alfons kam und besah sich dessen Arbeit. Auch Kasimir stellte sich ein und überwachte den Fortschritt der Malerarbeiten.
„Schließ die Farben über Nacht gut weg", belehrte Kasimir den Malermeister, „es wird einfach noch zu viel Volkseigentum gestohlen. Unsere Menschen sind eben politisch noch nicht so weit", seufzte er.
„Ja, ja, das kenne ich", erwiderte unschuldig lächelnd der alte Breslauer und schielte dabei zu Alfons hinüber.
„Habt ihr schon einen guten Spruch vom großen Führer herausgesucht und wo soll er hin?" fragte Kluge.

Kasimir schnaubte verhalten. Hatte er die Wiederholung bemerkt?
„Der kommt genau an die gegenüberliegende Wand von der Eingangstür. Jeder, der unseren schönen Kulturraum betritt muss ihn lesen, ob er will oder nicht", fiel Alfons ein und rieb sich wegen seines guten Vorschlags die Hände. Er erinnerte sich, dass dort schon einmal ein Spruch von einem anderen großen Führer gestanden hatte: „Führer befiehl, wir folgen dir!" Beim Einmarsch der roten Sieger hatte der Wirt den Spruch schnell überpinselt.
„Ja, was schreiben wir da hin?", fragte Kasimir Alfons etwas ratlos.
„Da kann ich aushelfen," mischte sich der dicke Malermeister von seiner Leiter ein, „in Breslau habe ich viele schöne Sprüche an die Wände pinseln müssen, bestimmt fällt mir noch einer ein." Kasimir schnaubte unüberhörbar laut, Alfons hingegen grinste.
„Ich suche einen heraus und schreib ihn auf einen Zettel. Morgen gebe ich ihn dir", rief Alfons dem Malermeister zu und ging. Kasimir war erleichtert.
Jeden Morgen, bevor Alfons mit der Vortagszeitung unter dem Arm das kleine Häuschen mit dem Herzchen in der Tür aufsuchte, riss er vom Kalenderblock die alte Datumsseite ab und informierte sich, wann an diesem Tag Sonne und Mond auf- und untergingen. Hin und wieder kam es dabei vor, dass er sich auch den Tagesspruch durchlas, der auf der Rückseite abgedruckt war. Brummend hatte er dabei immer wieder feststellen müssen, dass die Kalendermacher allesamt große Faulpelze waren. Geschickt mauschelten sie an den alten Parolen und Aufrufen des dahingeschiedenen braunen Sozialismus herum, veränderten hier und da ein bisschen und schon war der Tagesspruch oder eine neue Parteiweisheit

des nun neuen, roten Sozialismus geboren. Wiederholte sich da gar etwas? Alfons war jedenfalls nicht vergesslich, Einiges kam ihm sehr bekannt vor.
„J. W. Stalin" stand unter einem Spruch. Der ist gut, den nehme ich, da kann ich nichts falsch machen, sagte Alfons zu sich und riss das kleine Kalenderblättchen ab, um es Malermeister Kluge zu geben.
Jeden Tag übten wir nun das Kulturprogramm ein, welches sich unser Lehrer ausgedacht hatte und Malermeister Kluge pinselte fröhlich pfeifend mit reich verschnörkelten Buchstaben den Spruch vom großen Stalin an die dafür vorgesehene Kulturraumwand.
Der Spätsommer kündigte sich an. „Ohne Gott und Sonnenschein, bringen wir die Ernte ein", forderte die Partei. Und obwohl der liebe Gott kein SED-Mitglied war, war das Wetter zur Ernte dennoch gut. An einem Frühherbstabend machte sich unser Dorfpastor zum Bürgermeister auf. Natürlich besuchte er ihn nicht in dessen Amtsstube. Dort würden zu viele Halbgötter oder Götzen an den Wänden hängen, hatte er mal leise Alfons zu verstehen gegeben.
Alfons' gute Stube roch auffallend nach frischer Farbe.
„Wer sich in letzter Zeit so alles seine Wohnung renovieren lässt?", stellte der Pastor scheinheilig fest und setzte sich unaufgefordert in den großen Lehnstuhl. Alfons überhörte die Anspielung. Trotz seines Bürgermeisterpostens und sehr zum Ärgernis von „denen da oben" war Alfons auch Mitglied des Gemeindekirchenrates. Demzufolge kannte er auch das siebte Gebot, welches das Stehlen verbietet. Der Pastor hielt sich nicht lange mit der Vorrede auf und kam gleich zum Thema.
„Es wird langsam Winter, Bürgermeister, die Leute bleiben wegen der Kälte dem Wort Gottes in der Kirche fern. Der Gemeinderaum im Pfarrhaus ist heizbar, müsste aber

dringend renoviert werden. Was meinst du dazu?” Und ehe Alfons dazu etwas sagen konnte fügte der Pastor noch hinzu: „Dem roten Gott in Moskau dienst du ja jetzt auch, wenn auch nur zum Schein, wie ich weiß, aber du dienst ihm. Doch wenn du und einige andere ihn bestehlen, wird dir der Herr vergeben, vorausgesetzt du hilfst damit auch deiner Kirche. Denke an das erste Gebot.”
Alfons versprach daran zu denken und den Gemeindekirchenraum von Kluge renovieren zu lassen. Zufrieden rieb sich der Gottesmann die Hände. Und um ihn noch gnädiger zu stimmen packte Alfons' Frau noch schnell einen kleinen Imbiss vom letzten „Schwarzgeschlachteten” für den Herrn Pastor und seine große Kinderschar zusammen. Man soll es sich mit der Obrigkeit nicht verderben und mit der himmlischen schon gar nicht.
„Gut, Bürgermeister”, sagte zum Abschied der Pastor, „denke daran, Gott hört und sieht alles, wenn ihr mit den Roten euren sogenannten Kulturraum einweiht. Man erzählt sich, dass unsere Befreier maßlose Sitten bei derlei Anlässen an den Tag legen. Und das in einem Kulturraum! Na, ich werde es ja erfahren.”
Der Tag der Kulturraumeinweihungsfeier rückte näher. Lehrer Schweiger entschied, dass ich das schöne Lied vom Himmel Spaniens nicht mitsingen solle. Wegen der Freiheit. Jedes Mal sang ich das kurze „...heit” von der „Freiheit” lang und nicht wie schon hundertmal geübt, kurz und militärisch knapp..."heittt”. Mein Sologesang wurde dann immer belacht.
Schon am Vormittag dieses denkwürdigen Tages herrschte bei einigen eine gespannte und hektische Betriebsamkeit. Kasimir eilte von Haus zu Haus und erinnerte daran, damit der Kulturraum voll würde. Nur allzu leicht könne man „Oben” vom Ort ein schlechtes politisches Bild bekommen. Gastwirt Schulz bunkerte noch ein paar

Fässer Bier mehr als üblich und stellte heimlich seinen Selbstgebrannten in Startposition. Er durfte ihn nur nicht mit der zugeteilten VEB-Spirituose verwechseln. Auch durfte er seine Kreation nicht zu früh einschenken. Zuerst gab es den „Volkseigenen”, also den staatlich zugeteilten Schnaps. Hatte der seine Anfangswirkung getan und alle so langsam Fahrt aufgenommen, konnte er sein Hausprodukt, das unter den Dörflern nur als „Weißer Würger” bekannt war, unters Volk bringen.
Alfons war in arger Not. Mit hochrotem Kopf bastelte er an seiner Kulturraumeröffnungsrede. Elfriede, seine Frau, konnte es einfach nicht mehr mitansehen wie er sich quälte. Sie stellte die brüchige Leiter zum Heuboden an und begann dort oben zielgerichtet nach etwas zu suchen, das sie vor den Siegern gut versteckt hatte. Von Kindesbeinen an hatte man ihr eingetrichtert, dass nur derjenige Notzeiten gut übersteht, der zuvor etwas zurückgelegt hatte. Und ihr Alfons war in Not, in großer Not. Mit einem alten Schuhkarton in ihrer Schürze stieg sie von der Leiter herunter und legte ihn vor Alfons auf den Tisch. Dieser riss erstaunt die Augen auf, als er den Inhalt auf dem Tisch ausbreitete. Da hatte seine Frau doch wirklich einige alte Zeitungen vom Kaiserreich und vom letzten braunen Sozialismus aufgehoben, in denen einige Höhepunkte des Dorfes Erwähnung fanden: die Einweihung des Kriegerdenkmals, die Verabschiedung einiger Freiwilliger zur Wehrmacht, dann deren „Heldentaten” in Russland und in Frankreich, Todesanzeigen der Helden, die sich für Führer, Volk und Vaterland hatten totschießen lassen und schließlich die markigen Reden des Nazi-Kreisleiters zu Führers Geburtstag.
„Frau, bist du von Sinnen?”, schnaufte Alfons, „wir sollen wohl beide nach Sibirien abgehen, was?”
Doch bei näherer Betrachtung der einzelnen Artikel

stellte Alfons zu seinem Erstaunen hier und da Übereinstimmungen zu den jetzt gebräuchlichen Parteireden fest. Immer ging es darum, Kräfte zu mobilisieren, Reserven zu erschließen, Kulturerbe zu bewahren, Volksfeinde zu vernichten, zu kämpfen und schließlich auch zu siegen. Er begann einfach ein bisschen abzuschreiben. Die Anrede war auch tauglich, von den „Volksgenossen" brauchte er nur das „Volk" wegzulassen. Alfons war stolz auf seine Kulturraumeröffnungsrede. Die wird einschlagen wie die deutsche „Acht-Acht Schnellfeuerkanone", dachte er.
Der erste klapprige „Opel-Olympia" mit dem Kreisvorsitzenden für Kultur und zwei seiner Mitarbeiter hielt vor Schulzes „Gastwirtschaft und Ausspann", wo neben dem alten, blassen Sarottimohr-Reklameschild zu lesen war, dass es auch „ff-Spirituosen" gab.
Nach und nach trudelten dann weitere Ehrengäste ein. Solche „Ehrengäste" kannten aber meine Dörfler schon. Unauffällig waren sie mit einem langen Mantel bekleidet und ihren Schlapphut hatten sie tief ins Gesicht gezogen. Sie mischten sich dann auch sofort unters Dorfvolk, um ihren Auftrag zu erfüllen der da hieß: flächendeckende, revolutionäre Wachsamkeit üben.
Zuletzt traf ein Militärauto der Befreier ein, dem zwei ihrer Offiziere entstiegen, die riesengroße Tellermützen auf ihren Köpfen trugen. Diese hatten sie aber so tief ins Gesicht gezogen, dass man glattweg das Fürchten bekam. Untertänigst wurden sie von dem Kreiskulturbeauftragten begrüßt. Alfons stand derweil in der Schankstube an der Theke und kippte schnell zwei „Originalwürger" wegen seiner Nervosität hinunter. Eilends kam einer der Männer von der Kulturbehörde in den Schankraum gestürmt und fragte Alfons ängstlich, ob auch alles tip-top vorbereitet sei, die sowjetischen Genossen Offiziere würden irgendwie unzufriedene Gesichter machen.

„Wie haben die ihre Deckel auf?", fragte Alfons mutig dank der beiden „Weißen Würger".
„Wie man eben Uniformmützen so trägt", jammerte der Kulturmensch.
„Ich meine, haben sie sie tief ins Gesicht gezogen oder weit nach hinten geschoben, also mehr auf dem Hinterkopf zu hängen?" und dabei grinste Alfons den Kulturmenschen an.
„Tief ins Gesicht gezogen haben sie sie", stöhnte der ängstlich.
„Das kenne ich aus meiner Kriegsgefangenschaft. Wenn die nichts zum Saufen oder zum Fressen haben, in ihren Taschen keine Rubel klimpern, dann tragen sie ihre Deckel immer so."
Erschrocken blickten alle auf Alfons. Doch der hatte die Situation im Griff. Zum Wirt gewandt sagte er: „Gottlieb, du machst es so wie damals, als unsere Befreier mit ihren Panjewagen in unser Dorf gekommen sind." Wirt Gottlieb hatte verstanden.
Ermutigt durch den dritten „Würger" ging Alfons jetzt zu den beiden Sowjetoffizieren, die ihre Mützen wirklich sehr tief ins Gesicht gezogen hatten.
„Do swidanja", begrüßte Alfons sie freundlich. Beide sahen sich dumm an. Alfons aber hakte sie freundschaftlich unter und steuerte mit ihnen auf die Theke zu. Sein Russisch aus der Gefangenschaft hatte er schlecht behalten. Anstatt „Guten Tag" zu sagen, hatte er sie gleich mit „Auf Wiedersehen" verabschiedet.
„Gottlieb, zweimal sto Gramm für unsere Freunde!", rief er dem Wirt zu und etwas leiser, „für mich Wasser, mir schwirrt jetzt schon der Kopf von deinem „Würger."
Gastwirt Gottlieb Schulz füllte zwei Mostrichgläser mit seiner „ff-Spirituose" bis zum Rand voll, Alfons schenkte er, wie heimlich abgesprochen, Wasser ein. Mit einem

gekonnten Ruck kippten die Befreier den brennenden Fusel hinunter. Das war Labsal für ihre Kehlen. Alfons schluckte sto Gramm gutes deutsches Brunnenwasser und machte danach auch laut „aaach", so wie es sich eben gehört. Die Gesichter der beiden Offiziere hellten sich etwas auf. Gastwirt Schulz schenkte sofort nach. Alfons goss er wieder geschickt heimlich Wasser ins Glas.
„Na dann, Druschba (Freundschaft)", sagte Alfons und zeigte auf die vollen Gläser.
„Druschba", erwiderten die beiden Russen schon merklich freundlicher und leerten wieder ihre vollen Mostrichgläser.
„Gottlieb, aller guten Dinge sind drei. Für mich aber dieses Mal einen „Originalen". So viel Wasser ist nicht gut bekömmlich."
Der Wirt schenkte wie geheißen die Mostrichgläser zum dritten Mal randvoll und wieder dauerte es nur einen kurzen Moment, bis die hohen Gäste ihre Gläser geleert hatten. Alfons hatte etwas Schwierigkeiten mit der „ff-Spirituose". Das Maß war zu ungewohnt.
„Charascho" (gut), sagten die beiden Offiziere, zogen ihre langen Mäntel aus und schoben sich anschließend grinsend ihre Mützen weit nach hinten.
„Na also, sag ich doch", meinte Alfons darauf.
Neulehrer Schweiger trat aufgeregt an Alfons heran: „Wir müssen anfangen, es ist schon über die Zeit, die Leute warten."
„Charascho", sagte wieder der eine Russe, als ihm der Spruch vom großen Stalin von einem der Kulturfunktionäre übersetzt wurde. Alle hatten nun ihre Plätze eingenommen, auch die beiden Schlapphutmänner. So wie es sich gehört saßen sie beim Volk, damit sie auch ja jedes Wort verstehen konnten und ihre Berichterstattung sich lohnte.

Wir paar Kinder der Grundschule, die wir von der ersten bis zur vierten Klasse in einem Raum unterrichtet wurden, standen artig und ordentlich gekämmt in einer Ecke des Kulturraumes bereit, um nach der Kulturraumeröffnungsrede des Bürgermeisters das eingeübte sozialistische Liedgut und die Gedichte vorzutragen.
Mit unsicheren Schritten, die auf Gottlieb Schulzens „Weißen Würger" zurückzuführen waren, und unter dem lauten Gekichere einiger Dorffrauen trat Alfons ans Rednerpult. Umständlich setzte er sich seine verbogene Nickelbrille auf, deren Bügel einfach nicht hinter seinen großen Ohren bleiben wollten. Dann aber hatte er es geschafft, er legte sorgsam einige kleine Zettelchen auf das Rednerpult, das Gekichere der Frauen ließ nach und Ruhe kehrte ein.
Schmetternd begann Alfons seine Rede. Er sprach von Volksgemeinschaft und Zukunftsglück, von Tradition und Wohlstand, von Eigen- und Masseninitiative, von Frieden und vom Kämpfen. Und beim „Kämpfen" fuchtelte er so mit seinen Armen herum, dass man glattweg den Eindruck bekam, er würde noch seinen Wehrmachtskarabiner anschlagbereit mit sich herumschleppen. Zuletzt rottete er mit lauter Stimme alle Feinde der jungen Republik mit Stumpf und Stiel aus. Das hatte gesessen!
Alle waren starr vor Schreck und vergaßen zu klatschen. Sie erinnerten sich, der Nazi-Kreisleiter hatte vor nicht allzu langer Zeit nicht besser gesprochen.
Als erster klatschte Gastwirt Gottlieb Schulz hinter seiner Theke Beifall und rief „Bravooo!" Nun begannen auch die Genossen Kulturfunktionäre zu klatschen, schielten dabei aber unablässig zu den beiden Offizieren der Roten Armee hinüber. Die standen plötzlich auf und riefen: „Charascho, Towarisch Alfons" (gut, Genosse Alfons). Von da an gab es kein Halten mehr, auch nicht für die

beiden unauffälligen Männer.
Nun kamen wir zum Einsatz. Neulehrer Schweiger fuchtelte so aufgeregt mit seinen dürren Armen herum, dass wir einige Male den Liedanfang verpassten. Dann aber klappte es. Getragen sangen wir Stalins Lieblingslied. Die beiden Russen waren von unserer Sangeskunst so angetan, dass sie begannen, erst leise, dann immer lauter werdend, mitzusingen. Gastwirt Schulzens „Weißer Würger" wird daran nicht ganz schuldlos gewesen sein. Angestachelt von diesem Gesang fiel auch Alfons mit seinem tiefen Bass ein. Laut dröhnend sang er in seinem Gefangenschaftsrussisch Stalins Lieblingslied „Suliko". Den Kulturfunktionären gefiel das überhaupt nicht. Betreten sahen sie zu den unauffälligen Lauschern hinüber.
Der gemischte Chor endete mit dem lauten Klatschen der beiden Offiziere. Auch das sich selbst Beklatschen hatten wir schnell von den „Freunden" übernommen. Alle kleinen und großen Funktionäre beklatschten sich gerne selbst. Auch heute noch.
„Der Genosse Hauptmann fragt, in welcher Sprache Sie das schöne russische Lied gesungen haben?" Der Kulturfunktionär sah dabei Alfons und dann wieder unterwürfig den einen Russenoffizier an. Alfons Kopf, der vom „Würger" schon rot angelaufen war, wurde noch roter. Gottlieb, der Wirt, kam Alfons aber schnell zu Hilfe und schob ihm und den beiden Russen drei randvoll gefüllte Mostrichgläser mit seinem „Würger" hinüber.
„Auf die deutsch-sowjetische Freundschaft", rief Alfons in den Kulturraum, und mit einem Ruck waren die Gläser geleert.
„Wir sind mit unserem Kulturprogramm noch nicht zu Ende", klagte leise Neulehrer Schweiger.
Nun sangen wir als Abschlusslied „Spaniens Himmel".
Zuvor aber machte mir Neulehrer Schweiger ein Zeichen,

indem er seinen dünnen Zeigefinger auf seine Lippen legte und mir damit bedeutete, bloß nicht mitzusingen. Dies war die Geburtsstunde des Playbackgesangs. So gesehen war unser kleines uckermärkisches Dorf damals schon der Zeit weit voraus.
Doch bei der letzten Strophe muss mich der spanische Himmel so gepackt haben, dass ich trotz Verbots mitsang. Und dann kam die vermaledeite „Freiheit". Laut plärrte ich das ...heit von der Freiheit schön langgezogen in den Kulturraum.
Lehrer Schweiger wurde bleich. Es sollte so ein schöner Abgesang werden und nun das. Von hinten bekam ich von Manni, der etwas älter war als ich, einen schmerzhaften Tritt ans Bein, der mein ...heit auch sofort beendete. Wenn ich es heute recht bedenke war Mannis Fußtritt meine erste Bekanntschaft mit der neuen sozialistischen Freiheit.
Jetzt trat der Kreiskulturfunktionär ans Rednerpult. Seine Rede war aber sehr kurz. Gut möglich, dass er Durst hatte. Unablässig schielte er auf die vollen Schnapsgläser, die Gastwirt Schulz vorsorglich schon gefüllt hatte. Die beiden Russenoffiziere wurden auch schon unruhig.
Wie es sich gehört, ging man danach zum „gemütlichen Teil" über und darüber wurde im Dorf noch lange geredet. Die etwas älteren Mädchen unserer kleinen Schule tuschelten in der Pause, dass alle gehörig besoffen gewesen wären. Einige Frauen mussten ihre Männer nachts heimlich mit der Schubkarre nach Hause karren. Gottfried Schulzens „Würger" hatte wieder mal ganze Arbeit geleistet. Er ging weg wie Bäcker Lammerts frische Semmeln, von denen auch behauptet wurde, er würde sie strecken.
Neulehrer Schweiger war einen Tag nach der Kulturraumeröffnungsfeier unpässlich und der Unterricht fiel

aus. Auch Alfons lief kreidebleich umher und ließ seinen Bürgermeisterposten zwei Tage lang ruhen. Er schob es den Russen und ihren Trinkgewohnheiten in die Schuhe. Die Kulturfunktionäre der Kreisstadt, die ebenfalls tüchtig zugelangt hatten, wussten diese Nachwirkungen als „Geburtswehen" unserer neuen sozialistischen Gesellschaftsordnung zu erklären. Doch wie so oft im Leben hat jedes Ding auch seine positive Seite, so auch unsere Ehrung für den großen Stalin mit einem Kulturraum. Dank seiner Draufschlagkalkulation hatte Malermeister Kluge von Stund an viel zu tun, Farbe hatte er ja jetzt mehr als genug. Auch Alfons konnte sich nicht beklagen. So wurden nach dem Krieg, trotz großer Mängel und Engpässe, viele Wohnungen meiner Dörfler malermäßig auf den neuesten Stand gebracht. Auch der Kirchenraum unserer Gemeinde strahlte in hellen, freundlichen Farben. So ehrten wir den großen Stalin, indem wir uns selbst nützten.

Nun denke aber mal keiner, das große Ehren und Draufschlagen wäre damit zu Ende gewesen. Nein, nein: Die anfängliche und zaghafte Kleinstinitiative der Bewohner meines uckermärkischen Dorfes begann sich - unkontrolliert wie eine Grippeepidemie - in Windeseile im ganzen Land zu einer Massenbewegung auszubreiten. Es wurde geehrt, was das Zeug hielt und dabei natürlich auch kräftig draufgeschlagen und noch kräftiger abgezwackt, also „genützt". Nach Stalins Tod ehrten wir Chruschtschow, dann Breschnew, Lenin immer wieder zwischendurch, auch Thälmann kam nicht zu kurz, Ulbricht und zuletzt Honecker. Dann gab es plötzlich nichts mehr zum Draufschlagen, wir hatten zu viel „genützt", hatten es übertrieben mit unserer Ehrerei. Mein Land war pleite und ehren mochten wir auch keinen mehr.

So war das in meinem kleinen, gewesenen Land. Was

dem Sieger gefiel, das war bindend, später sogar Gesetz, und wir machten immer fleißig mit. Wir Deutschen sind eben so. Das Arschkriechen haben wir bis heute nicht verlernt. Es macht uns immer noch riesengroßen Spaß. Nur kriechen wir heute anderen in den Arsch.
Ich komme einfach nicht dahinter, wen unsere Politiker heute alles so ehren. Vielleicht heimlich? Ständig schlagen sie drauf, auch bei ihren Sparmaßnahmen. Sie sind andererseits nicht zimperlich bei ihren eigenen Diätenüberkalkulationen; von den Bonis und üppigen Abfindungen der Manager und Staatsbanker, wo sie sich ungeniert selbst so ehren und nützen, will ich gar nicht erst reden, so dass ich vor einer neuerlichen Staatspleite große Angst habe.

Wie sich nach dem Krieg das freie Unternehmertum trotz Verbot und Sozialismus wieder in Birkenhain einnistete

Ich wette, Birkenhain kennt kein Schwein. Vielleicht ausgenommen die, die in der Uckermark leben, in der Nähe dieses kleinen Ortes wohnen oder die alte Heerstraße benutzen, die heute B 109 heißt und die von Berlin nach Stralsund führt. Schon Napoleons große Armeen, Wilhelm Zwo seine Mannen und zuletzt Hitlers Divisionen und willige Vollstrecker seiner Weltherrschaftspläne haben sie zu nutzen gewusst. Sie sind darauf siegesgewiss gen Osten vor und danach geschlagen wieder zurück marschiert; wobei das Zurückmarschieren mehr einer heillosen Flucht glich.

Unsere Bundeskanzlerin wird den Ort auch nicht kennen, obwohl sie Uckermärkerin sein soll. Wenn man nicht genau aufpasst ist man mit dem Auto schon ungebremst hindurchgefahren, denn Birkenhain hat weder ein Ortseingangs- noch ein Ortsausgangsschild. Die wenigen Häuser verstecken sich seitwärts im großen Buchenwald, ausgenommen die alte Straßenmeisterei und das alte Forsthaus. Und in diesem alten Forsthaus habe ich die schönsten und unbeschwertesten Jahre meines Lebens verbracht - die Kindheit.

Die Entmilitarisierung nach dem letzten Krieg machte auch um Birkenhain keinen Bogen. Zwei lange Baracken, in denen zuvor Himmlers Mordbrenner gehaust hatten, wurden zu einem Kindererholungsheim umfunktioniert. Eine sehr gute Idee. Von einem alten Malermeister, den der Krieg von Breslau bis Birkenhain vor sich hergetrieben hatte und der in Birkenhain für einige Jahre sesshaft wurde, wurden die vielen Zimmer und langen Flure mit den damaligen bescheidenen Mitteln ausgemalt und anschließend mit dem Nötigsten versehen, was Kinder

eben so brauchen. Natürlich musste auch die große Fliegerabwehrkanone, die vor den Baracken stand, dran glauben. Nur ihren stabilen Drehkranz, der fest in der Erde verankert war, hatte man belassen. Den funktionierten die Entmilitarisierer zu einem Kinderkarussell um. Auch keine schlechte Idee. Zwei lange, armdicke Rohre über Kreuz verschweißt, mit dem Drehkranz der alten Flak verbunden, vier Bretter auf den Rohrenden als Sitze verschraubt und fertig war das Karussell. Genau genommen war es ein frühes Kunstwerk, ein Friedenssymbol. Deshalb behaupte ich, dass Birkenhain damals schon Ort und Wegbereiter einer bis dato noch vollkommen neuen und unbekannten Kunstrichtung war, deren Produkte man heute vor vielen öffentlichen Gebäuden oder Parlamentssitzen in Form von Skulpturen oder wirr verdrehten Stahlteilen bestaunen oder belachen kann. Bestimmt hätte sich das alte Birkenhainer Flak-Karussell vor dem UNO-Hauptquartier in New York als Mahnmal für die vielen Kinder, die der Krieg verschlungen hatte, auch ganz gut gemacht. Birkenhain kam aber zu spät, wie es eben immer bei kleinen Leuten, oder wie hier bei einem kleinen, unbedeutenden Ort zu beobachten ist. Eigentlich schade. Doch was soll man machen, Birkenhain hatte damals einfach keine Lobbyisten in der Politik- und Kunstszene. Heute steht vor dem Sitz der Vereinten Nationen die Skulptur eines Russen (Schwerter zu Pflugscharen), dessen Symbolik uns gut vierzig Jahre später viel Ungemach mit den Staatsoberen einbringen sollte.
Das Birkenhainer Flak-Karussell hatte einen großen Nachteil: es musste von Hand geschoben werden. Mein älterer Bruder Hans und sein gleichaltriger Freund Manni, damals beide so um die zwölf, dreizehn Jahre alt, lagen im Gras und beobachteten aus sicherer Entfernung interessiert das Gedränge und Gestreite der Erholungsheim-

kinder um das Flak-Karussell. Jeder wollte mitfahren, keiner wollte schieben.
Hans und Manni mussten dem Treiben aus einiger Entfernung zusehen, weil beide wieder mal auf Kriegsfuß mit der Heimleiterin standen, hatten sie doch erst kürzlich ihren Sohn etwas durchgeprügelt, was sie in regelmäßigen Abständen taten. Hans und Manni waren der Meinung, Olafs Eltern wären rot. Und diese Gesinnung kam damals, trotz roter Diktatur, noch schlecht bei den Leuten an, so auch bei Hans und Manni. Natürlich nur heimlich, versteht sich. Nachkriegspädagogen und erst recht solche, denen man Heimkinder anvertraute, hatten nach dem Krieg ganz schnell ihre Farbe von braun auf rot gewechselt. Dass sie ihren reichen Erfahrungsschatz aus der braunen Zeit mit in die rote hinüber retteten, war klar. Sie wussten bestens Bescheid, wie man in einer Diktatur Kinder richtig anpackt und formt. Dazu gehörte ein ordentlicher Fahnenappell mit Meldung und Parole, ein Wimpel, dem man im Gleichschritt und bei kräftigem Gesang hinterher marschiert und natürlich auch das Kriegspielen - russische Partisanen gegen deutsche Faschisten. Alles hatte wieder einen Namen. Leute, die diese Wiederholungen bemerkten, schwiegen aber. Flüsternd hatte es sich herumgesprochen, dass einige von den ehemaligen großen und schrecklichen Vernichtungslagern und Gefängnissen der braunen Diktatur, wo zuvor Tausende gequält und umgebracht wurden, schon wieder recht gut belegt waren. Sachsenhausen gab dazu ein gutes Beispiel - und es war nicht weit entfernt.
Somit verlief die unsichtbare ideologische Front auch mitten durch uns wenige Kinder und brachte einen Kleinkrieg hervor, der sich folgendermaßen abspielte: Olaf wollte nie so richtig, wie Hans und Manni es gern wollten. Er hatte einen schönen ledernen Fußball, wir anderen

Kinder nur einen schlabbrigen Igelitball, dem schon lange die Luft ausgegangen war. Olaf, etwas Muttersöhnchen und verzogen, wie es häufig bei Kindern von Pädagogen, Wohlhabenden, Politikern und Künstlern zu beobachten ist - sollen doch auch Schuster immer die schlechtesten Schuhe tragen - ließ sich nur allzu gerne von uns betteln, bis er endlich seinen schönen Fußball herausrückte. Das Fußballspiel dauerte aber nicht lange. Hans und Manni waren etwas nachtragend, weil sie ihm bei ihrer Bettelei wegen des Balles schöne Komplimente machen mussten. Das ging ihnen gehörig gegen den Strich. So ließen sie ihn zuerst noch ein, zwei Tore schießen - mehr aber nicht. Während sich Olaf freute, dass er trotz seiner etwas körperlichen Steifheit aufs Tor zustürmte, war sein Fall schon beschlossene Sache. Die Dramaturgie dazu war perfekt. Manni verwickelte ihn in einen Dribbel-Zweikampf, gab dann zum Schein auf, während Olaf siegessicher Richtung Tor stürmte. Seine Siegesfreude dauerte aber nur wenige Sekunden, denn nun trat Hans von hinten unbemerkt in Aktion. Gekonnt stellte er Olaf kurz vor dem Tor ein Bein und, damit sich sein Einsatz auch richtig lohnte, verpasste ihm noch einen kräftigen Schubs. Olaf segelte lang hin und hielt sich danach sein schmerzendes Knie. Hans und Manni machten nach dieser unsportlichen Aktion zwar ein unschuldiges Gesicht, lachten dann aber ungeniert darüber. Von einem Unparteiischen, der regulierend hätte einschreiten können, wussten wir damals noch nichts. Lieber heimlich parteiisch, als unheimlich unparteiisch.
Heulend schnappte sich danach Olaf seinen schönen Lederfußball und rannte nach Hause, wo er natürlich bei seiner Mutter petzte. Das Fußballspielen war damit für uns erst einmal vorbei und Hans und Manni mieden für ein paar Tage die Nähe des Kinderheimes. Dann beruhigte sich die Lage wieder. Heute würde man sagen: Manni

und Hans saßen ihre Unsportlichkeit aus. Und als etwas Schorf über seine zerschrundenen Knie gewachsen war, bettelten wir wieder vor Olafs Haustür um seine Gunst und um den schönen Fußball.
Einmal aber trat unerwartet seine Mutter dazu. Laut und eindringlich mahnte sie uns, endlich mit ihrem Sohn - den sie liebevoll Oläfchen nannte - Fußball zu spielen, „wie es sich gehört". Mit reuiger Miene versprachen Hans und Manni sich zu bessern und nicht mehr zu hakeln und zu schubsen. „Großes Pionierehrenwort, Frau Paul", sagte Manni noch abschließend. Über soviel Reue waren wir anderen baff. Olafs roter Pädagogenmutter hingegen gefiel das von Manni abgegebene große Pionierehrenwort außerordentlich, war doch ihr Oläfchen ein guter Pionier, trug stolz und oft das blaue Halstuch der neuen, sozialistischen Jugend. Das von den beiden Haklern und Schubsern abgegebene „Pionierehrenwort" beeindruckte sie so sehr, dass sie ihnen vergab und ihren Sohn anwies, den Ball herauszugeben und mit uns Fußball zu spielen. Wahrscheinlich dachte sie, dass bei den beiden Stänkerern endlich die sozialistische Saat aufgegangen sei. Da hatte sie sich aber gewaltig getäuscht. Ausgerechnet bei diesen Beiden!
Das Spiel begann. Wieder ließ man Olaf sehr zu seiner Freude ein, zwei Tore schießen, bis Hans und Manni ihr abgegebenes „Pionierehrenwort" einfach vergaßen oder es sogar zum Anlass nahmen, wieder in Aktion zu treten. Beide besuchten sie nämlich den Konfirmandenunterricht bei Pastor Glompfass. Und zwei Herren kann man ja bekanntlich nicht dienen. Dieses Mal hakelten und schubsten sie nicht. Kurzerhand verpassten sie Olaf gleich einen Tritt vors Schienenbein, so dass er laut aufheulte. Wieder war das Spiel zu Ende und Hans und Manni verdünnisierten sich.

Und jetzt trat das ein, was ich damals schon als kleiner Junge höchst merkwürdig fand. Trotz dieser für Olaf schmerzhaften Schienenbeintretaktion ließ er sich immer wieder von uns, und natürlich auch von Hans und Manni, wegen seines Fußballes bitten und betteln und willigte zum Schluss immer wieder zu einem neuen Spiel ein, bis die beiden Übeltäter ihn wieder zu Fall brachten. Warum zog er keine Lehren daraus, warum wiederholte sich dieses Spiel immer wieder? Olaf hatte doch schließlich schmerzhafte Erfahrungen mit den beiden gemacht. Hätte er seine Lehren daraus gezogen, würden Hans und Manni und natürlich auch wir anderen ganz schön alt ausgesehen haben. Doch irgendwann schien es Olaf begriffen zu haben und das Fußballspielen fiel für längere Zeit aus.
In dieser fußballarmen Zeit war es, als Hans und Manni im hohen Gras lagen und aus sicherer Entfernung zu Olafs Mutter dem Treiben der Heimkinder um das Flak-Karussell zusahen. Manni fasste in seine Lederhosentasche, fuhrwerkte lange darin herum bis er endlich ein verklebtes Bonbon zutage förderte, befreite es vom Schmutz und den dran klebenden Papierresten und schob es sich genüsslich in den Mund.
„War das letzte", sagte er nur zu Hans, der mit ansehen musste, wie es Manni schmatzend lutschte. Das Wasser muss Hans buchstäblich im Munde zusammengelaufen sein. Bonbons waren damals nicht so einfach erhältlich, denn dafür mussten Zuckermarken hergegeben werden, die unsere Mütter gut bewachten. „Ein guter deutscher Apfel tut es auch. Außerdem ist er noch gut für die Zähne", war Mutters praktischer Kommentar zu den Bonbons. Und Äpfel gab es damals an den Alleen der Straßen wahrlich genug.
„Fuud Jeschke hat ‚freie Bongse' im Laden, man müsste nur ein bisschen Geld haben", merkte Hans an. Warum

man den Kaufmann im Nachbarort Lindenhagen Fuud nannte, wusste keiner zu sagen. Vielleicht hatte ihm ein dörflicher Spaßvogel, der in englischer oder amerikanischer Kriegsgefangenschaft gewesen war, abgeleitet vom englischen Food den Namen verpasst. Wer weiß. Er hieß eben bei allen nur Fuud Jeschke, was er aber nicht hören durfte.

„Die haben doch bestimmt von zu Hause etwas Taschengeld mitgekriegt, was meinst du?" fragte Hans und wies mit einer Kopfbewegung zu den Heimkindern.

„Kann sein. Willste es ihnen abluchsen?" fragte Manni zurück.

„'n bisschen was müssten wir schon dafür tun", erwiderte Hans.

„Haste ne Idee?" Manni war jetzt neugierig geworden.

„Wir machen Karussellschieber bei denen da drüben", sagte Hans und wies auf das Flak-Karussell.

„Und dann?"

„Sie dürfen nur mitfahren, wenn sie uns einen Groschen oder auch zwei geben."

„Ist mir zu anstrengend", erwiderte Manni, „immer wie ein alter Gaul im Kreis herumlaufen und dazu noch schieben." Manni war ganz im Gegensatz zu Hans, der immer einen Plan auf Lager hatte und mehr Draufgänger war, ein Abwäger - der Aufwand und Nutzen eben genau abwägte. Von Manni wussten wir, dass er schon viele ‚dicke Bücher' gelesen hatte, und deshalb war es auch gut möglich, dass er immer erst die Pläne seines Kumpels Hans, der wie gesagt viele verrückte davon auf Lager hatte, einer strengen Analyse unterzog. Eigentlich eine gute Mischung: hier der Draufgänger und dort der Taktiker. In der großen Politik ergänzen sich solche Leute tadellos.

Hans war von seiner Idee nicht abzubringen: „Wie lange

wir für zwanzig Pfennig schieben, bestimmen wir. Wenn der Laden richtig läuft, verkürzen wir nach und nach die Schiebezeit."
Manni überdachte nochmals den Plan. „Zwanzig Pfennig sind zu viel", gab er zu bedenken, „zuerst knöpfen wir ihnen zehn Pfennig pro Fahrt ab, so als Anreiz, später können wir den Fahrpreis ja noch erhöhen."
Hans war einverstanden. Langsam traten beide, immer noch vor Olafs Mutter das Umfeld sichernd, dem Karussell näher. Nachdem sie eine Weile dem Gerangel und Gestreite der Heimkinder zugesehen hatten, machte Manni den Vorschlag, von jetzt ab Karussellschieber zu sein. Allgemeine Begeisterung kam auf.
„Das ist aber sehr anstrengend", griff Hans in die Verhandlung ein, „er kann nicht immer allein im Kreis herumjachtern, wir lösen uns beide ab." Auch große Zustimmung. Jetzt wagte Manni den unternehmerischen Ausfallschritt: „Jeder zahlt pro Fahrt zehn Pfennig. Das ist doch nicht zu viel, oder was meint ihr?"
Manni war jetzt ganz Unternehmer geworden, wie einer, der mit seiner Belegschaft jovial über sozialverträgliche Fahrtarife verhandelt. Wie immer im praktischen Leben bockten einige und wollten nicht zahlen. Doch als die Ersten in die Tasche griffen und Manni ohne Zögern zehn Pfennig aushändigten, war der Beförderungstarif beschlossene Sache. Die Bockigen gaben auch auf und alles war im Lot.
„Erst schiebst du drei Runden und ich kassiere, dann wechseln wir", raunte Manni Hans zu.
„Aber nicht bescheißen, ich zähle die Groschen mit", erwiderte Hans leise. Die beiden Kleinunternehmer belauerten sich ab jetzt gegenseitig. Geld macht eben den Menschen, hatte der alte Grieche schon richtig festgestellt.
„Alles festhalten!", rief Manni wie auf dem Rummel,

„die Fahrt beginnt!"
Zuerst keuchte Hans etwas, als er das Flak-Karussell in Schwung bringen musste, dann aber lief die Sache wie geschmiert und er trabte wie ein Gaul im Göpelwerk, während Manni schadenfroh grinste. Hans verlangsamte die Umdrehungen, bis das Flak-Karussell zum Stehen kam. Die Kinder protestierten, weil die Karussellfahrt zu kurz war. Manni schlichtete.
„Von jetzt ab zähle ich bis hundert, so lange dauert dann die Fahrt, einverstanden?" Alle waren mit Mannis Vermittlungsvorschlag einverstanden, nur Hans nicht: „Bis' du blöd, ich jachter mir doch nicht die Lunge aus dem Hals!" raunte er Manni zu.
„Keine Angst, ich überspringe und zähle dazu etwas schneller", erwiderte dieser leise. Manni war jetzt in seinem Element. Er zählte schnell und nach vierzig war er schon bei sechzig angelangt.
„Meine Damen und Herren, kommen Sie ran, kommen sie ran, hier werden sie genauso beschissen wie nebenan. Hier ist der Himmel blau wie in Venedig, hier blüht das Glück für jeden Mann! Hier werden Tränen gelacht! Wer will, wer will, wer hat noch nicht? Geld bereithalten und fertig machen für die nächste Fahrt ins Glück!", rief Manni laut und kassierte dabei ungeniert ab, als hätte er in seinem Leben nie etwas anderes gemacht. Den Heimkindern gefiel es, sie lachten und kreischten und stritten sich um die harten Karussellbretterplätze. Manni verkaufte ihnen für zehn Pfennig Rummelplatzatmosphäre und auf dem Rummelplatz sitzt bekanntlich das Geld ja immer etwas lockerer. Manni kannte sich eben aus, vielleicht auch wegen seiner vielen gelesenen dicken Bücher.
„Festhalten, die Fahrt beginnt!", rief er wieder. Einen kleinen Jungen ließ er großzügig für fünf Pfennig mitfahren. Wieder brachte Hans keuchend das Flak-Karussell in

Schwung. Aber es mag sein, dass ihm Mannis Vorschlag mit dem ‚bis Hundert zählen' nicht gefiel, also sabotierte er die Sache. Er legte sich plötzlich so ins Zeug, dass ein paar Kinder bedingt durch die Fliehkraft vom Karussell fielen und laut plärrten. Manni schlichtete bei den Verunfallten und sie durften eine Fahrt umsonst machen.
Hans knurrte: „Wollen wir nun bei Fuud Bongse kaufen oder nicht?" Durch diesen Zwischenfall war die Karussellfahrt erheblich kürzer ausgefallen. Einige protestierten, aber Manni war Geschäftsmann und verhandelte geschickt: „Wer will noch mal, wer hat noch nicht? Plätze einnehmen!" rief er und kassierte wieder ab. Entweder hatte es Manni mit seiner lauten Rummelplatzwerbung übertrieben oder beide waren sie mit der Maximierung ihres Profites (nach Karl Marx' „Kapital") so beschäftigt, dass sie die Gefahr nicht bemerkten, die sich ihnen in Form von Olafs Mutter wie aus dem Nichts näherte. An Flucht war nicht mehr zu denken.
„Das ist aber schön, was ihr hier macht, Jungs, da freue ich mich sehr darüber. Seht ihr, es geht doch auch ohne Streiten und Prügeln. Ihr könnt doch, wenn ihr nur wollt." Olafs Mutter war ganz ergriffen von Hans und Mannis Schiebertat.
Wie heute die vielen Reformpädagogen, Richter und Gutmenschen, die auf Multi-Kulti, Toleranz und Wunschdenken setzen und dabei viel Chaos und Unfrieden anrichten, so war auch sie damals überzeugt, dass die beiden Schieber endlich die große Sache von der sozialistischen Neumenschwerdung begriffen hätten. Genauso wie es der russische Revolutionär und sozialistische Reformpädagoge Makarenko, der ihr großes pädagogisches Vorbild war, in seinen Büchern beschrieben hatte. Auch dieser träumte von einem neuen Menschentypus, nicht von Schiebern.
Für einen Moment vergaß Hans das Schieben und Manni

griff sichernd in seine Lederhosentasche, wo schon so einige Zehn-Pfennig-Stücke klimperten. Dann aber fasste er sich: „Das macht uns auch richtig Spaß, Frau Paul", rief er freundlich. Hans fand das nicht und knurrte nur wütend, dachte aber an die ‚Bongse' von Fuud.

„Endlich macht ihr mal was Nützliches, Jungs", sagte sie, freute sich und ging.

Manni atmete auf und Hans sah ihr hinterher, bevor sein Blick auf Olaf fiel, der im Windschatten seiner Mutter aufgetaucht war. Er hatte wieder einen Plan. Erst kürzlich hatte ihm Manni das Buch ‚Die Abenteuer des Tom Sawyer' geborgt. Hans versuchte es jetzt wie Tom Sawyer, als der einen Zaun streichen musste. Mit fröhlichem Gesicht schob er das Flak-Karussell und weckte so bei Olaf Begehrlichkeiten: „Na, Oläfchen. möchtest du auch mal schieben?" schmeichelte er. „Du wirst sehen, das macht großen Spaß. Ich schiebe noch ein paar Runden und dann können wir uns ja abwechseln, einverstanden?"

„Und deine Mutter würde sich darüber auch sehr freuen", fiel Manni ein, hatte er doch sofort gerochen, was Hans vor hatte. Sie waren eben ein eingespieltes Team, würde man heute über die beiden sagen.

Olaf hatte seine zerschrundenen Knien und sein schmerzendes Schienenbein vergessen und wollte jetzt auch etwas ‚Nützliches' tun, wie seine Mutter die Schieberei von Hans und Manni genannt hatte.

„Ich will aber jetzt gleich schieben!", trotzte er, worauf Hans nach ein paar weiteren Runden seufzend aus seinem Göpelwerk heraustrat, ihm großzügig seinen befristeten Arbeitsplatz überließ und Manni zuflüsterte: „Wir lassen ihn ein paar Runden schieben, kassieren heimlich ab und dann verdünnisieren wir uns. Wir haben schon genug." Manni klopfte auf seine Hosentaschen.

Olaf machte seinen Job wirklich gut. Wie Neubauer Pase-

nows alter Klepper beim Pflügen ließ auch Olaf seinen Kopf hängen und schob geduldig, bis Manni „Hundert!" gerufen hatte. Manni zählte jetzt aber so, wie es Lehrer Gütte gelehrt hatte, langsam und deutlich.
„Lange hält der nicht mehr durch", flüsterte er Hans zu, „wir kassieren noch mal heimlich ab und dann nichts wie weg."
„Lass ihn doch schieben bis er schwarz wird, umso mehr Bongse können wir uns bei Fuud kaufen", setzte ihm Hans entgegen, der das Geld einsammelte.
„Dieses Mal zähl ich nur bis fünfzig, ja Olaf? Dann musst du mich aber auch mal schieben lassen!", rief Manni ungeduldig und mit trauriger Stimme.
Olaf freute es. Das war Musik in seinen Ohren. Endlich war er mal obenauf, bestimmte er mal, wo es lang ging: „Jetzt noch nicht, ein paar Runden will ich noch", rief er pustend zurück, freute sich und war ganz stolz. Sollen die beiden doch warten, ich bestimme, wie lange ich schiebe, mag er gedacht haben.
„Na gut, Olaf, aber dann ich, ja?" Manni verstand auch etwas von hoher Schauspielkunst, Psychologie und unternehmerischer Taktik und grinste zufrieden.
Und während Olaf mit gesenktem Kopf japsend Runde um Runde das Flak-Karussell schob, kassierten Hans und Manni immer wieder heimlich ab.
„Wir haben jetzt genug", raunte Manni Hans zu, „wenn dem seine Mutter wieder auftaucht, ist es aus mit unseren Bongsen und wir müssen das Geld zurückgeben." Hans war damit einverstanden, das Karussellunternehmen aufzugeben. Manni war für einen geordneten Rückzug, so wie es allgemein bei Kapitalisten zu beobachten ist, wenn sie klammheimlich ihren abgewirtschafteten Betrieb verlassen, um sich mit ihrem Gewinn ins sichere Ausland abzusetzen.

Als wäre es die natürlichste Sache der Welt, ließ Manni es sich nicht nehmen noch einmal lautstark zu rufen: „Alles festhalten, die Fahrt ins Glück beginnt!” Ordnung muss eben sein. Und während Olaf das Flak-Karussell wieder keuchend in Schwung brachte, schlugen sich Hans und Manni unauffällig in die Büsche. Sie liefen ein gehöriges Stück bis sie meinten, vor Olafs Mutter in Sicherheit zu sein. Lachend ließen sie sich ins Gras fallen.
„Der schiebt bestimmt bis es dunkel wird”, bemerkte Hans, als sie sich etwas vom schnellen Laufen erholt hatten.
„Und wartet bis ich ‚fuffzich‘ sage”, ergänzte Manni und sie lachten schadenfroh drauflos.
„Manni, jetzt raus mit dem Geld, wieviel ist bei unserer Schiebung zusammengekommen?” Hans breitete sein Taschentuch fein säuberlich im Gras aus, damit auch ja kein Zehnpfennigstück verloren ginge. Manni grabbelte lange in seinen Hosentaschen herum bis er meinte, den letzten Groschen aufs Taschentuch befördert zu haben.
„Ist das auch alles?” fragte Hans misstrauisch.
„Na, klar ist das alles.”
„Zeig mal her”, und ehe Manni sich versah, hatte Hans schon seine Hand in Mannis Hosentasche.
„Du wolltest bescheißen, hier ist noch ein Groschen.”
„Der muss sich irgendwie versteckt haben, kann ja mal passieren”, beschwichtigte er seinen Karussellkompagnon. Und zum Beweis, dass sich kein Zehnpfennigstück mehr in den Tiefen seiner Lederhosentaschen versteckt hatte, zog er beide Taschenfutter aus der Hose, so dass sie wie zwei schlappe Eselsohren herunter hingen. Hans war zufrieden.
Vertrauen ist gut, Kontrolle besser, hatte Lenin gesagt. Der hatte auch so einige Erfahrungen mit seinen Kampfgenossen gemacht. Er kannte seine Pappenheimer. Auch

die treuesten Parteinatschalniks versuchten zu bescheißen oder lagen gerne auf dem warmen Ofen und ließen andere arbeiten. Geld, und noch mehr Geld verbiegt jeden Revolutionär. Unternehmer beschissen sowieso.
„So, jetzt teilen wir." Manni war einverstanden.
Sorgfältig gingen sie daran ihren Gewinn aufzuteilen und zu ihrer großen Verwunderung hatte sich ein altes Zehnpfennigstück, auf dessen Rückseite ein Adler mit Hakenkreuz abgebildet war, mit eingeschlichen.
„Da kannste mal sehen, die bescheißen einen ohne rot zu werden", stellte Manni empört fest.
„Ja, ja", bestätigte Hans, „überall wirste heut beschissen".
Nach der Gewinnaufteilung machten sie sich auf und gingen den Hohlweg entlang, der mitten durch die Feldflur von Birkenhain bis zum fast zwei Kilometer entfernten Lindenhagen führte, wo Fuud Jeschke seinen kleinen Lebensmittelladen hatte.
„Bei Fuud müssen wir aufpassen, der bescheißt auch gern. Beim Abwiegen soll er oft heimlich seinen dicken Daumen auf die Waage legen", warnte Manni.
„Meine Mutter will jetzt nur noch bei ‚Konsum-Nickel' einkaufen, der dreht einem wenigstens keinen alten, stinkenden Käse oder Fisch an", bestätigte Hans.
Fuud Jeschke, ein kleiner, dicker Mann, der so hoch wie breit war und auch im Gemeindekirchenrat saß, war ein Kaufmann alter Schule. Bei ihm konnte man auch ‚hintenrum' einkaufen, wenn man die Öffnungszeit verpasst hatte, oder anschreiben lassen. In den Augen der Parteimächtigen und staatlichen Lebensmittelverteiler war er ein Kleinkapitalist, der irgendwie zum Aufgeben gezwungen werden musste. Um sich der steigenden Konkurrenz des Landkonsums zu erwehren, der besser beliefert wurde als er, griff er nur allzu gerne geschickt

in die alte Kaufmannstrickkiste und versuchte, irgendwelche Ladenhüter wie den letzten moddrigen Karpfen, steinharten alten Käse oder ranziges Fett an den Mann oder die Frau zu bringen. Meistens aber an die Frau. Männer gingen damals noch ihrer Arbeit nach, und die war in den Dörfern auf den umliegenden Feldern oder in irgend einem kleinen Handwerksbetrieb wie Stellmacherei, Dorfschmiede oder Sattlerei. Jeder hatte sein bescheidenes Auskommen.
Mutter ging neuerdings auch zu Konsum-Nickel einkaufen. Sie hatte etwas dagegen, dass einige Dörfler in Fuuds Laden immer auf einem Mehl- oder Zuckersack saßen und dabei ihr Bier tranken.
„Das wäre noch was", schimpfte sie, „die furzen in den Zucker und ich kaufe ihn!"
Die Glocke über der Ladentür bimmelte unüberhörbar, als Hans und Manni Fuuds kleinen Laden betraten. Die Kundenglocke musste laut bimmeln, weil Fuud meistens auf einem alten Kanapee im kleinen Nebenzimmer ein Schläfchen machte. Wegen der angekündigten Kundschaft wälzte sich Fuud flink von seinem Lager, aber als er Hans und Manni sah, verfinsterte sich für einen Augenblick seine Miene. Kleinvieh macht auch Mist, musste er dann aber gedacht haben und fragte: „Na, was wollt ihr beiden Lauser?"
„Guten Tag, Herr Jeschke", sagten sie artig und Hans fragte: „Haben Sie noch die Himbeer-Bongse in der runden Schachtel, die ohne Zuckermarken sind?"
„Das sind keine Bongse sondern Bonbons, merkt euch das mal endlich! Was lernt ihr bloß in der Schule? Naja, bei dem Lehrer."
Fuud musste die beiden oft verbessern. Senf war eben Senf und kein Mostrich. Und den Neulehrer, der ein Parteiabzeichen an seiner abgewetzten Jacke trug, den

mochte er schon gar nicht.
„Jawohl, Bonbons, Herr Jeschke”, sagten beide artig, während Manni neugierig den Tabak und die wenigen Zigarren musterte, die offen in einer hölzernen Schachtel lagen.
Höflich mussten die beiden zu Fuud schon sein, nahm er doch als Gemeindekirchenratsmitglied zusammen mit Pastor Glompfass auch die Konfirmandenprüfung ab. Zwar waren es noch gut zwei Jahre hin bis zu dieser Prüfung, aber sicher ist sicher, werden sich Hans und Manni gedacht haben. Das Auswendiglernen der zehn Gebote und der vielen Psalmen machte ihnen doch schwer zu schaffen.
„Ohne Zuckermarken habe ich nur noch lose Bonbons mit Waldmeistergeschmack. Die werden euch bestimmt auch gut schmecken”. Dabei zeigte Fuud auf einen Glasbehälter, der voll mit grünen ‚Bongse” war.
„Die haben Sie wohl schon mal probiert, was?”, fragte Manni naseweis.
„Nicht frech werden, Lümmel!”, drohte Fuud und Manni duckte sich.
„Wie viel Geld habt ihr denn bei euch?”
„Knapp drei Mark”, antwortete Manni und hielt Fuud seinen Teil vom Schiebergeld hin. Schlagartig hellte sich Fuuds Miene auf. „Jeder”, fügte Manni noch lockend hinzu.
„Donnerwetter Jungs, habt wohl irgendwo gesungen, was?”
„Gesungen nicht, mehr geschoben”, antwortete Hans.
Fuud stutzte, sagte aber nichts, obwohl er wegen der Antwort am liebsten beiden ‚Lausern‘ kräftig die Ohren langgezogen hätte. Mit Kunden verdirbt man es sich aber nicht, auch nicht mit solchen, die ihr Geld durch irgendwelche Schiebereien verdient hatten - damals nicht

und heute schon gar nicht. Vielleicht ahnte Fuud als alter Kaufmann, dass hier zwei vor seinem Ladentisch stehen, die der Zeit schon ein gehöriges Stück voraus waren - wegen der Schieberei.
„Hundert Gramm Waldmeisterbonbons ohne Marken kosten eine Mark fünfzig", sagte er und drehte dabei schon geschickt aus altem Packpapier eine kleine, spitze Tüte.
„Wir nehmen jeder hundert Gramm", bestellte Hans.
Wie immer, wenn Fuud Kunden bediente, summte er irgendeine Phantasiemelodie, die sich nur wie „Mmmmm, mmmm" anhörte. Mit seinen kleinen dicken Fingern grabbelte er die zusammengeklebten Bonbons mit Waldmeistergeschmack aus dem Glasbehälter und tat sie in die zusammengedrehte Papiertüte.
Wie ein Luchs beobachtete Hans den Zeiger von Fuuds Lebensmittelwaage und natürlich auch seinen dicken Daumen. Jeder wusste, wenn Fuud zu summen anfing war er guter Laune. Dann kam es schon mal vor, dass der Zeiger seiner Lebensmittelwaage mehrere Striche vor der Grammbestellung stehen blieb, so wie er sich auch so manches Mal verrechnete.
Danach war es Manni, der den Zeiger und den Daumen nicht aus den Augen ließ.
„Und, meine Herren, was darf es noch sein?", fragte Fuud gut gelaunt. Er wusste, beide Kunden hatten noch eins fünfzig in der Tasche. Haben oder nicht haben!
Hans überlegte nicht lange: „Ich nehme noch fünf Zigaretten für meinen Vater mit. Der freut sich bestimmt darüber."
Fuud setzte jetzt eine ernste Miene auf: „Rauchst du etwa schon, du Lümmel?"
„Nein, Herr Jeschke, da bekäme ich aber schön Senge von meinem Vater", antwortete Hans mit einer Unschulds-

miene, die sogar Manni ins Staunen versetzte.
„Naaa", sagte Fuud gedehnt und hob seinen kurzen, dicken Zeigefinger, „dann will ich mal nicht so sein. Was raucht denn dein Vater?"
„Die Sorte Turf, Herr Jeschke."
Fuud war gerade im Begriff, die Zehner-Packung ‚Turf' zu öffnen, als er es sich anders überlegte: „Nimm doch gleich die ganze Zehnerpackung, mein Junge, lose Zigaretten darf ich nicht verkaufen."
„Mir haben Sie aber schon mal zwei Zigaretten verkauft, Herr Jeschke", fiel Manni ein. Fuud wollte hochfahren, unterließ es aber. Immerhin hatte Manni nach dem ‚Bongsekauf' auch noch fast eins fünfzig in der Tasche.
„Na gut, ich nehm die Packung", lenkte Hans ein.
„Streichhölzer auch?", fragte Fuud.
„Ham wa selber."
Fuud tat so, als hätte er Mannis Bemerkung nicht gehört: „Aber eine Pfefferminzstange nimmst du doch bestimmt auch noch?" Fuud kannt sich damit aus was Jungens so brauchen, wenn sie heimlich qualmen. Mütter riechen schließlich sofort den Braten. Hans nahm noch die Pfefferminzstange, bezahlte - und Fuud gab richtig raus.
„Und du?", fragte er Manni.
„Ich nehm zwei Zigarren zu dreißig" und fügte noch hinzu, „auch für meinen Vater."
„Du hast doch gar keinen Vater, der ist doch im Krieg gefallen. Und deine Mutter wird ja wohl keine Zigarren rauchen?"
Manni wurde rot, was selten bei ihm vorkam. Fuud hatte ihn erwischt. Doch es nützte nichts, schließlich war er Kaufmann und der Kunde Manni König: „Die zu sechzig schmecken besser", riet er Manni.
„Gut", willigte Manni ein, „dann zwei zu sechzig."
„Soll ich sie einwickeln oder nimmst du sie so?"

„Ich nehm sie so", antwortete Manni.
„Und auch eine Pfefferminzstange dazu?"
„Nee, ich nehm zwei saure Gurken."
Fuuds Mundwinkel verzogen sich nach unten. Zwei saure Gurken waren billiger als eine Pfefferminzstange, halfen aber dafür besser den üblen Mundgeruch nach dem Zigarrenrauchen zu beseitigen. Wie immer, Manni kannte sich aus.
„Nehm sie dir selber raus", sagte Fuud misslaunig, „es müssen noch ein paar drin sein" und wies dabei auf das große hölzerne Gurkenfass. Manni krempelte sich die Ärmel seines Hemdes hoch und tauchte seinen Arm tief in die Gurkenlake. Er fuhrwerkte darin herum, als wolle er einen Fisch fangen. Endlich hielt er zwei saure Gurken in die Höhe. Fuud wog sie ab, wickelte sie in Zeitungspapier und rechnete alles zusammen. Jeder war zufrieden.
Nachdem sie den Hohlweg nach Birkenhain zurückgegangen waren legten sich beide ins Gras und ließen es sich gut gehen. Hans steckte sich eine Turf an und Manni biss fachmännisch die Spitze seiner Zigarre zu sechzig ab; so wie er es beim Dorfschmiedemeister beobachtet hatte, der aber jetzt auf Nordhäuser Kautabak umgestiegen war und nur noch ‚priemte'.
„Ob Olaf immer noch schiebt?", fragte er grinsend.
„Können ja mal nachsehen und nachträglich noch abkassieren", erwiderte Hans und hustete, als hätte er einen Frosch verschluckt. Die Turf machte ihm arg zu schaffen.
„Du, Manni", sagte er dann zwischen zwei Hustenanfällen, „ich hab da so ne Idee."
„Lass hören", erwiderte der neugierig und paffte zufrieden und gekonnt den Rauch seiner Sechzigerzigarre in kleinen Ringen in die Luft.

Wie ich die Besatzungsmacht nutzte, um hinter ein erotisches Geheimnis zu kommen

Es war Sommer in der Uckermark und die Sonne meinte es gut. Zu gut. Nach einem viel zu langen und nassen Frühjahr brannte sie jetzt schon seit Wochen unbarmherzig auf das Land nieder. Dem Getreide auf den Feldern gefiel es, zusehends reifte es heran. Auch den Kartoffeln bekam es gut. Und natürlich auch den Wiesen, wo die Bauersfrauen und andere Dörfler mit dem Holzrechen das Heu wendeten. Solch eine Hitzeperiode brachte immer viel Ungemach. Die Pferde der Bauern schwitzten und ließen beim Laufen ihre Köpfe hängen, die Hühner kakelten nur kurz auf wenn sie nach dem Eierlegen ihr Nest verließen, um sich anschließend unter den Holunderbüschen zu verkriechen, die Hofhunde hechelten müde im Schatten und vergaßen zu kläffen, wenn sich ein Fremder dem Gehöft näherte und die ein, zwei Dicken im Dorf wischten sich ständig mit übergroßen Taschentüchern den Schweiß aus ihren Gesichtern. Ein, zwei Dicke deshalb, weil es zu meiner Kindheit und auch Jugend nur wenige dicke Menschen gab. Döner, McDonalds, Coca-Cola, Schokoriegel, Chips, Fernsehen und Computer waren damals noch unbekannt, dafür aber gab es Bewegung im Überfluss, auch Obst und Gemüse aus dem eigenen Garten, und alles war gesund und kostete nichts.
Heute sieht die Sache ganz anders aus. Großes, XXXL, steht uns im wahrsten Sinne des Wortes bevor. Textile Übergrößen werden in nächster Zukunft der Renner sein. Und nicht nur die, auch vergrößerte und verstärkte Sitzmöbel. Und da ich gerade beim Sitzen bin: auch Klobrillen und Klobecken werden davon betroffen sein. Damit hört das Große aber nicht auf. Wer viel isst scheidet auch viel aus, biologisch gesehen. Das aber hat wiederum

zur Folge, dass der Wasserverbrauch für den Spülvorgang steigt. Es bleibt uns einfach nichts anderes übrig, wir müssen auch unsere Klärwerke vergrößern. Der Volksmund sagt: Dumm frisst, Intelligenz säuft. Keiner will sich einschränken. Der Wasserpreis wird steigen. Und überhaupt, mit der Intelligenz ist das auch so eine Sache. Viele dünken sich sie zu haben und tun so als ob, vornehmlich in der Politik. Dafür sind diese Leute aber ausgesprochen flexibel. Blitzschnell vermögen sie ihre Parteifarbe zu wechseln und an Vergesslichkeit leiden sie außerdem auch noch. So würdigte der ehemalige Ministerpräsident des ‚Ländle' und heutige EU-Kommissar am Grab seines Vorgängers diesen als Widerständler des Hitlerregimes, obwohl er als Marinerichter noch kurz vor Zwölf Todesurteile gegen kriegsmüde Matrosen gefällt hatte, die dann auch vollstreckt wurden.
Das erhärtet nur die Feststellung, dass nirgendwo mehr gelogen wird als vor der Wahl, nach der Jagd und hin und wieder auch am Grabe eines Verstorbenen. Die Wahl- und Grablügen haben aber nichts mit Intelligenz zu tun, mehr mit Dreistigkeit. Wir gewöhnen uns daran. „Arbeit war sein Leben und unvergessen", las ich unlängst auf der Grabplatte eines ehemaligen Kollegen, der gekonnt und erfolgreich der Arbeit aus dem Wege gegangen war und dazu noch seine Frau schlecht behandelt hatte. Alles nur eine Frage der Gewöhnung.
Gewöhnt hatten wir uns seinerzeit auch an unsere Besatzungsmacht, die wir nur noch ‚Freunde' nennen mussten. Ich hatte ein besonders schönes Freundschaftserlebnis.
„Springe nicht sofort ins Wasser, mit vollem Magen kann man ertrinken", mahnte Mutter, als ich mich gleich nach dem Mittagessen mit dem Fahrrad aufmachte, um an den Sternhagener See zum Baden zu fahren. So mahnten damals alle Mütter ihre Kinder, wenn diese baden gin-

gen. Auch sollte man nicht sofort ins Wasser springen, sondern sich erst ein wenig abkühlen. Beachtet hatte es von uns keiner.
Es war auch wirklich eine Bullenhitze. Obwohl der Feldweg zur Badestelle auf beiden Seiten von Sauerkirschbäumen bestanden war, die sich in den Jahren zu einer schattenspendenden Hecke entwickelt hatten, war er durch die Trockenheit noch sandiger geworden, als er es ohnehin schon war. Seen kann man riechen und ich roch meinen geliebten Sternhagener See, je näher ich ihm kam. Kräftig trat ich in die Pedale. Im Schatten der zwei riesigen Pappeln kurz vor der Badebucht sah ich ein Russenauto stehen. Russen hatten wir damals mehr als genug. Eine gewaltige Streitmacht hatte seine zweite Heimat in unserer Kreisstadt Prenzlau gefunden. Sie fühlten sich wohl, wie zu Hause. Niemandem waren sie rechenschaftspflichtig. In Vaters Forstrevier ballerten sie während der Schonzeit das Wild ab, zerfuhren mit ihren Panzern rücksichtslos die halbwegs noch befahrbaren Straßen und Wege der umliegenden Städte und Dörfer und scherten sich weder um Sauberkeit noch um Ordnung in ihren eigenen Kasernen, wo doch Militärs immer so pingelig sind. In Prenzlau hatten sie ihre Kasernen mit einem gewaltigen Bretterzaun umgeben, den sie krumm und schief zusammengenagelt hatten. Eine Wasserwaage sah der Verteidigungsetat nicht vor und etwas Band für eine Richtschnur ließ sich wohl auch nirgendwo auftreiben. Das Arbeitskommando, welches für die Ausbesserung des Zaunes zuständig war, hatte schon lange die Lust daran verloren. Nagelten sie hier einen illegalen Durchschlupf zu, waren von den Muschkoten keinen Tag später an anderer Stelle wieder Bretter herausgerissen worden, die so ihren freien Zu- und Abgang regelten. Im Winter wurden die Bretter kurzerhand von den Wachen

verfeuert. So nagelten sie Jahr für Jahr immer wieder aufs Neue Schlupflöcher zu und würden es bis heute so machen, wenn Gorbatschow ihnen nicht Einhalt geboten hätte. Ich meine, mehr symbolisch.
Höflich wollte ich Mutters Rat befolgen, die mir eingeschärft hatte, dass man an Freunden, Nachbarn oder guten Bekannten nicht einfach so vorbei geht oder fährt, ohne irgend etwas Nettes gesagt zu haben. Ich kramte mein deutsches Russisch hervor und fragte den glatzköpfigen, dicken Offizier, der am Auto lehnte höflich von weitem: „Na, Towarisch, Maschinka kappuut, was?” und zeigte dabei auf den Mannschaftswagen. Meine Freundlichkeit muss von dem dicken Offizier falsch verstanden worden sein.
„Stoi! (Halt!)“, herrschte er mich an und baute sich vor mir auf. Mit Müh und Not brachte ich meinen alten Drahtesel zum Stehen. Etwas mulmig war mir schon, hatte es sich doch herumgesprochen, dass unsere Freunde ganz wild darauf waren, endlich die Kunst des Fahrradfahrens zu erlernen. Zu diesem Zweck kam es vor, dass sie willkürlich irgend einen Radfahrer anhielten, sein Fahrrad kurzerhand requirierten und so lange darauf rumstrampelten, bis es von den vielen Stürzen total ramponiert war. Und weil die Sache zu ihrem Ärgernis nicht klappte, sie es sich einfach nicht erklären konnten, dass sie immer wieder vom Rad fielen, beschimpften sie anschließend den deutschen Eigentümer als ‚Faschiiist‘ oder riefen ‚Sabotaasch!‘ Erst kürzlich hatte mein Freund Pauli von einem Russen ein paar hinter die Ohren bekommen, weil dieser immer wieder von seinem Fahrrad gefallen war. Und das muss für den Besatzerfreund recht schmerzhaft gewesen sein. Pauli hatte laut darüber gelacht - und Freunde lacht man eben nicht aus.
Jetzt sah ich auch den Fahrer des Mannschaftswagens,

der auf dem Trittbrett des Fahrerhauses saß und eine selbstgedrehte Machorkazigarette, die aus dem Zeitungspapier der Prawda gedreht wurde, schmauchte. Er war ein gutmütig dreinblickender, junger Soldat. Muschkoten nannten wir sie heimlich. Abgeleitet von Mushik - armer, russischer Kleinbauer.
Der dicke Glatzkopf blickte noch strenger. Was wollte er von mir? „Kuda? (wohin?)“ raunzte er mich laut und barsch an.
„Osero, kupatzja (See, baden)“, erwiderte ich und machte dabei eine Schwimmbewegung. Herr Piepereit, mein Russischlehrer und ehemaliger Ostpreuße, hätte jetzt bestimmt ein freudiges Gesicht gemacht, bescheinigte er mir doch oft ein Faulpelz zu sein, der nur widerwillig die Sprache unserer Freunde lernte.
„Njet! Domoi! Dawai! (Nein! Nach Hause!)“, rief der dicke Glatzkopf und wies mit dem Arm dorthin, wo ich gerade hergekommen war. Das fehlte mir noch, bei der Bullenhitze den sandigen Weg zurück strampeln und nicht baden dürfen!
„Potschemu? (warum?)“, rief ich mutig und vielleicht auch etwas zu laut zurück.
Der Glatzkopf stutzte. So etwas musste ihm in seiner Besatzerzeit noch nie passiert sein. Ein kleiner deutscher Rotzlöffel, der ein Fahrrad fährt, das ihm vielleicht sogar noch gehört, also ein Kleinstkapitalist, fragt erst ungeniert, ob die gute russische Technik kaputt wäre und erdreistet sich dann noch, sich seinem Befehl zu widersetzen und ‚warum‘ zu fragen. Schert sich also einen Dreck darum, dass er der Vertreter der ruhmreichen Sowjetarmee ist, dessen Befehle und Wünsche man gefälligst sofort nachzukommen hat. Mehr noch, sie sind ein heiliges Gesetz der neuen Freundschaft! So jedenfalls hatte es Väterchen Stalin befohlen. Schade, mag der dicke Glatzkopf in dem

Moment gedacht haben, dass der schon tot ist. Er hätte diesem kleinen deutschen Faschisten schon beigebracht, was es heißt, ungehorsam gegen einen Offizier der ruhmreichen Sowjetarmee zu sein.
Nachdem der Glatzkopf sich von dem Schock erholt hatte, legte er richtig los. Vielleicht dachte er, ich wäre der russischen Sprache mächtig. Er schrie und tobte und gestikulierte dabei so wild mit seinen Armen herum, dass ich Angst hatte, sie würden jeden Moment aus seiner Uniformjacke fliegen. Der Muschkote grinste ungeniert über den Wutanfall seines ‚Natschalniks'. Gut möglich, dass er ein so lautes Donnerwetter schon oft über sich ergehen lassen musste. Er verstand es aber, blitzschnell ein ernstes Gesicht zu machen, wenn der Glatzkopf sich ihm bei seiner lauten Schimpferei zuwandte.
Ich ließ den Natschalnik schreien, und als er zwischendurch tief Luft holte und immer wieder laut „ponimaju? (verstehen?)" brüllte, wollte ich immer noch nicht von der Freundschaft lassen und ihn eben als solchen behandeln.
Ich kramte die wenigen russischen Wörter aus meinem Gedächtnis hervor, die ich von Herrn Piepereits Russischunterricht behalten hatte und sagte artig: „Ja ponimaju (ich verstehe)" und hielt ihm höflich und mit unschuldigem Gesicht meine Hand zum Abschied hin.
„Do swidanja, Towarisch Natschalnik, Druschba! (auf Wiedersehen, Genosse Vorgesetzter, Freundschaft!)"
Warum sein Gesicht erst blass und dann rot anlief, konnte ich mir damals einfach nicht erklären. Der Muschkote jedenfalls stand auf und ging schnell hinters Auto.
Ich kann mir den hochroten Kopf des Natschalniks nur damit erklären, dass mein russisches Kauderwelsch etwas aus der Art geschlagen war oder er wusste, dass wir Deutschen uns über das Wort ‚Natschalnik' und erst

recht über jeden Natschalnik selbst lustig machten. Über die Freundschaft sowieso. Mein unschuldig aufgesetztes Gesicht muss ihn zudem auch gehörig provoziert haben. Dafür konnte ich aber nichts, ich sehe eben so aus. Jetzt ging die Post wirklich ab. Das war nun der Dank für meine Höflichkeit. Das werde ich Mutter sagen! Dass kleine Natschalniks, ob nun Deutsche oder Russen, immer so schreien müssen. Bestimmt ist das eine internationale Krankheit.

Gut zehn Jahre später - ich war Soldat der ‚Arbeiter- und Bauernarmee' der DDR - wurde ich vom ‚Spieß' und vom Kompaniechef auch wegen meines unschuldig aufgesetzten Gesichts und meiner Höflichkeit häufig in dieser Tonlage angebrüllt. Keiner nahm mich ernst oder wollte mich verstehen. Es wiederholt sich eben alles.

Ich ließ ihn schreien, wendete mein Fahrrad, schwang mich drauf und fuhr wütend den Weg zurück. Und das bei dieser Hitze! Bis zur Wegbiegung hörte ich den Natschalnik noch krakeelen, und als ich sicher war, dass ich aus seiner Reichweite war, stieg ich vom Rad und rief zwei, drei mal laut zurück: „Tüi Durak! Tüi Durak!" (du Dummkopf oder Dussel). Ich nahm mir vor in der nächsten Russischstunde Herrn Piepereit zu fragen, was auf russisch Idiot oder Arschloch heißt. Bestimmt gibt es bei unseren Freunden auch entsprechende Wörter dafür.

Nach der Wegbiegung, als ich sicher war, dass der Natschalnik mich nicht verfolgen würde, siegte meine Ungehorsamkeit und Neugier, die Mutter bei mir gar nicht mochte (und die mich Jahre später einen Weg einschlagen ließen, bei dem ich mich wieder vor gefährlichen Natschalniks in acht nehmen musste. Nur waren diese deutsch und schrien nicht. Auch leise Töne können saugefährlich sein).

Ich musste einfach herausfinden, warum mir der glatz-

köpfige Natschalnik das Baden verbieten wollte. Ich stieg von meinem alten Drahtesel und schob ihn querfeldein durch den fast reifen Haferschlag in Richtung See. Von wegen, mir bei diesem Wetter das Baden zu verbieten. Und das auch noch von Freunden! Schwitzend erreichte ich über einen kleinen Umweg endlich die winzige Bucht, die von einem dichten in den See hinausragenden Schilfgürtel getrennt, neben der Badestelle lag. Jetzt war ich froh, dass mir Manni das verbotene Buch ‚Der Schatz im Silbersee' von Karl May geliehen hatte. Ich kam mir vor wie eine Rothaut, die sich auf dem Kriegspfad gegen die Bleichgesichter befindet.
Ich hörte Frauenstimmen vom See herüber, russische. Sie quiekten und juchzten und schienen mit sich und den Badefreuden sehr zufrieden zu sein. Jetzt fiel bei mir der Groschen. Russenfrauen waren damals körperlich recht üppig, aber etwas prüde. Sie mochten es nicht, wenn man ihnen beim Baden zusah. Ist ja auch verständlich. Wir hatten nämlich herausgefunden, dass einige von ihnen keinen Badeanzug trugen. So wie Russen eben sind, waren sie auch in Fragen der Bademode sehr erfinderisch. Ihr seidenes oder nichtseidenes Unterhemd hielten sie einfach unten im Schritt zusammen und gingen so ins Wasser. Reichte ihnen das etwa bis zum Bauchnabel, ließen sie ihre Hemden an der bewussten Körperstelle einfach los. Der feine oder nicht gar so feine Stoff hatte aber die verdammte Angewohnheit, sich anschließend im Wasser aufzublähen. Und das war der Knackpunkt, der die größeren Jungen, auch Hans und Manni, am Badestrand herausforderte, ihre Tauchkünste auszuprobieren. Verwundert hatte ich damals beobachtet, wie alle elektrisiert und wie auf Kommando unauffällig ins Wasser gingen und anschließend, wenn sie wieder aus dem Wasser stiegen, ausgiebig ihre Tauchergebnisse auswerteten.

Was hatten sie so Umwerfendes gesehen, dass sie immer wieder davon sprachen? Wir etwas Kleineren hätten es auch gerne gewusst, durften aber nicht zuhören, was sie sich erzählten. Sie jagten uns einfach davon und meinten, wir wären dafür noch zu grün hinter den Ohren. Ja, das gab es zu meiner Kindheit noch und das war gar nicht mal schlecht.

Nun war aber der Zeitpunkt gekommen, um der Sache auf den Grund zu gehen und das Rätsel zu lösen. Geräuschlos wie Winnetou - nur dass der keines hatte - versteckte ich mein Fahrrad, so dass es nicht entdeckt werden konnte, im dichten Ufergebüsch und zog mich anschließend vorsichtig aus und meine Badehose an. Auch meine Sachen versteckte ich im hohen Gras. Eigentlich hätte ich nicht so vorsichtig wie Winnetou auf dem Kriegspfad sein müssen. Die Russensquaws machten nämlich ein Mordsspektakel. Sie quiekten und planschten vergnügt im Wasser. Mir war es recht, denn wer abgelenkt ist und sich nur den Freuden des Lebens hingibt, Spaß ohne Ende haben will, bemerkt häufig nicht die Gefahren. Diese Erfahrung, ja fast Weisheit, wird unserer Spaßgesellschaft in Deutschland vermutlich noch einmal teuer zu stehen kommen.

Wie eine echte Rothaut, nur dass ich kein Messer im Mund hatte um damit einen Skalp zu erbeuten, ließ ich mich langsam ins Wasser gleiten. Wir Dorfkinder waren damals allesamt gute Schwimmer und beim Tauchen wetteiferten wir, wer am längsten unter Wasser bleiben oder vom Seegrund einen zuvor hineingeworfenen Stein wieder herausholen konnte. Geräuschlos schwamm ich die wenigen Meter auf das dichte Schilf zu, welches mich von den laut lachenden Russensquaws trennte. Den dichten Schilfgürtel hätte ich auch watend erreichen können, war doch das Wasser hier nicht besonders tief. Dann aber hätte man mich möglicherweise gesehen und ich wäre

wieder nicht hinter den Grund der Geheimniskrämerei der großen Jungs gekommen. Eigenartig, wo dieser Forscherdrang bei mir nur herkam?
Vorsichtig bog ich die großen Schilfhalme zur Seite und schlängelte mich dem Ort des Vergnügens näher. Getarnt durch das dichte Schilf hockte ich mich so hin, dass nur noch mein Kopf aus dem Wasser heraus schaute. So hatte ich fast freie Sicht auf die badenden Russenfrauen. Sie lachten und planschten und ich sah von Nahem ihre drallen Brüste durch den dünnen Stoff. Mein lieber Schwan! Obwohl ich bis zur Unterlippe im kühlen Wasser hockte fühlte ich, wie ein wohliger Schauer über meinen Rücken lief. Und das schon in meinem knabenhaften Alter. So etwas hatte ich noch nie erlebt, geschweige denn gesehen.
Nachdem ich eine Weile die weibliche Pracht und Herrlichkeit der verschiedenen Oberweiten begutachtet hatte, wurde ich mäklig. So ist das eben, wenn einem zu viel des Guten geboten wird. Ich begann diese und jene Rundungen miteinander zu vergleichen und fand heraus, dass es ganz ansehnliche Formen gibt. Die etwas fülligeren Frauen betrachtete ich nicht weiter. Mutter sagte immer auf uckermärkisch Platt: „Wenn t' Muus satt is, schmeckt dat Mähl bitter." Ich war aber nicht satt, im Gegenteil. Ich wurde immer unruhiger und wollte mehr sehen. Es war eine unsichtbare Macht, die mir befahl, einfach mal die Sache unter Wasser zu betrachten. Kurz entschlossen holte ich tief Luft und tauchte unter. So weit ich meine Augen unter Wasser auch aufriss, ich sah alles nur verschwommen. Eigentlich war der Sternhagener See bekannt für sein klares Wasser, Krebse konnte man noch in gut zwei Meter Wassertiefe erkennen. Jetzt wurde ich kühn. Wenige Meter von meinem Versteck entfernt aalte sich eine dralle Russin wohlig im Wasser.

Die wollte ich mir etwas näher unter Wasser ansehen. Wieder holte ich tief Luft, tauchte ab und mit ein, zwei vorsichtigen Schwimmstößen war ich am Objekt meiner Neugier. Doch was war das? Ich prallte zurück und wäre vor Schreck beinahe aufgetaucht. Ein dichter, schwarzer Pelz sah mich an und kam auf mich zu. Blitzschnell wendete ich und machte, dass ich wieder zu meinem Versteck kam. Beim Auftauchen schnappte ich laut prustend nach Luft. Zum Glück hörte es niemand. Der dichte, schwarze Pelz war mir doch gehörig in die Glieder gefahren. Ein Pelztier unter Wasser? Hier im Sternhagener See? Unmöglich! Langsam beruhigte ich mich, dachte nach und zog die richtigen Schlüsse. Donnerwetter, ich hatte was gesehen, was Jungen in meinem Alter noch nie gesehen hatten. Das war es also, was die größeren Jungen so verrückt machte und warum sie es so lange unter Wasser aushielten, bis ihnen fast die Lungen platzten.
Währenddessen planschten die Russenfrauen in meiner Nähe unentwegt weiter. Sie begannen sich einen Ball zuzuwerfen und Fangen zu spielen. Dabei wechselten sie ihre Positionen. Das war mir ganz recht. In meiner Nähe befand sich jetzt eine andere Frau. Sie war nicht ganz so drall wie die erste und hatte blonde Haare. Ich beschloss, erneut eine Unterwassererkundung vorzunehmen. Dazu brauchte ich keine zwei Schwimmstöße zu machen, stand doch die Frau aus dem Freundesland dicht am hohen Schilf, wo ich, wie ein Hecht auf Beutefang, bewegungslos ausharrte und die Sache beobachtete. Leise tauchte ich ab und dieses Mal war der Pelz nicht gar so üppig, dafür aber sah ich lange und genau hin. Wie ging das an, die Frau war blond und unten schwarz? Da kenne sich einer aus mit der Freundschaft. Nachdem mir die Luft knapp wurde, zog ich mich wieder in mein Versteck zurück. Langsam kroch die Kälte in meinen Körper.

Da wechselten die Frauen wieder ihre Positionen. Die eine noch, kann ja nicht schaden, dachte ich. Die Kälte in meinem Körper spürte ich nicht mehr als ich daran ging, mir auch diese Frau unter Wasser etwas näher zu betrachten. Ich hatte aber Pech. Zu meinem Ärger trug sie einen Badeanzug. Enttäuscht zog ich mich zurück. Lange hältst du es nicht mehr aus, dachte ich und fühlte, dass meine Haut kalt und schrumpelig wurde. Also trat ich den Rückzug an.
Als ich aus dem Wasser stieg begann ich heftig zu zittern, was aber an der Wassertemperatur lag. Schnell wärmte die Sonne meinen Körper durch. Eigentlich könntest du es ja noch einmal versuchen, dachte ich, als ich wieder das verlockende Lachen der Russenfrauen hörte. Meldeten sich da etwa schon die Männergene bei mir? Man sagt uns Männern ja nach, dass wir alle Vorsicht außer acht lassen, Frau und sogar Geliebte betrügen und nicht davor zurückschrecken Kriege anzetteln, wenn ein neues Abenteuer von verlockenden, weiblichen Rundungen und Formen winkt. Die Geschichte hat da so einige Beispiele auf Lager.
Ich ließ den Genen damals aber keine Chance und unterdrückte einfach diesen unheimlichen, doch schönen Trieb, was mir zehn Jahre später nur schlecht gelang. Nach gründlichen Überlegungen und in der Hoffnung, dass der dicke russische Natschalnik noch viele Frauen an unseren See bringen würde, beschloss ich, meinen Freund Helmut in meine Entdeckung einzuweihen. Dies aber unter der Bedingung, dass er mir im Gegenzug seine Taucherbrille, die er von seiner Westverwandtschaft geschickt bekommen hatte, auslieh. Sozusagen überquellende, pralle russische Weiblichkeit gegen ein schnödes Westprodukt, welches es bei uns im Osten noch nicht gab.
Wieder waren wir damit in unserer Uckermark der Zeit

ein gewaltiges Stück voraus: das erste Joint Venture wurde zwischen mir und meinem Freund Helmut abgewickelt. Für uns beide war es ein voller Erfolg und der liebe Gott war auch auf unserer Seite. Die Hitze hielt noch wochenlang an. Alle stöhnten, wir beide auch. Der dicke Natschalnik karrte fast jeden Tag eine neue Ladung draller und nicht ganz so draller Russenfrauen an unseren See, so dass Helmut und ich mit großer Hingabe unsere anatomischen und erotischen Studien fortsetzen konnten. So eine Besatzungsmacht hat eben auch ihre guten Seiten.

Reisen bildet

Wenn es denn so wäre, würde sich die Welt heute im tiefsten Frieden befinden und alle Menschen wären rundum glücklich. Es gäbe keine Kriege, feige terroristische Anschläge oder andere menschheitsbedrohende Gehässigkeiten, die aus den kranken Hirnen irgendwelcher selbsternannter Gotteskrieger oder Nationalisten entsprungen sind. Noch gäbe es Hungersnöte, Armut, Dürren, Überschwemmungen, Ausbeutung und keinen Neid. Alles wäre in bester Ordnung, sozusagen das Himmelreich auf Erden. Für alle Ungläubigen wäre es der Weltkommunismus und für die militanten Muslime das Paradies - natürlich mit den zu erwartenden 92 Jungfrauen. Ohne diese Jungfrauen geht's nicht. Oder sind es nur 72? So genau kann ich das nicht sagen, was Mohammed oder der Koran pro Mann bewilligt. Ich bin ja kein Moslem.
Wie gesagt, das ‚Reisen bildet‘ hat seine Gültigkeit verloren. Obwohl unsere Politiker in aller Herren Länder reisen, um dort mit den Regierenden politische und wirtschaftliche Kontakte zu knüpfen, bleibt die Bildung - also ihre Bildung - auf der Strecke. Dennoch staunen wir und sind vielleicht auch ein wenig stolz auf unseren reisenden Landesvater oder Mutter, wenn der oder die auf einem roten Teppich (warum eigentlich immer ein roter? Ein gelber, grüner oder karierter würde es auch tun) mit Tschingderassabumm an erstarrt versteinert dreinblickenden Soldaten, die blitzende Säbel und anderes leichtes Kriegsgerät in Augenhöhe halten, vorbei stolziert.
Endlich ist ein ersehnter Traum in Erfüllung gegangen. So eine Reise ist doch mal ganz was anderes, als sich immer nur im Parlament herumzustreiten. Sagt der eine ‚Hüh', ruft der andere ‚Hott'. Zuletzt kommt ein Kom-

promiss heraus, der ‚Hottehüh' heißt und immer faul ist. Worum es am Ende geht, weiß nachher keiner mehr so richtig. Ist ja auch egal, Hauptsache man hat seinen oppositionellen oder politischen Senf dazu gegeben. Es kam schon vor, dass die Erleuchtungen ausgingen und niemand mehr wusste woher man die Sau nehmen sollte, die man gedachte durchs Parlament zu treiben.

Ach ja, es war ein beschwerlicher und steiniger Weg, den unser reisendes Staatsoberhaupt bis zu seinem Wahlsieg zurücklegen musste, damit er endlich nach Herzenslust reisen durfte. Nach vielen Streitereien mit den politischen Gegnern und windigen Versprechungen ans Volk hatte dieses endlich begriffen und wählte ihn von der Oppositionsbank ganz nach oben. Jetzt war man endlich wer und das musste genutzt werden. Alle Welt (oder auch nicht?) sollte endlich Zeuge seiner politischen Kompetenz und Weitsicht werden und das kann man eben nur, wenn man reist und gute alte Bekannte besucht.

Nach dem Teppichgang tauscht er mit seinem Gastgeber politische Gedanken aus, ist aber darauf bedacht ja nicht ins politische Fettnäpfchen zu treten und Dinge anzumahnen, die er eigentlich zur Sprache bringen wollte. So jedenfalls hatte er es vor der Reise lautstark versprochen. Er käut also altbekannte Dinge wider und umgeht dabei ganz unauffällig brennende Probleme, die er eigentlich lösen sollte. Ist dieser mühselige Balanceakt endlich überstanden, geben er und sein Gastgeber eine Erklärung ab - Statement sagt man dazu - das so schwammig und schwülstig ist, dass man glattweg den Eindruck gewinnt, beide hätten das schon lange vorher ausgekungelt. Heute ist ja alles möglich. Man spricht also von Einmütigkeit und Verantwortung, von gegenseitiger Achtung und besseren bilateralen Beziehungen und von Zusammenarbeit. Die Beziehungen sind wichtig. Das erfreut auch den

gewaltigen Tross der mitgereisten Vertreter großer Konzerne. Alle wollen also nur das Beste - und jene besonders. Es hat sich nämlich unter ihnen herumgesprochen, dass die Löhne im Gastgeberland äußerst niedrig sind. Da kommt Freude auf. Nichts geht eben über eine praxisnahe Globalisierung. Sie ist ein gut Ding!
Dann geht man zum gemütlichen Teil über. In der Diplomatensprache heißt er ‚inoffizieller Teil'. Muss ja auch sein, Essen und Trinken hält bekanntlich Leib und Seele zusammen, Freundschaft sowieso. Am Ende Händeschütteln zum Abschied, ein kurzer Wink von der Gangway und ab nach Hause. Die Nachrichten vermelden dann, dass alles ein großer Erfolg gewesen sei. Ab jetzt geht's aufwärts. Die Vertreter von Industrie und Wirtschaft reiben sich genussvoll die Hände. Nur der kleine Mann, der diese Reise von seinen Steuergroschen bezahlt hat, merkt in der Regel nicht viel vom Aufwärtsgehen. Außer Spesen nichts gewesen, sagt er.
Es gab aber auch schon reisepolitische Ausnahmen, die für diplomatische Verwirrungen gesorgt haben. Ausgerechnet ein grüner Fraktionsboss und Abgeordneter des Bundestages - also einer von der Müslipartei - wollte unbedingt im Gastland eine sexuelle Revolution mit anzetteln helfen, sie vielleicht sogar von Deutschland nach dort exportieren, frei nach dem Marxschen Motto: (Proletarier) Schwule aller Länder vereinigt euch! Das musste natürlich in die Hose gehen. Er trug ein blaues Auge davon und jammerte danach im Fernsehen. Obwohl er ein weitgereister Mann war, hatten ihn seine vielen Reisen nicht gebildet. Als Politiker hätte er eigentlich wissen müssen, dass Revolutionen, ganz gleich welcher Art, auch schwule, sich schlecht exportieren lassen. Am Revolutionsexport sind schon Stalin, Mao Tse-Tung, Ulbricht, Chruschtschow, Fidel Castro und Che Guevara

gescheitert.
Nun sagt das Volk gehässig: Wie der Herr so sein Gescherr, vergisst aber dabei, dass es selber das ‚Gescherr' ist. Und da ist was dran. Das Vergessen und die Gewöhnung sind die größten Feinde des Volkes und die treuesten Verbündeten der Regierenden. Und genau für diese Untugenden bezahlt das Volk am Ende immer, eben weil es vergessen und sich an Dinge gewöhnt hat, an die es sich niemals hätte gewöhnen dürfte. Alles wiederholt sich. So werden wir eines Tages auch dafür bezahlen, dass die Welt schon wieder denen gehört, die unfähig sind logisch zu denken, am lautesten schreien und darüber hinaus noch unmoralisch sind. Eigentlich gehörten sie in ein Irrenhaus gesperrt. Doch wie gesagt: wir gewöhnen uns an sie.
Klein ist heute die Welt geworden. Und mit kleinen Dingen ist man meistens nicht zufrieden, so auch nicht mit der kleiner werdenden Welt. Man kann sie aber zum Glück nicht größer machen. Dennoch will jeder weiter gereist sein als sein Nachbar oder Kollege. Und dieser Druck nimmt ständig zu. Verbringt der eine seinen Urlaub in den Alpen, brüstet sich der andere bis Mallorca gekommen zu sein. Und schwärmt dieser vom Roten Meer und Ägypten, war jener in schon Timbuktu, Acapulco oder Rio. Hauptsache man war nur weit genug gereist und versetzt damit andere ins Staunen. Neuerdings hat man sogar die Möglichkeit, sich bei gutem Wetter von einem Hubschrauber auf dem Mount Everest absetzten zu lassen. Sir Edmund Hillary, der Erstbesteiger dieses gewaltigen Berges, hatte noch was zu berichten gehabt, genauso wie Johann Gottfried Seume, der im Jahre 1802 zu Fuß von Grimma nach Syrakus gewandert war.
Was können uns dagegen die Weitgereisten von heute berichten? Am Ballermann auf Mallorca ging es heftig mit dem Alkoholischen (und nicht nur damit) zur Sache,

an den Königsgräbern und Pyramiden in Ägypten war es unerträglich heiß und staubig, keine klimatisierten Restaurants, nur kleine Händler, eine Cola kostete umgerechnet drei Euro fünfzig. Nepp! Sauerei! Die bereichern sich an uns! Die jungen Frauen in Acapulco und Rio haben allesamt schöne, braune Knackärsche, ein Trip ins Hinterland ist aber nicht zu empfehlen, lohnt sich nicht, kein Komfort, kein Nachtleben, und in Timbuktu ist trotz der Hitze der Hund erfroren.
Wir können immer mehr sehen und sehen immer weniger, stellte der portugiesische Schriftsteller José Saramago fest. Oder sollte es uns etwa schon wie dem versnobten afrikanischen Großwildjäger gehen, der kein Abenteuer mehr über seinen dritten geschossen Löwen hinaus erlebt?
Es mag gut möglich sein, dass einer wie ich, der in der Einsamkeit eines uckermärkischen Waldes aufgewachsen ist, jeder noch so kleinen Begebenheit große Beachtung schenkt. Buchstäblich aufgesogen wurde von mir alles, was damals in meiner Waldeinsamkeit auch nur etwas aus der Art geschlagen war und bekam eine Wertung, um anschließend sorgfältig abgespeichert zu werden. Heute rufe ich diese Abspeicherungen gerne ab und habe so gut wie nichts vergessen.
Dieses sehr früh beginnende ‚Studium' in der Waldabgeschiedenheit wurde auch später von mir nie vernachlässigt. Meiner präzisen Beobachtungsgabe habe ich es zu verdanken, dass meine ‚Nachtarbeit' für den ‚Klassenfeind' bis zur Wende von der Staatssicherheit unentdeckt blieb. Freunde und ehemalige Weggefährten bescheinigen mir ein fotografisches Gedächtnis. Noch heute bin ich in der Lage, Menschen, die ich nur einmal zu Gesicht bekommen habe, nach Jahren wiederzuerkennen. Und nicht nur das. Ich erkenne auch Personen an ihrer Stimme, an ihren

Gesten, manchmal sogar an ihrem Gang wieder. Dies ist eine Gabe, die von meinen englischen und holländischen Weggefährten immer wieder bestaunt wurde und die in dieser ‚Branche' nicht viele beherrschen. Hinzu kam noch, dass ich mich blitzschnell auf die unmöglichsten Typen einstellen konnte. Auch das war wichtig für mein Überleben im ‚Arbeiter- und Bauernstaat'. Denn ich habe sie kennengelernt: die Hinterhältigen und die Blöden, die Heuchler und die Kreuzgefährlichen, die Nachplapperer und die Wichtigtuer, die Partei- und die Frontenwechsler. Und wenn ihr mich fragt, wie es diesen Leuten heute nach der Wende so geht, dann muss ich mit den Worten des berühmten Berliner Malers und Impressionisten Max Liebermann antworten: „Ick kann jar nich soville fressen, wie ick kotzen möchte."

Alle sind sie plötzlich zu ‚Opfern des SED-Regimes' mutiert oder wurden ‚verführt', wie schon einmal in Deutschland. Und ich verwette meinen alten Allerwertesten, dass wenn es wieder einmal anders kommen sollte, uns also eine neuerliche Wiederholung ins Haus steht - nichts ist unmöglich in Deutschland! - diese Leute wieder Opfer sind und sich auf die richtige Seite schlagen werden.

Man sagt mir nach, ich hätte ein Gerechtigkeitssyndrom. Gut möglich, dass es so ist. Schuld daran sind aber diese Leute, deretwegen ich kotzen könnte. Vielleicht aber wurde ich auch wegen dieses Syndroms, das auch eine Krankheit sein kann, ausgenutzt?

Ich bin kein weitgereister Mann, habe dafür aber viele schöne Erinnerungen von meinen wenigen Reisen mitgebracht. Deshalb wunderte ich mich schon immer über Leute, die zwar um die halbe Welt gereist waren, aber nichts gesehen hatten und daher auch nichts berichten konnten. Wären sie doch lieber zu Hause geblieben.

Mutter kam mit dem BDM (Bund Deutscher Mädchen) nur bis in den Spessart. Das war ihr aber nichts, wie sie immer sagte. Vom schönen Spessart hatte sie damals nicht viel zu sehen bekommen. Die Zeit für Ausflüge und Wanderungen war knapp bemessen. Dafür gab es jeden Morgen einen strammen Appell, danach Reigenspiele und Körperertüchtigung sowie intensive Schulungen in ‚Deutscher Mütterkunde' und ‚Rassenlehre'. Und schon gar nicht passte ihr die Forderung der NS-Reichsfrauenführerin, Parteigenossin Scholz-Klink, die doch wirklich von den jungen Mädchen und Frauen auf einem NS-Frauenschaftstreffen gefordert hatte: „Eine jede deutsche Frau hat sich zu entscheiden, entweder der liebe Gott oder Adolf Hitler!" Damit war Mutter nun gar nicht einverstanden, sie entschied sich für den lieben Gott. Außerdem fand sie Hitler hässlich und Goebbels nannte sie einen alten, hinkenden Bock. Statt noch einmal mit dem BDM zu verreisen fuhr sie lieber in die Lausitz nach Forst, zu Onkel Fritz ‚in Stellung', wie es damals hieß.
Gut zwanzig Jahre später kam ich in den ‚Genuss' einer ähnlichen Erholungsreise. Nicht einmal die Freizeit ist vor Diktatoren sicher, alles wird von ihnen vereinnahmt. Ich fuhr ins Ferienlager der ‚Jungen Pioniere', und wie beim BDM oder der HJ gab es auch dort jeden Tag einen Morgenappell mit Meldung und anderem Firlefanz wie: Belobigung für gute Mitarbeit, Tadelung wegen Ungehorsamkeit, Geländespiele ‚Rotarmisten gegen Faschisten', Filmveranstaltungen, in denen uns russische Partisanenfilme oder der zweiteilige ‚Thälmann-Film' gezeigt wurden, und natürlich viel Körperertüchtigung. Gut möglich, dass wir wieder schnell wie die Windhunde und zäh wie Leder, aber diesmal - anstatt Kruppstahl - hart wie russischer Panzerstahl werden sollten.
Da war sie wieder, die Wiederholung. Walter Ulbricht,

damals Partei- und Landesvater, sollte auch im Sport unser Vorbild sein. Er spielte gern Volleyball. Auf Plakaten und in Zeitungen, ja sogar auf den Deckeln unserer Schulhefte war er abgebildet, wie er in weißer, langer Hose und im Hemd irgendwo an der Ostsee Volleyball spielte. Was Diktatoren vormachen ist heilig, muss nachgemacht werden. Also machten wir auch nach und spielten jeden Tag Volleyball. Ich träumte schon, ich wäre selbst ein Volleyball. Mutter sagte immer: „Alle Affen machen nach und wer es vormacht ist ein Schaf." Da ist was dran.

Andererseits kann solch ein ‚Vorbild' auch recht hilfreich sein. Als kleiner Junge schmauchte ich mit meinem Freund Herbert hin und wieder mal gern heimlich ein Pfeifchen. Wenn sein Großvater Mittagsschlaf hielt, ‚borgten' wir uns einfach dessen alten, eingerauchten Quiemer aus, stopften ihn mit ‚Schwarzem Krauser' und verzogen uns damit hinter den großen Garten vom Dorfschmiedemeister. Dort waren wir vor den Erwachsenen sicher. Hätten diese uns beim Rauchen erwischt, würde es ein mächtiges Donnerwetter geben haben, erst recht zu Hause. Heute sieht man weg, wenn die lieben Kleinen in aller Öffentlichkeit schon qualmen wie die Schlote.

Einmal aber erwischte uns der alte Schmiedemeister doch. Unbarmherzig zerrte er uns an den Ohren und fragte immer wieder: „Ihr kleinen Hosenscheißer, macht man das, schon Pfeife rauchen?"

Mein Freund Herbert schrie in seiner Not: „Stalin raucht doch auch Pfeife!" Stalin musste ein Zauberer sein. Das dachten wir beide jedenfalls damals, als der alte Schmiedemeister plötzlich unsere Ohren los ließ. Blitzschnell machten wir uns aus dem Staub und verstanden auf unserer Flucht die Welt nicht mehr. Der alte Schmiedemeister lachte so laut, dass wir es noch am Dorfrand hören konn-

ten. Später lachten auch im Dorfkrug die Erwachsenen über uns.
Im Gegensatz zu Mutter war Vater schon viel weiter gereist, wenn auch eher unfreiwillig. Es war keine Urlaubsreise. In einem geschlossenen Güterwaggon kam er als älterer, frisch eingezogener Rekrut bis nach Frankreich, in die Normandie. Dort wurde es ihm zu bunt. Gleich am ersten Tag nach der Landung der Alliierten kroch er aus seiner vorgeschobenen MG-Stellung und ergab sich den Amerikanern, obwohl er kein Feigling war. Er tat einfach nur das, was getan werden musste. Für mich bleibt es eine Heldentat. Hätten dies doch nur mehr gemacht.
Ich selbst bin schon bis Tirol und Holland gekommen und habe dort viel gesehen. Nun könnte ich ja heute in alle Welt reisen, mache es aber nicht. Zum einen habe ich gewaltiges Fracksausen wegen des Fliegens. Zum anderen meide ich Räume mit vielen Menschen oder gar Menschenmassen. Dies vielleicht auch deshalb, weil ich in der Einsamkeit eines uckermärkischen Waldes aufgewachsen bin. Für mich muss alles überschaubar sein.
Meine ehemaligen englischen Auftraggeber, ich nenne sie lieber Freunde oder Weggefährten, sind auch meiner Meinung, dass dies nicht nur am uckermärkischen Wald gelegen haben kann. Sie litten unter denselben großen Ängsten wie ich, obwohl sie im sicheren Westen waren, wenn in der ‚Wochenpost' eine bestimmte Kleinanzeige in der Rubrik ‚Ankauf' nicht auftauchte, der Kurier ausblieb und es dann die Sicherheit erforderte, dass ich und meine deutschen Mitstreiter in den ‚Schlaf' fielen.
Nebenbei: hätte man mich damals enttarnt, würde mich die ganze Verachtung aller ‚friedliebenden Bürger der DDR' getroffen haben und es wäre der §99 StGB der DDR zur Anwendung gekommen. Im geheimen Exe-

kutionsprotokoll hätte dann gestanden: Nahschuss ins Hinterhaupt. Für meine Angehörigen wäre ich an einem plötzlichen Herztod verstorben. Eine deutsche Wiederholung!
Mir wurde gesagt, meine Angst vor großen Menschenansammlungen hinge auch mit meiner ‚Nachtarbeit' zusammen, wäre aber therapierbar. Auf eine Couch will ich mich aber nicht legen, wie es mir oft empfohlen wurde, da schreibe ich doch lieber. Diese Therapie ist für mich allemal besser.
Wenn ich heute meine Enkelkinder frage, wohin sie ihre erste große Reise geführt hat, kommen sie ins Grübeln. War es nun Tunesien oder Mallorca? Oder doch Gran Canaria? Nein, es muss Italien, Rom gewesen sein. Genau weiß man es aber nicht mehr. Es ist ja auch zu viel, was den lieben Kleinen heute geboten wird.
Du lieber Himmel, Rom, dorthin wollte ich schon immer einmal, auf der Via Appia entlang gehen, das Kollosseum und das Forum Romanum besichtigen. Und erst recht den Vatikan mit seinen berühmten Fresken von Michelangelo.
Wo auch immer man hinreist, überall ist es schön. So auch das Ruppiner Land, wo ich als siebenjähriger Junge zusammen mit meinen Eltern an Ostern das erste Mal zu Onkel und Tante gereist bin. Damals war das Reisen an sich genau so wichtig wie das Ankommen. Von wegen so, wie es heute zugeht: Klamotten einfach in den Koffer schmeißen, sich ein Taxi bestellen, Haustür abschließen, sich zum nächsten Bahnhof oder Flughafen kutschieren lassen, rein in den Zug oder das Flugzeug und weg.
Das war damals so gut wie unmöglich. Eine Reise musste vorbereitet werden, war sie doch ein nicht alltägliches Vorhaben, ja fast ein Ereignis - Event würden heute unsere neudeutschen Sprachverbieger dazu sagen. Fliegen

ging damals überhaupt nicht. Das machten hauptsächlich nur die Mitglieder unserer ‚Arbeiter- und Bauern-Regierung' in Richtung Moskau. Dort übten sie sich in der Kunst des Arschkriechens. Und hin und wieder kamen auch verdienstvolle Helden des sozialistischen Aufbaus in den Genuss, ins Land der neuen Freunde reisen zu dürfen. Dort holten sie sich wertvolle Erfahrungen über die Kollektivierung der Landwirtschaft, oder besser: wie man einen planlosen Plan erstellt. Nichts geht eben über eine gute Freundschaft.

Wenn auch die Entfernung vom uckermärkischen Birkenhain ins Ruppiner Land nicht gerade überwältigend ist, musste sie damals aber trotzdem erst einmal zurückgelegt werden, und das in einer Zeit, wo mein Land noch in Trümmern lag. Dass dieses Vorhaben auch eine gewisse Planung und Vorbereitung - Logistik heißt das heute hochtrabend - erforderlich machte, ist nur allzu verständlich. Mutter war unsere Logistikerin, so wie alle Mütter nach dem Krieg den Part der Familienlogistik übernommen hatten. Diesen fleißigen Logistikerinnen verdankt mein Land unendlich viel. Obwohl sie häufig für zwei arbeiten mussten, weil der Ehemann im Krieg gefallen war oder irgendwo in einem Gefangenenlager ausharren musste, waren sie nie überfordert, auch in der Kindererziehung nicht, so wie es heute bei einigen jungen Müttern zu beobachten ist. Trotz eigenem Wohlstand stecken sie ihre neugeborenen Kinder einfach in eine Plastiktüte und ‚entsorgen' sie oder schüttelt sie zu Tode und neuerdings lässt man sie sogar verhungern, weil eine Urlaubsreise oder das Spaßhaben wichtiger ist als das eigene Kind. Macht alles keine Arbeit, man muss sich noch nicht einmal vom Fernseher oder vom Computer erheben. Wir aber schauen weg und gewöhnen uns daran, weil solche Dinge immer häufiger vorkommen.

Da ist sie wieder, die Gewöhnung. Was ist los mit den Menschen in meinem Land, welche Kälte hat es ergriffen? Woran mag es gelegen haben, dass unsere Mütter während und nach dem Krieg so stark und nicht überfordert waren? Ich sag's euch: Nicht selbst erarbeiteter Wohlstand macht träge und egoistisch, hemmt das Vorwärtsgehen, trübt den Blick und damit auch die Verantwortung für das Große, für die Familie sowieso. Glattweg gewinne ich den Eindruck, dass diese Menschen (sind es welche? Ein Mensch - wie stolz das klingt!) mit dem Sozialismus liebäugeln. Angeblich hätte der alles geregelt. Da haben sie sich aber gewaltig geschnitten. Faulpelzen und Drückebergern hatte man in der DDR sofort eine Therapie verpasst. Nur wenige Wochen brauchte es und sie schlug an. Man wurde als geheilt entlassen und lief wieder in der Spur. Mörder, Kindertöter oder Kinderschänder bekamen sowieso lebenslänglich aufgebrummt und machten einen Gutachter überflüssig. Gutachten sind heute sehr in Mode gekommen! Der Steuerzahler und die Opfer zahlen ja dafür. Nietzsche soll behauptet haben, dass Faulheit und kriminelle Energie vererbbar seien. Ich muss mal bei ihm nachschlagen.
Zuerst begutachtete Mutter unsere Kleidung, Klamotten sagt man heute dazu. Warum eigentlich? Klamotten klingt für mich und Leute meiner Generation abwertend, minderwertig, zerschlissen. Dabei sind einige ‚Markenklamotten' sündhaft teuer, obwohl sie wirklich zerschlissen sind. Vielleicht auch deshalb Klamotten. Kann aber auch gut möglich sein, weil sie hauptsächlich in Billiglohnländern genäht werden. Die Globalisierung macht's möglich. Eine Näherin in Bangladesch, die für einen deutschen Textildiscounter zehn Stunden täglich, und das sieben Tage in der Woche, unter erbärmlichen Bedingungen ‚Markenklamotten' näht, verdient 35 Cent

in der Stunde. Da kommt Freude bei den deutschen Schnäppchenjägern auf!
Mutter befand meine und meines Bruders Kleidung nicht mehr reisefähig. Aus der Vorkriegszeit besaß Vater noch zwei gut erhaltene, grüne Förstermäntel, die deshalb dran glauben mussten. Eine Schneiderin kam in unser Haus. Sie war nicht aus Bangladesch, sondern kam aus unserer Kreisstadt Prenzlau. Zu freier Kost und Logis, dem damals üblichen Lohn, gab es noch ein üppiges ‚Fresspaket'. Mutter hatte allerhand gute Sachen wie Eingewecktes vom letzten Schwarzschlachten im Keller stehen.
So verhalf sie nicht nur uns mit ihrer Schneiderkunst, sondern auch so manch anderer Frau oder anderem Mann zu einem modischen Nachkriegsoutfit. Schneiderkunst deshalb, weil sie es hervorragend verstand, aus Alt Neu zu machen. Sie war Kriegswitwe und eine liebenswerte, nette Frau. Wie schon ihr Name Windmüller besagte, nähte sie geschwind, eben wie der Wind. Im Nullkommanichts hatte sie Vaters grüne Förstermäntel aufgetrennt, bei mir und meinem Bruder Maß genommen und schon hatten wir beide eine schöne, neue grüne Hose.
Bei Mutter war die Sache schon etwas komplizierter. Kleiderstoffe gab es damals nur auf sogenannte Punktkarten. Wer genügend Punkte übers Jahr gesammelt hatte, konnte sich im Prenzlauer ‚großen Konsum' oder im HO-Geschäft ein paar Meter Einheitsstoff vom großen Ballen abschneiden lassen. Das allein muss für unsere Mütter schon ein ‚Event' gewesen sein, waren sie doch damals junge Frauen und wie alle jungen Frauen modehungrig.
So bekam auch Mutter ein neues, schickes Kleid. Es fehlte nur noch ein passender Hut. Ohne Hut waren unsere Mütter damals nicht angezogen. Ich erinnere mich noch genau an dieses Monstrum, hatte ich es mir doch einmal heimlich ausgeliehen. Wildtöter ging auch nie ohne Hut

in die Wildnis und mein Freund Herbert wartete schon ungeduldig mit seinem selbstgebastelten Indianerkopfschmuck als letzter Mohikaner auf mich. Dass ich Mutters neuen Hut schnöde missbrauchte, hatte ihr überhaupt nicht gefallen. Kräftig bekam ich ihre ‚pädagogische Hand' zu spüren und wusste von nun an, wo die Grenze verlief, nicht nur die modische. „Zur richtigen Zeit ein paar kräftig hinter die Ohren ist nie zum Schaden", pflegte Mutter nach getaner ‚Erziehungsarbeit' immer zu sagen. Trotz Mutters ausgezeichneter ‚Handschrift' hatte ich eine wunderschöne Kindheit.
Ich könnte mich ja heute auch in das weinerliche Gejammer einiger Prominenter einreihen, die immer wieder berichten, wie sehr sie unter ihren strengen Eltern gelitten hätten. So kann man auch Aufmerksamkeit erlangen und das ist Wasser auf die Mühlen der vielen Reformpädagogen. Verzärtelte Weicheier, sage ich nur.
„Bist du blöd, dumme Kuh!", schrie unlängst ein kleiner Junge im Wartezimmer meines Arztes seine Mutter an. Die Mutter entschuldigte sich sofort bei ihrem Kleinen, warum und weshalb wusste sie aber selbst nicht. Bestimmt wollte sie nicht blöd und eine dumme Kuh sein.
Mutters neuer Hut war rot, hatte die Form eines Suppentopfes und vorne eine Art künstliche Feder, die wie ein Spieß aus dem Hut ragte. Und damit er nicht vom Winde verweht werden konnte hatte er als Halterung ein kleines Gummibändchen, welches sich die Trägerin unters Kinn klemmte. Nichts konnte mehr seine Position verändern, weder Wind noch Sturm. Genauso wie bei einem Stahlhelm. Vater meinte als einziger, er brauche nichts Neues, seine grüne Försteruniform sitze immer noch tadellos.
Die Vorbereitungen zu der großen Reise waren so gut wie abgeschlossen. Die Kartoffeln fürs Schwein waren für fünf Tage vorgekocht, das Hühner-, Gänse- und Entenfut-

ter lag portioniert bereit, ebenso das Heu für die Ziegen und die alte Holzfällersfrau war in die Futtertechnik eingewiesen worden. Das große Stullenpaket für unterwegs hatte Mutter am Abend zuvor schon geschmiert. Nichts konnte mehr schiefgehen. Nur der treue Jagdhund und der Dackel durften nichts mitkriegen.

Dann ging es los. Es war ein Tag vor Ostern, ich erinnere mich genau, das Wetter war noch nicht frühlingshaft, es war kalt und ungemütlich - in der Uckermark kommt der Frühling immer etwas später, dann aber mit aller Macht. Früh musste aufgestanden werden und alle waren wir aufgeregt. Dann marschierten wir los, vier Kilometer bis nach Haßleben, von wo zwei Mal in der Woche ein Bus nach Templin fuhr, der ersten Etappe unserer Reise.

Wenn mein Land nicht diese gewaltigen Reparationen an seine neuen Freunde hätte zahlen müssen, lägen die Eisenbahnschienen, die Prenzlau und Templin verbanden, noch an der rechten Stelle und wir hätten uns den langen Fußmarsch ersparen können. So aber mussten wir sie abmontieren und schickten sie ins Freundesland. Wer nicht hören will, muss eben fühlen. Auch eine pädagogische Regel von Mutter. Wir, die wir so reisen mussten, fühlten und demzufolge bildete uns auch unsere Reise. Ihr da drüben hattet den Marshall-Plan, wir hatten die Hauptlast der Reparationen zu tragen.

Vater schleppte die zwei Koffer. Zum Glück regnete es nicht und der Bus kam halbwegs pünktlich. Auch eine Seltenheit. Wir erreichten Templin, wo Vater auf dem Bahnhof vier Fahrkarten zweiter Klasse für zwei Erwachsene und zwei Kinder nach Karwe, über Löwenberg, Herzberg und Neuruppin, kaufte. Der Eisenbahner am Fahrkartenschalter moserte ein bisschen, weil er die Umsteigebahnhöfe und die Abfahrtszeiten aus dem Kursbuch heraussuchen musste. Erst dann konnte er die

Fahrkarte per Hand ausschreiben. Es klappte aber reibungslos und dauerte auch nicht lange. Er war eben ein guter Eisenbahnbeamter, der sein Fach noch beherrschte. Fünfundfünfzig Jahre später stand ich wie ein Ochs vorm Notenständer, als ich mir von einem Automaten eine Fahrkarte ziehen wollte. Der Vorgang dauerte länger als vor fünfundfünfzig Jahren. Die Fahrtroute und damit auch der Fahrtarif waren falsch, der Automat bockte und nahm mein Geld nicht an. Da kenne sich einer noch aus! Man kann auch das Rad ein zweites Mal erfinden. Die Erfinder sitzen überall, auch dort, wo neue Gesetze, das Kleingedruckte oder vollkommen neue Wörter oder Begriffe erfunden werden. So machen die Worterfinder aus den Bäumen einer Allee ‚Straßenbegleitgrün' und aus Kriegsgerät ‚Militärische Wirkungsmittel'. Hört sich doch alles viel besser an als Panzer, Bomben und Granaten, oder?

Dann endlich kletterten wir in den Zug. Die Bänke waren aus poliertem Holz, worüber Mutter froh war, schadeten sie doch nicht dem Hosenboden unserer neuen, grünen Förstermäntelhosen. Vater brummte missmutig, als er die vielen russischen Offiziere sah, die ungeniert auf den Sitzbänken lagen und schliefen. Noch nicht einmal ihre dreckigen Stiefel hatten sie ausgezogen. Sie waren eben unsere Befreier und Freunde, nicht Besatzer. Von ihrer sozialistischen Heimat waren sie es gewohnt, Privilegien zu haben, die sie aus der Zarenzeit hinüber in den Sozialismus gerettet hatten. Nach wie vor prügelten sie ihre Soldaten und wenn ein Muschkote mal einem Offizier bei einer Reise dessen kleines Köfferchen tragen musste, dann durfte er sich nie auf gleicher Höhe mit ihm bewegen, sondern immer drei Schritte hinter ihm.

Der Schaffner - Zugbegleiter sagt man heute - ein stattlicher Mann, der einen breiten, roten Schulterriemen trug,

konnte auch nicht ordnend eingreifen. Vielleicht wollte er es auch nicht. Eigentlich verständlich. Er hatte keine Lust, als ‚Faschiiist' beschimpft zu werden oder gar auf eine lange Freifahrt bis hinter den Ural ins kalte Sibirien oder in die Steppen Kasachstans. Man weckt keine Freunde aus ihrem wohlverdienten Schlaf, noch dazu solche, die den Weltfrieden bewachen. Zum Glück schrie im Abteil ein Kleinkind so gewaltig, dass die russischen Natschalniks aufwachten, fluchend ihre kleinen Köfferchens schnappten - russische Offiziere reisten immer mit winzigen Köfferchen - und in ein anderes Abteil umzogen. Jetzt gab es für alle genügend Platz. Dankbar blickten die Reisenden zum Kleinkind, das aber nicht merkte, dass es soeben die Freundschaft zu den Angehörigen der ruhmreichen Sowjetarmee etwas untergraben hatte. Vielleicht ist aus dem kleinen Wurm dreißig Jahre später ein Widerständler geworden, ein Feind des Sozialismus? Früh übt sich, wer ein Meister werden will. Der jungen Mutter war es peinlich. Sie versuchte, den Schreihals zu beruhigen.
„Lassen Sie ihn ruhig schreien, das kräftigt den kleinen Körper und die Lunge", riet ihr meine Mutter, und die anderen Reisenden nickten beifällig. Es waren noch nicht alle Plätze besetzt und Mutter wird gedacht haben, sicher ist sicher, lieber den kleinen Schreihals als diese unberechenbaren schnarchenden Freunde.
Nachdem alle Sitzplätze national besetzt waren und ein jeder seine Taschen und Koffer im Gepäcknetz verstaut hatte, kehrte Ruhe im Abteil ein. Auch der kleine Schreihals nuckelte zufrieden an seinem Däumchen. Draußen rief laut der Schaffner: „Zurücktreten von der Bahnsteigkante! Türen schließen!" Dann pfiff er auf seiner Trillerpfeife, der Zug ruckte an und los ging's. Ich saß am Fenster und fand es herrlich, wie die Landschaft an mir

vorbei huschte, die weiten Felder, die Dörfer, Bäume und Telegraphenmasten. Verglichen mit meinen Enkelkindern sah ich nur ein winziges Stück von der großen, weiten Welt und war dennoch glücklich.
„Warum sind die Bäume alle eingeritzt?", fragte ich meinem Vater und zeigte auf die vielen schlanken Kiefern, denen man die Rinde fischgrätenmäßig nach unten verlaufend aufgeritzt hatte. Ich wusste, dass er es als Förster hasste, wenn wir Kinder die Anfangsbuchstaben unserer Namen in die Rinde der Bäume schnitten oder irgendwelche Verliebten ein großes Herz mit durchbohrtem Pfeil. Gerade wollte er antworten, als ihm ein kleiner Mann zuvorkam, der eine gewaltige Brille auf seiner Nase trug und uns schräg gegenüber saß. Schon die ganze Zeit hatte er versucht, den Fahrgästen ein Gespräch aufzuzwingen, worauf aber keiner so recht eingehen wollte. Die Vergangenheit und erst recht die ‚neue, glückliche Zukunft' hatte sie alle misstrauisch gemacht.
„Aus den Bäumen wird der Harz gewonnen, mein Junge. Der ist wichtig für unsere sozialistische Industrie. Der Baumharz wird für die Herstellung von Farben benötigt. Deine schöne Hose wurde auch mit Hilfe von Harz grün gefärbt."
„Nee", entgegnete ich trotzig, „meine nicht."
„Warum denn deine nicht?"
„Die würde ja sonst kleben", gab ich zurück.
Vater grinst über meine Antwort, Mutter blickte auch nicht streng, obwohl sie naseweise und vorlaute Kinder auf den Tod nicht ausstehen konnte.
„Naja, du musst verstehen, Harz ist nur in ganz geringen Mengen in dem Hosenstoff enthalten."
„In meiner aber nicht", antwortete ich trotzig.
„Warum denn nicht?", fragte der kleine Mann schon etwas gereizter.

„Weil der Stoff Friedensware ist", gab ich laut zurück und schaute wieder aus dem Fenster.
Mutter blickte entsetzt Vater an, der aber so tat, als hätte er meine politische Entgleisung nicht gehört. Dafür lachten aber einige Leute ungeniert.
„Friedensware? Wer erzählt dir denn so etwas?", fragte der kleine Mann, als sich das Lachen gelegt hatte. Jetzt hatte ich den Eindruck, dass alle auf meine Antwort gespannt waren, auch die Lacher.
„Hier, mein Sohn, hast du ein schönes Ei, ist ja morgen Ostern", sagte plötzlich eine Frau und reichte mir ein Ei herüber. Ich bedankte mich höflich und die Lacher waren über das unverhoffte Ei-Geschenk irgendwie erleichtert. Damit war für mich das Gespräch mit dem kleinen Brillenmann beendet. Irgendwie kam mir aber die Sache doch etwas eigenartig vor. Warum hatte Mutter so entsetzt dreingeschaut und Vater so getan, als ob er die ‚Friedensware' nicht gehört hätte? Dabei hatte ich schon oft dieses Wort von den Erwachsenen gehört. Schimpften nicht ständig Vaters Holzfäller über ihre Äxte und Sägen, redeten sogar von Mist und Russenplunder und priesen dabei ihre alten Äxte und Sägen als Friedensware?
Löwenberg war erreicht, wir mussten aussteigen. Der Zug fuhr weiter nach Oranienburg. Die Frau, die mir das Ei geschenkt hatte, stieg nicht aus. Ich hörte, wie sie Mutter leise anvertraute, dass sie weiter nach Westberlin wolle. Sie hatte viele Eier dabei.
„Hoffentlich komme ich damit durch die Kontrollen", flüsterte sie Mutter zu.
„Was zahlen die da drüben für ein Ei?", hörte ich Mutter neugierig fragen. Wir hatten damals viele Hühner und auch viele Wünsche.
„Zwanzig Pfennig West", gab sie zurück. „Hundert Eier habe ich dabei, dafür bekomme ich zwanzig Westmark."

Mutter rechnete schnell nach. Der Wechselkurs von der Westmark zur Ostmark stand damals 1:5, manchmal sogar 1:6. Donnerwetter, schneller konnte man sich sein Geld nicht verdienen.
„Das sind ja hundert Ostmark!", entfuhr es ihr, und keiner ahnte, dass Mutter von der Eierschieberei in die ‚Frontstadt' Westberlin plötzlich angesteckt war. Ich hingegen beschloss bei Gelegenheit nachzufragen, was eine Ostmark und eine Westmark ist.
Der Zug nach Neuruppin stand bereit. Die Dampflok stampfte und zischte ungeduldig, während wir umstiegen. Das Abteil war fast leer. Vater hatte ein Raucherabteil ausgewählt. Er wollte endlich die andere Hälfte seines aufgehobenen Zigarrenstummels aufrauchen. Ich hatte wieder einen Fensterplatz ergattert.
„Warum steht dort Löwenberg Mark? Warum Mark? Was ist Mark?", fragte ich wieder neugierig. Vater kratzte sich verlegen am Kopf. Mit ‚Friedensware' hat das ja Gott sei Dank nun wirklich nichts zu tun, wird er gedacht haben, und ehe er antworten konnte, meldete sich wieder der kleine Brillenmann zu Wort, der auch umgestiegen war und unbemerkt hinter uns Platz genommen hatte.
„Das hat was mit Markt zu tun. Hier wurden mal Märkte abgehalten. Verstehst du?"
„Nein", gab ich bockig zurück.
„Nein? Warum nicht?"
„Da steht Mark. Es fehlt das Töh."
„Der Buchstabe heißt nicht Töh, sondern Te, verstehst du, Teeee."
„Sie erzählen den Jungen aber einen schönen Blödsinn", mischte sich plötzlich ein Mann ein, der ebenfalls eine Brille trug und dem kleinen Brillenmann gegenüber saß.
„Was heißt hier Blödsinn?", ereiferte sich der kleine Brillenmann, der Buchstabe heißt eben Te und nicht Töh."

„Das meine ich ja nicht, ich meine das mit der Mark. Das Land Brandenburg war mal im frühen Mittelalter eine Grenzmark, daher kommt bei einigen Ortsnamen der Zusatz Mark."

Der kleine Brillenmann knurrte wütend und Vater war erleichtert.

„Mama", fragte ich, „was ist eine Westmark und eine Ostmark?"

Ich verstand nicht, warum sich plötzlich die wenigen Leute vor Lachen ausschütten wollten. Nur der kleine Mann mit der Brille lachte nicht, er blickte etwas grimmig zu mir herüber.

Die Leute beruhigten sich und Vater sagte leise zu Mutter: „Es wird Zeit, dass wir bald da sind. Der Junge bringt uns noch mit seiner dämlichen Fragerei ins Gefängnis."

Ich sah derweil wieder aus dem Fenster freute mich, dass unser Zug nicht langsamer fuhr, als die ein, zwei Autos auf der parallel verlaufenden Straße. Plötzlich verspürten wir alle einen gewaltigen Stoß. Es war aber nichts passiert, der Zug ratterte unbeirrt weiter.

„Das werden die wohl nie repariert kriegen", meinte Vaters Sitznachbar leise. Der Mann war mir aufgefallen. Er trug Knickerbockerhosen und auf dem Kopf eine Schiebermütze. Warum eigentlich Schiebermütze? Der Name für diese Kopfbedeckung wird sich wohl ewig halten. In den Zeitungen waren damals oft Karikaturen von bösen Menschen zu sehen die Schieber waren und Volkseigentum oder irgendetwas anderes heimlich nach Westberlin verschoben. Alle hatten sie so eine Mütze auf. So gesehen hätte man damals jeden Schieber an seiner Kopfbedeckung erkennen müssen. Sogar Einbrecher und Diebe trugen sie als Dienstkleidung zu ihrem gestreiften Hemd und ihrer schwarzen Augenmaske. Die Frau, die mir das Ei geschenkt hatte, trug keine Schiebermütze. Ich

beschloss, Mutter bei Gelegenheit zu fragen, warum die Eierfrau keine Schiebermütze trug?
„Was meinen Sie mit DAS?", fragte Vater ebenso leise zurück, ohne dabei den kleinen Brillenmann aus den Augen zu lassen.
„Na, diesen Schienenstoß. Bestimmt hat das '45 eine verirrte amerikanische Fliegerbombe angerichtet, die eigentlich die Auer-Rüstungswerke in Oranienburg treffen sollte."
„Na, na, das ist aber schon ein paar Jährchen her", gab Vater leise zu bedenken.
„Deswegen ja", und Vaters Banknachbar grinste dabei.
„Ach so, jetzt verstehe ich", sagte Vater und nuckelte an seinem Zigarrenstummel.
Der Schaffner kam. Alle kramten ihre Fahrkarten hervor. In jede machte er ein kleines Loch mit seiner Zange.
„Na, Kleiner, ist wohl langweilig die Fahrt, was?", fragte er mich freundlich. Ich wusste nicht, was ich darauf antworten sollte.
„Hier, damit dir die Zeit nicht zu lang wird, kannst mit spielen", und er übergab mir etliche alte, abgelaufene Fahrkarten.
Ich bedankte mich höflich und begann zu buchstabieren, was darauf zu lesen stand. Ich konnte nichts damit anfangen.
„Mama", fragte ich laut und sah, dass Mutter ihre Augen unter ihrem roten Suppentopfhut verdrehte, „was ist denn eine Zone?"
Vater wäre vor Schreck bald der Zigarrenstummel aus dem Mund gefallen.
„Wer sagt denn so etwas?", fragte neugierig der kleine Brillenmann.
„Keiner", gab ich wieder bockig zurück. Was wollte der bloß immer von mir? Alle hatten im Abteil ihre Unterhal-

tung unterbrochen und sahen zu mir herüber.
„Aber irgendwer muss dir doch etwas erzählt haben? Wer sagt denn zu unserer DDR Zone?", bohrte er weiter.
„Keiner, das steht hier drauf: gültig für Fahrtarifzone 1 und 2", belehrte ich ihn und verstand wieder nicht, warum die Leute in lautes Gelächter ausbrachen.
„Der Junge ist goldrichtig", hörte ich den Schiebermützenmann zu Vater sagen.
Vater aber raunte Mutter leise zu: „Wenn wir bloß bald da wären."
Das Osterfest bei Onkel Karl und Tante Trude in Karwe war großartig. Tante Trude hatte einen kleinen Lebensmittelladen, genau so einen, wie ‚Fuud' Jeschke in Lindenhagen ihn hatte. Das Schild ‚Kolonialwaren' hatte Onkel Karl nach dem Krieg überpinselt und ein schriftkundiger Maler hatte mit schwungvollen Buchstaben ‚Materialwaren' darauf geschrieben. Jahre später wurde es in ‚Lebensmittel' geändert. Es war aber wie verhext, die ‚Kolonialwaren' waren einfach nicht tot zu kriegen. Hier und da leuchtete immer noch blass dieser oder jener Buchstabe durch, der an die deutschen Kolonien erinnerte. Den Leuten machte es aber nichts aus, Hauptsache, sie bekamen etwas zu kaufen, egal ob die Waren aus den ehemaligen deutschen Kolonien oder Produkte unserer erblühenden sozialistischen Wirtschaft waren. Trotzdem, Schokolade hätte man schon gerne gegessen, von einer guten Tasse Bohnenkaffee ganz zu schweigen.
So wie die ‚Kolonialwaren' einfach nicht tot zu kriegen waren, so verhält es sich auch mit einigen speziellen Gerüchen. Haben die sich erst einmal in der Nase festgesetzt, verschwinden sie nie wieder, und sollte der Riecher sie nach Jahren irgendwann oder irgendwo doch wieder mal erschnuppern, erinnert er sich sofort an die erste Riechbegegnung und es werden Erinnerungen wach. Ich

habe etliche spezielle Gerüche gespeichert. Noch heute erinnere ich mich genau an den Geruch von ‚Fuud' Jeschkes und Tante Trudes Laden. Es war eine Mischung aus Kernseife oder Seifenpulver, Bohnerwachs, Salz- oder grünen Heringen, dazu noch ein Schuss Harzer Käse und Gemüse. Eben alles, was Tante und Fuud so verkauften. Schade, bis heute ist mir dieser Geruch nirgendwo mehr begegnet, dabei ist er für mich eine unsichtbare Zeitmaschine und ich gäbe viel darum, diesen Ladengeruch und die damit verbundenen schönen Erinnerungen wieder mal zu erschnuppern. Was sind dagegen schon Joop, Gabriela Sabatini oder Irischer Frühling?
Das Osterfest ging viel zu schnell vorbei, jedenfalls für uns Kinder. Für kurze Zeit waren wir im Schlaraffenland. Es gab selbst gefärbte, bunte Ostereier, ein, zwei kleine Zuckerstangen, Bonbons und einen bunten, hölzernen Kreisel. Wir waren glücklich. Heute wird den lieben Kleinen eine Spielkonsole, ein Smartphone mit allem Pipapo und ein Gutschein für ‚Markenklamotten' ins angedeutete Osternest gelegt. Dafür können sie aber nicht mehr lange auf einem Bein stehen oder Kirschkerne weit spucken.
Wie es sich gehört, besuchten wir auch Oma und Opa im sechs Kilometer entfernten Wulkow. Wieder ging es zu Fuß los, immer einen Sandweg entlang, der sich durch einen lichten Kiefernwald schlängelte. Vater schleppte die Koffer und die Frühlingssonne meinte es mehr als gut. Sechs Kilometer können bei so ungewohnten Temperaturen ein ganz schöner Kanten sein, wo doch der märkische Kiefernwald nur wenig Schatten spendet. Mutter litt auch unter der Frühlingshitze. Ihr Gesicht war genauso rot wie der neue Suppentopfhut, den sie aber einfach nicht absetzen wollte. Vater wechselte jetzt immer häufiger die Koffer von der linken in die rechte Hand. Ich erinnere mich noch ganz genau, es war an einer eingezäunten

Waldwiese, als er plötzlich halt machte, beide Koffer auf die Erde stellte, seinen Försterhut abnahm und ihn auf einen Zaunpfahl setzte. Danach zog er sich seinen grünen Förstermantel aus, legte ihn über den Koppelzaun, knöpfte sich Jacke und Weste auf und wischte sich mit einem großen Taschentuch den Schweiß aus Nacken und Gesicht. Es ist verrückt, aber dieses Bild hat sich mir so eingeprägt, dass ich es nie wieder vergessen werde. Warum, weiß ich auch nicht.

Gut vierzig Jahre später, nach der politischen Wende in meinem Land, wo mehr Bier- als Brotsorten im Angebot waren, hielt ich irgendwann mal eine Bierdose in der Hand, auf der ein Bild aufgedruckt war, welches ‚Der durstige Mann' hieß. Ich glaubte meinen Augen nicht zu trauen. Genau! Das war Vater auf der Rast, als wir uns auf dem Marsch von Karwe nach Wulkow befanden. Lange betrachtete ich das Bild. Ich fand heraus, dass der Schwede Erik Henningsen es vor über hundert Jahren gemalt hatte. Nicht irgendein Geruch katapultierte mich in diesem Moment in die Vergangenheit, es war dieses Bild vom durstigen Mann auf der Bierdose. Genauso, wie der schwedische Maler diesen durstigen Mann gesehen hatte, genauso habe ich damals als Kind Vater gesehen. Und da ich mich oft und gern an meine Kindheit erinnere, ließ ich mir das Bild vom ‚durstigen Mann' von der Brauerei schicken. Ich hätte es auch umsonst kriegen können, hatte aber keine Lust, mir wegen eines Bier-Abos das Saufen anzugewöhnen. Säufer hat mein Land nun wahrlich schon genug, auch ohne dieses Bild.

Nachdem alle familiären Neuigkeiten mit Oma und Opa ausgetauscht waren und es nichts mehr zu sagen gab, brachen wir nach zwei Tagen wieder nach Hause auf. Mutter war der Meinung: „Besuch ist ganz schön, aber nach drei Tagen wird er lästig." Vater haute in die gleiche

Kerbe, nur etwas derber, wie eben Mecklenburger so sind: „Besuch ist wie Fisch, nach drei Tagen fängt er an zu stinken, und außerdem - to Hus is to Hus”. Beide hatten sie nicht ganz Unrecht. Ich selbst verfahre noch heute nach ihrem Motto. Länger als drei Tage halte ich es bei der Verwandtschaft ebenfalls nicht aus.
Mit der Bahn ging es die gleiche Strecke zurück. Kurz vor Löwenberg meldete er sich wieder, dieser Schienenstoß. Es krachte gewaltig im Waggon. Ein Mann, der uns schräg gegenüber saß und zuvor tief geschlafen hatte, wachte auf, sah aus dem Fenster und sagte zu Vater: „Wenn wir den nicht hätten, so manch einer würde glattweg das Aussteigen verschlafen und käme womöglich noch zu spät zur Arbeit und würde seinen Plan nicht erfüllen. Das geht doch wohl nicht, oder? Der oberste Genosse in Berlin weiß schon, wie er uns wach hält. Hoffentlich bleibt er uns noch lange erhalten. Ich meine: der Schienenstoß”, fügte er noch lachend hinzu, nahm seine Aktentasche aus dem Gepäcknetz und verschwand.
„Ja, ja”, rief Vater hinterher, „lieber der als den”, und beide wussten sie, wie ein jeder es gemeint hatte.
In meiner Hausbibliothek stehen viele Bücher von berühmten Schriftstellern. Auch von Forschungsreisenden, Wissenschaftlern, Künstlern und Entdeckern, die ihre Lebenserinnerungen zu Papier gebracht haben. Ich lese sie immer wieder gerne, geben sie mir doch unendlich viel. Bücher von den heutigen ‚Neumemoirenschreibern’ wie Stars und Sternchen, erfolgreich therapierten Kriminellen, von Genesenden, die zuvor an Fresssucht gelitten hatten und über dreihundert Kilogramm auf die Waage brachten, von Edelhuren oder Porno-Darstellerinnen, die jetzt ungemein lebenswichtige Ratschläge geben, von Möchtegernpolitikern, denen es leider verwehrt blieb die Welt zu verändern und schon gar nicht von jener

‚Schriftstellerin', die eine literarische Entdeckungsreise vom eigenen After bis zum Inneren ihres Geschlechtsorgans gemacht hat, sucht man bei mir vergebens. Es gibt schon genug Verrückte auf der Welt, ich muss mich damit nicht auch noch befassen. Trotzdem, die Verlage haben erkannt: pecunia non olet. Wie sagte doch unlängst ein Witzbold recht treffend: „Milliarden Fliegen können nicht irren..."
Vor der Wende erstand ich die Lebenserinnerungen des bekannten spanischen Filmemachers, Regisseurs und Drehbuchautors Luis Buñuel, natürlich als Bückware. Entweder es war an einem Montag, als sich die staatlichen Zensoren daran gemacht hatten, Buñuels Lebenserinnerungen auf staatsgefährdende oder ideologische Ungereimtheiten abzuklopfen, um sie für den sozialistischen DDR-Buchmarkt zurecht zu rücken, oder sie waren schlichtweg zu müde, was man ja montags auch sein kann, und übersahen demzufolge einige seiner gut verpackten Kritiken am Sozialismus. Jedenfalls staunte ich nicht schlecht, was der Mann so zu berichten wusste, so auch einige Dinge über den spanischen Bürgerkrieg von 1936, die nicht ganz in unser sozialistisches Geschichtsbild passten. Es kann aber auch gut möglich sein, dass der oder die Zensoren es satt hatten, ständig an der internationalen Literatur herum zu kritteln. Außerdem schrieben wir schon das Jahr 1988, und da fing so einiges an, ideologisch aus dem Ruder zu laufen.
Buñuel schrieb in seinem Buch ‚Mein letzten Seufzer' unter anderem: Ich liebe die Regelmäßigkeit und gehe gern an Orte, die ich schon kenne.
Ich war verblüfft, als ich das las. Genau das tue ich nämlich auch. Ich sagte ja schon, ich bin kein weitgereister Mann und wo auch immer ich war, immer habe ich den Ort oder Landstrich zwei Mal aufgesucht, so auch das

österreichische Tirol. Natürlich habe ich mir auch zwei Mal das berühmte Orgelspiel der Kufsteiner Festung angehört.
Für die zweite Reise gibt es eine einfache Erklärung: bin ich irgendwo zum ersten Mal, werden die Eindrücke und das Gesehene von mir zwar verarbeitet und auch gespeichert, bin ich aber ein zweites Mal an diesem Ort, kommt mir alles schon recht bekannt vor und ich genieße die vordem noch unentdeckten Details in vollen Zügen.
So bin ich auch ein zweites Mal nach Neuruppin gereist, gut fünfundzwanzig Jahre später und dann mit meiner eigenen Familie. Der Zug hatte Löwenberg verlassen und schnaufte Richtung Herzberg, als ich zu meinen Kindern sagte: „Gleich ist es soweit, irgendwo hier muss es sein." Die anderen Mitreisenden im Abteil horchten auf, was ich so geheimnisvoll andeutete.
„Was ist denn hier?", fragte meine kleine Tochter neugierig.
„Das wirst du gleich hören. Es wird ganz schön rumpeln im Karton", erwiderte ich und meine Familie hielt den Atem an in der Erwartung, dass irgend etwas kommen würde. Auch die anderen Fahrgäste sahen gespannt zu uns herüber und schienen ebenfalls auf das zu warten, was ich angekündigt hatte. Nur ein Fahrgast nicht. Nur kurz schaute er von seiner Lektüre auf, grinste und las weiter. Plötzlich war er da, der alte Schienenstoß. Es knallte gewaltig. Es kam mir vor, als hätte er an Stärke noch zugenommen. Immerhin waren gut fünfundzwanzig Jahre vergangen.
„Da! Hast du es gehört?", fragte ich meine Tochter. Sie nickte und sah mich voller Ehrfurcht an.
„Mein Papa ist ein Zauberer!" rief sie plötzlich, und die Leute lachten. Nur ein Mann, der eine große Brille trug, sah etwas böse drein.

„Nein, nein, das bin ich nicht”, beschwichtigte ich sie, „das Rumpeln war schon da, als ich so alt war wie du es jetzt bist. Ich kann mich noch gut daran erinnern”, fügte ich noch hinzu.
„Na, na, übertreiben Sie mal nicht!”, rief entrüstet der Mann mit der großen Brille, „unser sozialistisches Transportwesen und damit auch das Schienennetz ist eines der Besten der Welt, hat sozusagen Weltniveau!”
Kaum hatte er das gesagt, schlug plötzlich der Buchleser mit einem lauten Knall sein dickes Buch zu, so dass die übrigen Fahrgäste erschrocken zusammenzuckten und vielleicht dachten, ein neuer Schienenstoß sei hinzugekommen. Und als ob er die bissige Zurechtweisung des Brillenmannes zu unserem vorzüglichen sozialistischen Transportsystem und Schienennetz nicht gehört hätte, sagte er zu meiner Tochter: „Schade, dass dein Papa kein Zauberer ist, bestimmt hätte er so manches einfach weggezaubert, stimmt's?” Dabei sah er mich für einen Moment von der Seite an, nahm seine Tasche aus dem Gepäcknetz und machte sich zum Aussteigen bereit.
„Da können Sie sicher sein”, erwiderte ich und beide wussten wir wie es ein jeder von uns gemeint hatte. Nur der Brillenmann blickte böse drein. Mein Langzeitgedächtnis war schon immer gut. Diese Situation kam mir irgendwie bekannt vor.

Meine erste Erfahrung in Physiognomie und Psychologie

Die S-Bahn ratterte mit mir in Richtung Oranienburg. Noch fuhr sie durch den amerikanischen Sektor von Westberlin und bis sie ihn verließ und in den Bahnhof Hohen Neuendorf einfuhr, der ersten Station auf dem Boden der DDR nach dem amerikanischen Sektor, waren noch gut zehn Minuten Zeit. Ich beobachtete die Fahrgäste in meinem Abteil und stellte fest, je näher die S-Bahn sich dem Territorium der Arbeiter und Bauern näherte, umso mehr wurden die Fahrgäste von einer rätselhaften Unruhe befallen. Sie musste ansteckend gewesen sein, denn plötzlich verspürte ich sie auch.

Heute erklären schlaue Psychologen dieses Phänomen als ein Gruppenverhalten. Früher sagten wir zur Gruppe Kollektiv. Aber ich passe mich an und versuche dieses Wort zu vermeiden. Um die Vergangenheit besser zu erklären muss ich, ob ich will oder nicht, hin und wieder diesen Begriff dennoch verwenden. Meine Ostlinge werden das verstehen, gehörten wir doch so gut wie alle einem Kollektiv an - einem sozialistischen wohlgemerkt.

Die S-Bahnstation Hohen Neuendorf war damals, vor dem Mauerbau, für viele Reisende von und nach Westberlin ein neuralgischer Punkt, mehr noch, sie konnte sogar bei diesem oder jenem Reisenden das Leben auf einen Schlag verändern. Ohne Gnade wurde hier jeder von den ‚Sicherheitsorganen der Deutschen Demokratischen Republik' einer scharfen Kontrolle unterzogen, ob er Volkseigentum oder irgend etwas anderes in die ‚Frontstadt und Revanchistenhochburg' West-Berlin verschieben oder von dort verbotene Waren in die DDR einschmuggeln wollte. Was nun die ‚verbotenen Waren' waren, wusste keiner so recht. Genau genommen fiel

alles darunter: Kaffee, Zigaretten, Schokolade, Textilien, Schuhe und noch vieles andere, also alles. Die Genossen der ‚Grenzorgane' hatten viel zu tun und außerdem hatte das stetig wachsende Heer von Parteifunktionären auch so seine Wünsche. Auf jeden Fall fielen Mutters Lore-Liebesromane und meine Bastei Wild-West-Romane darunter. Die SED-Kulturwächter bezeichneten sie als ‚Schund- und Schmutzliteratur', die im Arbeiter- und Bauernparadies nichts zu suchen hatten und ließen sie gnadenlos jagen. Sie müssen aber nicht viel Jagdglück gehabt haben, denn es ergoss sich ein nie versiegender Strom von diesen Romanheften in die DDR und erfreute sich einer großen Leserschar. Westzeitungen und illustrierte Zeitschriften galten gar als Hetzschriften gegen den Sozialismus und wer sie von West-Berlin in den Osten schmuggelte, für den wurde es eng. Sofort galt man als Provokateur, betrieb antisozialistische Hetze mit gedrucktem Propagandamaterial - und darauf stand Zuchthaus. So gesehen war Hohen Neuendorf für viele Menschen nicht nur eine S-Bahnstation, nein, sie war geradezu eine Lebensstation. Für einen, der in der DDR alles stehen und liegen gelassen hatte, war sie der scharf bewachte Vorhof zur Freiheit, denn dahinter begann ja der Westen. Und für den anderen, der aus entgegengesetzter Richtung kam, brachte sie ein wenig Luxus in Form von Kaffee oder Textilien in sein Leben, vorausgesetzt, er war durch die engmaschigen Kontrollen geschlüpft.
Diese S-Bahnstation sollte auch mein Leben gehörig durcheinander bringen. Einerseits war sie der Anfang meiner ‚Karriere'. Und ich nenne es Fügung, hatte doch ‚er' seine Hände im Spiel, wofür ich ‚ihm' sehr dankbar bin. Andererseits war auch die sozialistische Planwirtschaft daran schuld, dass ich begann, den verordneten Pfad zu einem stolzen und bewussten sozialistischen

Staatsbürger zu verlassen.
Trotz übererfüllter Pläne war es mir einfach nicht gelungen, im sozialistischen Handel eine moderne und auch passende Hose für mich aufzutreiben. Eigentlich fing alles damit an, dass Porsenna, so nannten wir heimlich unseren Lateinlehrer, schon einige Male über meine lang ausgestreckten Beine gestolpert war, die ich von der ‚Lateinerloge', in der nur die Lateinschwächlinge saßen, weit in den Raum gestreckt hatte. Dies war aber keine lümmelhafte Unhöflichkeit von mir, mit der ich ihn ärgern wollte, nein, ich hatte mich danach jedes Mal entschuldigt. Diese Sitzhaltung musste ich einfach wegen der Bügelfalten in meiner Hose einnehmen. Würde ich mich nämlich normal hingesetzt haben, hätte der Hosenstoff durch meine angewinkelten Knie dermaßen gelitten, dass ich anschließend mit gewaltigen Kniebeulen herumgelaufen wäre und dies widersprach meinem Mode- und Ordnungssinn. Ganz schlimm war es bei nässelndem Wetter oder gar bei Starkregen. Da war es besser, man zog sie ganz aus und trug sie so lange unterm Arm bis sich das Wetter gebessert hatte. So entging man der Gefahr, die Beinlinge drei bis vier Mal umkrempeln zu müssen, da der Hosenstoff die verteufelte Angewohnheit hatte bei Nässe in die Länge zu gehen.
Um eine genehme Bügelfalte zu erzeugen, die auch den kritischen Blicken der Mädchen standhalten und sechs Schulstunden überdauern konnte, legte ich meine Hose kurz vor dem Zubettgehen akkurat glatt und faltenlos, Bügelfalte auf Bügelfalte, unters Bettlaken, stieg anschließend vorsichtig in mein Kanapee und musste jetzt nur noch einen ruhigen Schlaf haben, den ich meistens auch hatte. Schweißausbrüche oder gar Alpträume, wie sie meine Internatszimmergenossen vor Leistungskontrollen oder Mathematikarbeiten hatten und sich deshalb ständig

unruhig von der einen Seite auf die andere wälzten, hatte ich zum Glück nicht. Meine Hosen würden danach schön ausgesehen haben! So staunten meine Mitschüler und Zimmerkollegen morgens über meine scharfen Bügelfalten, die es glattweg mit denjenigen Porsennas aufnehmen konnten. Dies rief natürlich Nachahmer auf den Plan. Bei einem aber, einem üblen Liebkindmacher und neunmalklugen Lehrerssohn, den ich so gar nicht leiden konnte - weil Lehrerssöhne es immer besser machen wollen als der Herr Papa (Heinrich Himmler war auch ein Lehrerssohn) - wollte es mit der Bügelfaltentechnik überhaupt nicht klappen. Er konnte es sich einfach nicht erklären, warum seine Bügelfalten ständig aus der vorgeschriebenen Bahn liefen. Die Mädchen lachten am lautesten, wenn er sich mit seinen Windfängern auf dem Schulhof an ihnen vorbeidrückte. Auch Porsenna hatte dafür nur einen abfälligen Blick übrig.
„Da hast du doch dran gedreht", bemerkte nur grinsend mein Freund und Lateinerlogennachbar Helmut, als er sich, wie in jeder Pause, hinter den Fahrradschuppen verzog, um dort heimlich eine Zigarette zu schmauchen. ‚Drehen' brauchte ich nicht daran. Ein heimlicher und schneller Griff unters Laken des Lehrerssohns und etwas daran gezerrt, und fertig. Kleine Ursachen haben manchmal große Wirkungen.
Meine Liebe zu den Bügelfalten meiner Hose ging aber nicht so weit, dass ich mich deshalb auf den Weg in die ‚Frontstadt' West-Berlin machte. Vielmehr war dies der schlechten Stoffqualität meiner Hose zuzuschreiben. Durch das ewige Sitzen auf den harten Schulbänken hatte sie schon arg gelitten. Am Hintern war der Stoff bedenklich dünn geworden und ein weiteres Schuljahr hätte sie nicht mehr durchgehalten. Gut, ich hatte noch eine Reservehose, aber um deren Qualität war es auch

schlecht bestellt. Der Sozialismus machte eben keine Unterschiede, auch bei den Hosen nicht. Ich erkannte meine Chance endlich zu einem Beinkleid zu kommen, das mindestens drei Dinge in sich vereinigen sollte: die Hose musste modern im Schnitt und Form sein, der Stoff strapazierfähig und allen Witterungseinflüssen standhalten und was für mich auch wichtig war, sie musste passen, also sitzen, wie meine Mutter sagte. Drei Dinge, die damals wirklich ein Problem waren. Weder das Konsumwarenhaus noch der HO-Laden ‚Chic für den Herrn' hatten für mich solch eine Hose vorrätig. War die eine zu lang, war die andere zu kurz oder zu weit. Außerdem kratzte der Stoff erbarmungslos an den Beinen, so dass man sie nur mit langen Unterhosen tragen konnte und das kam im Sommer bei den Mädchen ganz schlecht an.

„Der Junge braucht eine richtige Manchesterhose, die er im Sommer und im Winter tragen kann", empfahl mein Vater nach mehreren vergeblichen Kaufversuchen. Ich war erleichtert, kam doch sein Vorschlag über den Kauf einer solchen Hose meinen Vorstellungen schon recht nahe. Aber es gab sie nicht im sozialistischen Handel sondern nur im kapitalistischen Westen, in Westberlin. Und dahin machte ich mich auf den Weg.

Während der großen Sommerferien hatte ich mir bei den Landvermessern Zweihunderfünfzig Mark verdient. Dafür hatte ich eine lange Stange, auf der Striche und Zahlen angeordnet waren und die alle hundert Meter aufrecht hingestellt werden musste, durch die Gegend gebuckelt, bis der Mann am Theodoliten „Gut, weiter!" brüllte, worauf ich sie anschließend wieder hundert Meter weiter schleppte.

Mit der S-Bahn fuhr ich also nun bis Bahnhof ‚HO-Gesundbrunnen', wie diese Westberliner Station allgemein von den Ostlern genannt wurde und hatte mich

plötzlich selbst in eine Welt geschleudert, von der ich zwar schon viel gehört, die ich aber noch nie gesehen hatte.
Himmel Herrgott, was war das für eine Pracht, die mich plötzlich umfing? Bunte Reklame, Kaugummi, Zigaretten, Kioske mit unzähligen Zeitungen und bunten Zeitschriften, auf deren Titelblätter schöne Frauen abgebildet waren, bot man zu Hunderten an. An den Eingängen der großen Kaufhäuser hingen Trauben von Petticoats, die die Mädchen meiner Schule sicher entzückt hätten. Ich nahm Südfrüchte wahr, die ich noch nie gesehen hatte, schöne Autos, die leise dahinfuhren und keinen Gestank hinterließen, kleine Messerschmitt Kabinenroller, die damals sehr in Mode waren, mittlere bis große Straßenkreuzer, ein Kino, dessen Filme auf großen Plakatwänden knisternde Spannung oder tiefe Ergriffenheit versprachen, Menschen, die alle modisch gekleidet waren und einen Geruch, den ich seitdem nie wieder vergessen habe. Diesen Geruch definierten wir Ostler als einen typischen Westgeruch. Er war ein Gemisch aus Apfelsinenduft, leichten Autoabgasen, feiner Minze und unaufdringlichem Parfüm. In den Kaufhäusern kam noch der Geruch von modischen Textilien hinzu, der auch aus dem schier unübersichtlichen Angebot von schicken Hosen - meinen Traumhosen! - auszuströmen schien.
Meine stabile Ostwährung brauchte ich in keiner Wechselstube 1 zu 5 umzutauschen, das erledigten die Warenhäuser gleich selbst. Und so ging ich schnurstracks dem Textilgeruch nach bis ich in einem großes Kaufhaus landete und mir dort meinen Hosentraum erfüllte.
„So eine Hose hätte ich gern", sagte ich zu der nicht unflotten jungen Verkäuferin und zeigte auf ein Ausstellungsmuster.
„Eine ‚Calypsohose', eine sehr moderne Hose. Sie haben

eine gute Wahl getroffen, junger Mann", erklärte sie mir freundlich und mit geübtem Blick hatte sie meine Hosengröße erfasst, griff ins Regal und zack - da lag das Prachtstück vor mir.
Du lieber Himmel, was haben die Verkäuferinnen vom HO-Geschäft ‚Chic für den Herrn' und die vom großen Konsum bei der Hosenanprobe nicht alles mit mir angestellt. Jedes Mal, wenn ich in solch ein Kratzding gestiegen war und aus der Umkleidekabine heraus kam, hatten sie etwas an mir zu fummeln gehabt. War die Hose zu kurz, zogen sie unten an den Hosenbeinen bis der Bauchnabel frei lag, war die Hose zu lang zerrten sie umgekehrt so kräftig nach oben, dass sie mir jedes mal mein bestes Stück einklemmten und ich vor Schmerz zusammenzuckte. Das hatte ich gar nicht gern, bin aber nicht nachtragend. Heute weiß ich, dass es kein Kunststück ist, größengerechte und moderne Hosen zu verkaufen. Die HO- und Konsumverkäuferinnen mussten eben nur ein bisschen improvisieren, so wie fast alles im Sozialismus Improvisation war. Mit Ziehen und Zerren, mit Drücken, Um- und Annähen erfüllten sie ihren Umsatzplan. Heute kommt es mir vor, als wären unsere Regierenden früher alle mal Hosenverkäufer in der DDR gewesen.
Diese Hose hier saß auf Anhieb. Sie war praktisch und gut, aus schwarzem Feincord, die Gesäßtaschen mit roten Reißverschlüssen versehen und die Öffnungen der Hosentaschen waren ebenfalls rot eingefasst - ein Traum von einer Hose. Das tiefe Schwarz des Feincords und das knallige Rot der Tascheneinfassungen stachen aufsehenerregend voneinander ab. Es war aber eine Manchesterhose, so wie sie Vater gefordert hatte. Dass er mehr eine einfache und derbe, lieblos graue meinte, wie sie seine Holzfäller bei der Arbeit trugen und die sie von ihrer

Westverwandtschaft geschickt bekommen hatten, konnte ich ja nicht wissen.
Die nicht unflotte Verkäuferin sah es mir an, dass ich aus der ‚Zone' kam. Damals wurde mein Land respektlos von den Westlingen so bezeichnet. Sie fragte, ob ich meine neue Hose anbehalten wolle und sie meine alte wegschmeißen solle. Entsorgen hatte sie nicht gesagt, dieses Wort gab es damals noch nicht, hört sich aber viel besser an als wegschmeißen, obwohl es das Gleiche ist.
Na, na, so schlecht war sie ja nun auch wieder nicht, dass sie gleich in die Mülltonne wandern musste. Obwohl der Stoff am Hintern schon bedenklich dünn war und zu gewaltigen Kniebeulen neigte, hatte sie mir gute Dienste geleistet. Wenn ich sie noch ein paar Mal mit schwarzem Muckefuck ausbürstete, schön fein säuberlich unters Laken legte und die Nacht ruhig auf ihr verbrachte, würde sie mir bestimmt noch hin und wieder gute Dienste leisten.
Im Gegensatz zum westlichen Überfluss verwerteten wir im Osten alles so lange und intensiv, bis es nicht mehr ging. So gesehen waren wir alle ‚Öko' und ‚Bio', dem Westen also um Nasenlängen voraus. Ich erwische mich noch heute dabei, dass ich nicht so schnell etwas wegwerfe. Alle liebgewordenen alten Dinge haben für mich eine Seele. Ob es nun meine alte Hose war oder viele Jahre später mein Trabant. Alles hatte man sich mit viel Mühe und abenteuerlichen Umwegen erarbeiten müssen, hatte irgendwo in einer langen Schlange angestanden und schließlich, wenn man endlich an der Reihe war, noch der hässlichen Verkäuferin das Kompliment gemacht, dass sie die schönste Frau des sozialistischen Einzelhandels sei, um je nachdem hier eine modische Hose und dort ein paar Bretter, Fliesen oder ein, zwei Säcke Zement zu ergattern. Gebrauchte, krumme Nägel schlug man sowie-

so wieder gerade.
„Packen Sie sie mir ein", bat ich und zeigte auf meine alte Hose. Und flugs verschwand sie in einer großen Papiertüte auf der in großen Buchstaben ‚Woolworth' zu lesen stand. Plastetüten mit schönem bunten Aufdruck gab es damals noch nicht. Da kam Stolz und Freude auf, jeder konnte sehen, wo ich eingekauft hatte. Die Sprache verschlug es mir vollends als die junge Verkäuferin mir noch, passend zur Hose, einen tollen Gürtel mit in die Tüte steckte. Wo hatte ich so etwas schon mal erlebt! Zu Hause im großen Konsum gab's nur Konsummarken, wenn man etwas gekauft hatte, ansonsten sahen die Verkäuferinnen an einem vorbei. Es war ihnen peinlich, immer sagen zu müssen: „Ham wa leider nich".
Höflich verabschiedete ich mich von der nicht unflotten jungen Verkäuferin. Ob meines Glückes stolperte ich mehr als dass ich ging aus dem großen Kaufhaus und flüchtete hinter eine Säule. Vorsichtig sah ich an mir hinunter und erkannte mich selbst nicht mehr. Donnerwetter, da hatte ich endlich eine tolle und auch passende neue Hose an. Die werden zu Hause Augen machen, dachte ich, und erst meine Schulkameraden und die Mädchen. Die großen Augen wurden dann tatsächlich auch gemacht. Aber mehr von der Schulleitung und vom Schulparteisekretär, den wir nur ‚Backschafter' nannten und der im Unterricht oft über seine Seemannszeit schwadronierte und dabei gewaltig mit seinen Abenteuern prahlte, obwohl er nur ‚Moses' auf einem alten, stinkenden Fischkutter gewesen war.
Nachdem ich mich nochmals vergewissert hatte, dass meine neue Hose wie angegossen saß - damals waren nämlich enge Hosen, so wie heute wieder, sehr modern. Es wiederholt sich eben alles, auch die Mode - blieb mein Blick auf meinen schwarzen Halbschuhen hängen.

Das waren noch meine Konfirmationsschuhe, die mit mir mitgewachsen waren und nicht mehr besonders gut aussahen. Vom vielen Putzen hatte das Oberleder viele kleine Risse bekommen. Schon der Schuster hatte mich ermahnt, dass er sie nicht mehr lange besohlen könne. Da stand an einem großen Haus gegenüber ‚Leiser' geschrieben. Ich zählte mein Geld nach und war mir sicher, dass es für ein paar schöne Schuhe noch reichen würde.
Kaum war ich bei ‚Leiser', als sich auch schon eine Verkäuferin auf mich stürzte und nach meinen Wünschen fragte. Sie war zwar nicht ganz so jung wie die vom ‚Woolworth', aber auch sehr nett. Und wieder war ich Kunde und König zugleich. Meine Wahl fiel auf ein paar Schuhe, die eine durchgehende Transparentsohle hatten. Specksohlen nannten wir sie damals. Sie waren hochmodisch und das Wichtigste daran war: das ewige Schuhe besohlen entfiel. Diese Specksohlen waren einfach nicht kleinzukriegen. Außerdem quietschten sie beim Gehen auf Parkett oder Linoleum herrlich und zeigten an, wessen Kind der Träger war.
Auch meine Specksohlenschuhe behielt ich gleich an, drückten sie doch beim Anprobieren an keiner Stelle. Was hatte ich manchmal für Blasen und Druckstellen an den Füßen, wenn ich neue Schuhe bekam. Vater meinte immer, dass das normal sei, neue Schuhe müsse man erst einlaufen. Bestimmt hatte ‚Leiser' Einläufer, denn meine neuen Schuhe spürte ich fast gar nicht an den Füßen.
Jetzt hatte ich zwei Tüten zu tragen, eine von ‚Woolworth', in der meine alte, abgewetzte Hose verstaut war, und eine von ‚Leiser', in der meine alten Konfirmationsgurken lagen. Ich beschloss eine Pause einzulegen und bei mir den Einkauf richtig sacken zu lassen. Da ich in meinen jungen Jahren schon leicht zum Genussmenschen neigte, kaufte ich mir an einem nahen Kiosk eine Schach-

tel ‚HB', setzte mich zufrieden auf eine Bank, paffte genüsslich eine Zigarette und beobachtete die Leute, die an mir vorbeihasteten. War das der Vorgeschmack auf den goldenen Westen? Ich hatte eine moderne und tadellos sitzende Hose an, meine Füße steckten in bequemen und modischen Schuhen und ich schmauchte eine gute Zigarette mit Filter, deren Tabak ich nicht ständig ausspucken musste. Doch Müßiggang und gar einfach nur so herumzulungern - wie es Mutter bei Menschen bezeichnete, die mit ihrer Zeit nichts anzufangen wissen - war mir schon damals fremd. Außerdem, hatte Porsenna uns fast erwachsene Schüler nicht ständig mit ‚carpe diem' ermahnt? Hier begriff ich, dass für die alten Römer und jetzt die Westberliner diese Weisheit zum Schlüssel ihres Wohlstandes geworden war.
Da ich damals auch langsam ein Kulturmensch zu werden begann, wollte ich die Zeit auch nutzen und beschloss, mir im Kino mal einen richtigen ‚Reisser' anzusehen. Was war schon ein Westberlin-Besuch, wenn man nicht die Gelegenheit nutzte, sich einen Film anzusehen? Bekanntlich bildet Reisen ja, also wollte ich etwas für meine Bildung tun und dafür musste ich nur schräg über die Straße gehen. ‚Alhambra' nannte sich das Kino und auf einem riesigen Plakat pries es einen Film an, den sich nur ‚Männer ohne Nerven' ansehen sollten. Nun wollte ich wissen, ob ich ohne Nerven war. Was konnte mir schon passieren? Schließlich hatte ich die DEFA-Filme ‚Ernst Thälmann - Sohn seiner Klasse' und das Filmwerk des Russen Ostrowski, ‚Wie der Stahl gehärtet wurde', unbeschadet überstanden. Das wäre doch gelacht, wenn ich nicht auch Edgar Wallace' ‚Die Bande des Schreckens' mit Joachim Fuchsberger und Elisabeth Flickenschildt überstehen würde.
Genussvoll tat ich den letzten Zug aus meiner ‚HB' und

zertrat sorgfältig den Rest auf dem Trottoir, so wie es damals üblich war aber heute keiner mehr macht - ist es doch unheimlich ‚cool', noch glimmende Zigarettenkippen einfach fallen zu lassen. Im Begriff, meine Nerven einem Test zu unterziehen, wurde ich plötzlich eines alten Mannes gewahr, der unweit von mir zusammengesunken in einer Mauernische saß und vor sich einen kleinen Topf stehen hatte, in den die vorbeieilenden Passanten hin und wieder eine Münze warfen.
Ein Bettler! Noch nie in meinem Leben hatte ich einen Bettler gesehen und ich begann, mich zu schämen. Trotz meiner vielen dummen Sprüche, die ich nur oft und gerne losließ, meinem ungenierten lauten Lachen über komische Situationen, meinen Ausweichmanövern vor unliebsamen Begegnungen - ähnlich wie es Hasen zu tun pflegen, wenn sie sich blitzschnell im Laufen, hakenschlagend, vor der hetzenden Hundemeute in Sicherheit bringen - merkte ich, wie es in meinem Hals zu würgen begann. Vor kranken und alten Menschen habe ich bis heute einen höllischen Respekt, und wenn sie dann noch hilflos sind, ist es ganz aus mit mir. Das ist eine wirkliche Schwachstelle von mir und ich bin stolz, dass ich sie habe.
Ich drehte mich ein wenig zur Seite und während ich meiner Geldbörse zwei Westmark entnahm bemerkte ich, dass meine Hände heftig zu zittern begannen. Nicht dass ich dem Westgeld nachtrauerte, nein, das war einfach die Situation, in die mich der alte Mann ohne dessen Schuld gebracht hatte. Wie sollte ich ihm die Münzen geben? Einfach so in den kleinen Topf werfen? Das wäre unwürdig, empfand ich, war er doch ein Mensch, der Hilfe erwartete. Das machten noch nicht einmal Mutter oder Vater, wenn sie unseren treuen Jagdhund fütterten. Sie legten das Stück Fleisch in seinen Napf. So ging ich zu

dem alten Mann, der aufsah, als ich vor ihm stand. Feige wich ich seinem dankbar-unterwürfigem Blick aus und legte ihm schnell beide Markstücke in die Hand.
Traurigkeit überfiel mich. So bin ich eben mal. War das der ‚goldene Westen', von dem alle sprachen? Mir fiel nicht nur Mutter ein, die immer sagte: „Wo viel Licht ist, ist auch viel Schatten", sondern auch jener Moment, als ich vor Lehrer Güttes sozialistischer Malkunst stand und Stalin von Lenin und Marx nicht unterscheiden konnte. Im ersten Moment sieht alles sehr harmonisch und ausgewogen aus, alles stimmt, alles passt zueinander, aber wehe man tritt näher und betrachtet es genauer. Dann ist es mir der Idylle und der ausgewogenen Harmonie vorbei. Mein Gerechtigkeitsfimmel macht es mir heute noch so manches Mal sehr schwer.
Doch dann hatte mich der Westen schnell wieder im Griff. Das ‚Alhambra' winkte unablässig mit seiner bunten Filmreklame zu mir herüber. Mein lieber Krokoschinski, ich muss schon sagen, solch einen Film hatte ich noch nie gesehen. Meine Nerven waren wirklich zum Zerreißen gespannt, ganz im Gegensatz zu meinem Sitznachbarn, welchem die spannende Handlung nichts auszumachen schien. Gelangweilt lümmelte er in seinem Sitz und starrte ohne auch nur eine Miene zu verziehen auf die Leinwand, wobei er ständig auf seinem Kaugummi herumkaute. Hatte er sich etwa schon an die Kinogewalt gewöhnt? Glücklicherweise werde ich mich nie daran gewöhnen, weil die Realität ganz anders aussieht. In dieser sind es nämlich ausgerechnet die ‚coolen' Gewöhner, die sich zuerst in die Hosen scheißen.
Meinem Nebenmann vom ‚Alhambra' wäre spätestens jetzt seine Coolness und das lässige Kaugummikauen vergangen, wenn er statt meiner hier in der S-Bahn gesessen hätte. Hier war die Realität. Sie war uniformiert, riss

ungestüm die Abteiltüren auf und brüllte: „Die Ausweise zur Kontrolle!"
Natürlich wollten die nicht nur die Ausweise sehen. Gierig starrten sie auf jede Tasche und jeden Beutel und wehe, diese waren auffällig dick. Ein kräftiger Uniformierter in schweren Stiefeln stampfte geradewegs auf mich zu, baute sich vor mir auf und riss mir wortlos meinen Ausweis aus der Hand, den ich vorsorglich bereitgehalten hatte, warf eine kurzen Blick hinein und sagte streng: „Mitkommen!"
Verdutzt sah ich ihn an. Das war schon zu viel.
„Hörst du schwer oder soll ich nachhelfen?" Einige Fahrgäste sahen mich entsetzt an und ich muss zugeben, mir sauste ganz schön der Frack. Ich stand auf und ließ meine ‚Woolworth'- und ‚Leiser'-Tüten im Gepäcknetz liegen. Der Uniformierte drehte sich aber noch einmal um und schnauzte laut: „Die Tüten nimmst du mit, Freundchen! Den Trick kennen wir."
Ich war wirklich ein Riesenrindvieh. Wer nahm schon seine Kapitalistentüten mit rüber in den Osten und war dann noch so blöd und transportierte darin seine alten Klamotten? Hätte ich sie doch drüben entsorgen lassen. So aber war es offensichtlich, dass ich ein ‚Devisenvergeher' war, einer der die stabile Mark der DDR heimlich in die ‚Frontstadt' West-Berlin geschmuggelt und sie dort zum ‚Schwindelkurs' von 1:5 - so die offizielle Bezeichnung der SED dafür - umgetauscht hatte mit dem Ziel, sie den Kapitalisten und Kriegstreibern in ihren nimmersatten Rachen zu werfen. Dies war der Tatbestand.
Es war ein schöner, lauer Augustabend, als ich dem bulligen Grenzer mit meinen beiden Kapitalistentüten auf dem Bahnsteig hinterher trottete und gezwungen war, ihn von hinten zu mustern. Er war wirklich ein Bulle von Mensch.

Würde er im Bergwerk gearbeitet haben hätte er spielend die Arbeitsnorm von Adolf Hennecke übererfüllt, und in der ewig kränkelnden LPG meines Nachbardorfes hätte er sich gut und gerne selbst vor einen Pfug spannen können. Aber diese Tätigkeit hier schien er mehr zu mögen. Sie war angenehm leicht und auch abwechslungsreich. Sie verlangte keine weiteren körperlichen Anstrengungen, als dass er mal außer Atem geriet. Wenn es nach ihm ginge, könnte es hundert Jahre so weitergehen, schon allein wegen der Macht, die ihm die Arbeiter- und Bauernregierung gab. Nirgendwo anders hätte er sie bekommen. Sein Geist schwächelte nämlich etwas, wie ich später feststellte. Er aber dankte es seinen Gönnern, indem er viele Devisenvergeher und Grenzgänger einer ‚gerechten Strafe' zuführte.
Die Parteifunktionäre brauchten sicher nicht lange auf ihn einzureden. Mit einfachen Worten - Lenin und Marx hätte er sowieso nicht begriffen - erklärten sie ihm, dass er hier an der Nahtstelle vom Sozialismus zum Imperialismus einen verantwortungsvollen Dienst versehen würde. Die Westberliner seien nämlich allesamt böse Menschen und Kriegstreiber, die der friedliebenden DDR nur Schaden zufügen wollten. Menschenhändler waren sie außerdem auch noch, denn die Westberliner Behörden gaben jedem Republikflüchtigen aus der DDR Unterschlupf und Versorgung und ermöglichten seine Weiterreise per Flugzeug in die kapitalistische BRD. Er aber sei ein guter Deutscher, redeten sie ihm ein, er stünde hier in Hohen Neuendorf auf Friedenswacht, damit der Weltfrieden gesichert bliebe. Jedes Jahr erhielt er dafür einen Orden, den er auch stolz an den vielen Staatsfeiertagen trug. Natürlich gehörte auch ich zu den Feinden der DDR, auch wenn ich nur ein kleiner Schieber war.
Er stampfte vor mir her und zwangsläufig musste ich mir

so seine Uniformhose von hinten ansehen. Ausgebeult hing sie an seinen gewaltigen Knien herunter und betonte damit noch mehr die Ungeschlachtheit des Trägers. Bestimmt hatte er sie noch nie gebügelt, geschweige denn mal mit Muckefuck-Kaffee ausgebürstet oder unters Laken gelegt, damit sie halbwegs in Form käme. So musste er ja glattweg neidisch auf meine tadellos sitzende Hose werden. Neid war zweifelsohne für die DDR-Grenzer auch eine gewaltige Antriebskraft, gnadenlos gegen all diejenigen vorzugehen, die sich farblich etwas vom DDR-Einheitsgrau abhoben.

Auf dem Bahnsteig befand sich ein kleines Häuschen, in welches er mich hineinsperrte. Doch zu meinem Erstaunen saßen dort schon mindestens zehn Delinquenten meiner Sorte, die aber keine Notiz von mir nahmen und unbekümmert in den Westzeitungen blätterten oder lasen, die dort zu Hauf herumlagen. Man hatte sich derer hier schnell entledigt und einfach abgelegt, bevor es brenzlig wurde. Hernach gehörten sie keinem. Wir saßen dort wie in einer Lesestube und die Zeit wurde uns nicht lang.

Plötzlich stand der Goliath in der Tür. „Du!", rief er und zeigte mit seinem dicken Zeigefinger auf mich, „rauskommen!"

Gehorsam stand ich auf und begab mich in den winzigen Nebenraum, wo er sich hinter einen Schreibtisch quetschte, gewichtig ein dickes Buch aufschlug und die nächstfreie Seite suchte. Ich hatte mich nicht geirrt, er war kein ‚Schreibmensch'. Er spuckte leicht auf seinen dicken Zeigefinger und schob dann Seite für Seite zurück, so wie es früher unser Dorfbäcker mit seinem speckigen ‚Anschreibebuch' getan hatte. Unser Dorfbäcker war aber ein guter Mann, der immer wohlgelaunt war und uns Kindern so manche Tüte mit Kuchenrändern geschenkt hatte. Von dem hier bekommst du sicherlich nichts geschenkt,

dachte ich und betrachtete ihn genauer.
In der Tat war er ein gewaltiger Goliath und um diesen zu Fall zu bringen, bedurfte es einer speziellen Taktik. Ich beschloss besonders vorsichtig zu sein und wenn nötig alle taktischen Register zu ziehen. Trotz meiner erst siebzehn Jahre verfügte ich schon über einige recht gute Erfahrungen, um brenzlige Situationen erfolgreich zu umschiffen. Grundlos wird mir Vater Mark Twain nicht geschenkt haben und hatte Porsenna mir nicht einige Male etwas von Lavater und der Physiognomie erzählt, mir von diesem Lavater sogar eine Schrift anvertraut, die ich interessiert las? Mehr unbewusst wandte ich hier diese Pseudo-Wissenschaft nun an und war doch über das Ergebnis mehr als erstaunt.
„Name!" Er fragte nicht, er forderte, ja rief.
Laut und deutlich sagte ich meinen Namen.
Was fragt der Affe, dachte ich, meinen Ausweis hat er doch vor sich liegen? Langsam, fast ungelenkt und mühsam, schrieb er meinen Namen in das dicke Buch, wobei er sich mehrmals mit einem Blick in meinen Ausweis vergewisserte, dass er ihn auch richtig schrieb.
Versuch es, dachte ich. „Mit DT", sagte ich und blieb ernst. Er blickte auf.
„Wie, was mir DT?", fuhr er mich an.
„Na, am Ende mit DT", antwortete ich. Beinahe hätte ich noch den alten Kalauer bemüht: „Mit DT, so wie Damentoilette", wie ich es dem Backschafter gesagt hatte, als der meinen Namen ins Klassenbuch schrieb. Der hatte wenigstens noch gegrinst über diesen blöden Witz.
„Vorname!"
Auch den sagte ich ihm laut und deutlich. Er sah auf. „Das soll ein Vorname sein? Noch nie gehört."
Jetzt ihn bloß nicht belehren, von wegen Nibelungenlied, deutsches Heldenepos und so. Der schmettert dir glatt-

weg seine riesige Faust ins Gesicht. Nachdem Goliath mit Müh' und Not meine Daten aufgenommen hatte, wo ich wohnte, wo ich zur Schule ging, rief er einen Kumpan heran und flüsterte kurz mit ihm.
Dieser fragte dann: „Gepäck?"
„Nein", log ich. Goliath bemerkte es nicht. Die Schreibarbeit hatte ihn anscheinend so mitgenommen, dass sein Gehirn sich erst mal davon erholen musste.
„Mitkommen!" Wieder trottete ich hinter einem her, dessen Hosen nicht besser aussahen als die vom Goliath, und führte mich zu einer Polizeidienststelle. Hier war das Büro schon eine richtige sozialistische Amtsstube, nicht so wie bei denen auf dem Bahnsteig, wo überall die ‚bunte, gedruckte Westhetze' herumlag.
Mir fiel mein Gepäck ein. Die werden blöd gucken, wenn sie meine Kapitalistentüten finden. Wie die Geier werden sie sich darauf stürzen, sie aufreißen wie ein Westpaket und dann meine durchgewetzte Hose und die durchgelatschten Konfirmationsschuhe finden. Bei ihrem Bildungsstand war es aber auch nicht ausgeschlossen, dass sie glaubten, ‚Leiser' und ‚Woolworth' würden solch schäbige Sachen an die gutgläubigen DDR-Bürger verhökern. Den Kapitalisten ist ja alles zuzutrauen.
Wenn nicht alles so tief traurig gewesen wäre, hätte ich glattweg darüber lachen können. In einer sozialistischen Amtsstube hat man aber nichts zu lachen und schon gar nicht in einer, in der Ulbricht und Chruschtschow fein gerahmt und unübersehbar an der Wand hingen und in der sogar noch Platz für einen kleinen Bücherschrank mit ein paar Exemplaren von Marx, Lenin, Ulbricht und Gesetzbüchern war. Plötzlich meldeten sie sich wieder bei mir, Mark Twain und Lateinlehrer Porsenna mit seinen Erfahrungen in der Physiognomik. Er hatte mir vertraulich bei seiner Pausenaufsicht verraten, dass er

auf diese Pseudowissenschaft setzte und in mir einen interessierten Zuhörer gefunden. Und er musste gemerkt haben, dass mich diese Wissenschaft irgendwie faszinierte, denn Tage später steckte er mir eine Schrift von einem gewissen Johann Kaspar Lavater zu, der sich schon vor gut zweihundert Jahren mit der Pysiognomie beschäftigt hatte. Meine Neugier war geweckt und ich befasste mich mit diesem Thema - natürlich nur so weit, wie ich es eben als Siebzehnjähriger verstand.

Ich wollte nicht provozieren und mich unaufgefordert auf einen der Stühle setzen. Der Mann hinter dem Schreibtisch war so um die Mitte dreißig, hatte zwei kleine Sterne auf seinen Schulterstücken, deren Bedeutung ich damals noch nicht kannte, und eine kleine Ordensspange über seiner linken, oberen Uniformrocktasche, die aber noch viel Platz bot. Sein Gesichtsausdruck war erträglicher als der des Goliaths. Ich sah zu meiner Erleichterung, dass seine Lippen nicht schmal wie ein Strich waren und seine Nase auch nicht spitz nach unten zulief. Die Farbe seines Gesichts war ein Schweinchenrosa und ließ einen normalen Bartwuchs vermissen. Ein spätreifes Konfirmandengesicht. Dass er noch nie in seinem Leben kräftig zugepackt hatte verrieten mir seine Hände, waren sie doch nach meinen Beobachtungen etwas zu fleischigzart. Den muss du knacken, egal wie, sagte ich mir.

„Setz dich!", forderte er mich auf und ich spürte, dass ich von nun an höllisch aufpassen musste. In jedem Fall wollte ich meine schöne Hose und die Specksohlenschuhe retten. Es hatte sich nämlich herumgesprochen, dass die Genossen Volkspolizisten vornehmlich jungen Leuten ihre neue Westkleidung wegnahmen, sie in abgewetzte Trainingsanzüge steckten und sie dann weiterfahren ließen. Da würde ich lieber zu Fuß den weiten Weg nach Hause laufen, als mich mit solch einer Montur in die

Bahn zu setzen.
Nachdem er nochmals meine Personalien, Wohnort, Name der Eltern und deren und meine ‚Tätigkeit' überprüft hatte fragte er plötzlich: „Warum hast du kein Gepäck?"
„Wozu brauche ich Gepäck?", fragte ich zurück.
„Hier stelle ich die Fragen! Verstanden!"
„Entschuldigung", sagte ich nur.
„Haben Sie Mark der DDR in Westberlin eingetauscht?"
Jetzt aufpassen, er wird dienstlich und spricht dich mit Sie an. „Nein."
„Woher haben Sie dann Ihre Hose?"
Meine Schuhe hatte er noch nicht gesehen. Ich steckte meine Beine tief unter den Stuhl.
„Die habe ich von meiner Tante geschenkt bekommen."
„Wo wohnt Ihre Tante in Westberlin?"
Verflixt, ich hatte eine Tante in Westberlin, doch wo wohnte die? Ich wusste es nicht.
„Leeren Sie mal Ihre Taschen", forderte er mich auf. Ich zögerte wie bei Goliath, als dieser mich aus der S-Bahn holte.
„Ja, auf was wartest du! Alles hier hinlegen!" und er zeigte auf seinen Schreibtisch.
Jetzt sagt er wieder du zu mir. Arsch! Ich fummelte in meinen Jacken- und Hosentaschen herum und plötzlich hatte ich den Kassenzettel von ‚Woolworth' in der Hand.
„Gib her, aber ganz schnell!" Nun war ich der Arsch. So blöd kann man doch nicht sein und lässt den Kassenzettel in der Hose! Ich hätte die nicht unflotte Verkäuferin erwürgen können. Hatte die etwa gedacht, ich käme nach einer Woche wieder, um die Hose zu reklamieren? So ist das, immer haben die anderen Schuld.
Nun hatte er mich am Haken: „So, so, bei ‚Woolworth' gekauft. Sogar der Wechselkurs steht drauf. 24 West-

mark hat sie gekostet. Du hast 120 Mark der DDR dafür bezahlt." Er kannte sich im Wechselkurs aus. Genüsslich lehnte er sich zurück. Nun hatte er endlich sein Erfolgserlebnis und ich war ein ausgesprochenes Rindvieh, ein Landei eben. Beide schwiegen wir. Er wegen seines plötzlichen Ermittlungserfolges, ich wegen meiner Blödheit.

„Das hat Folgen, mein Lieber. Was wird dein Vater dazu sagen? Ich schwieg immer noch, hatte ich doch jetzt meinen Vater, der Oberförster war - also Staatsbediensteter - wegen meiner Blödheit in eine missliche Lage gebracht. Verdammt, es musste doch einen Ausweg geben!?

„Du gehst zur Oberschule, möchtest bestimmt mal studieren?"

„Daraus wird wohl jetzt nichts mehr werden", erwiderte ich zerknirscht, „ich werde mich wohl erst in der Produktion bewähren müssen."

„Was wolltest du denn mal studieren?", fragte er.

Jetzt drauf, dachte ich, oder du bist vollkommen am Arsch und marschierst im Trainingsanzug nach Hause.

„Das hab ich mir jetzt wohl gehörig vermasselt", sagte ich und gab meiner Stimme einen traurigen Klang. Er horchte auf. Ich sah, dass an der Wand auch eine FDJ-Fahne angebracht war. Der ist ‚Berufsjugendlicher', durchfuhr es mich, FDJ-Sekretär bei der Polizei. Vater bezeichnete diese Jungfunktionäre auf mecklenburgisch immer als ‚Poppenspeeler', wenn er einen mit Blauhemd und aufgehender Sonne am Ärmel gesichtet hatte.

„Was meinst du mit vermasselt?", fragte er interessiert und ich spürte, dass er langsam um meinen Köder zu kreisen begann.

„Ich wollte an einer Offiziersschule der Nationalen Volksarmee studieren, Offizier werden", log ich und musste mich deswegen fast an meinem Stuhl festhalten,

so dick war das Ding, das ich ihm bot. Porsenna hätte meinen Trick natürlich sofort durchschaut. Dieser hier war aber nicht Porsenna und das war mein Glück.
Ich registrierte, dass sich sein Gesicht merklich aufhellte. Wie das des Backschafters, wenn ich das Thema geschickt auf die Seefahrt brachte, ihn so von seinem langweiligen Unterricht ablenkte und meine Klassenkameraden deshalb etwas dösen konnten. Ein gutes Zeichen war auch, dass er eine dünne Akte, in die er zuvor eifrig etwas geschrieben hatte, von sich schob und sich in seinem Schreibtischstuhl entspannt zurücklehnte. Noch aber hatte er die Akte nicht zugeklappt. Ich spürte, dass es jetzt von meinem Geschick abhing, halbwegs ungeschoren aus dieser misslichen Lage herauszukommen und ich zwei Dinge schamlos ausnutzen musste. Erstens hatte ich einen halbwegs intelligenten Feind vor mir zu sitzen, der bestimmt nach ‚oben' wollte, sein Spätkonfirmandengesicht sah noch recht unschuldig aus und Zornesfalten hatte er auch keine. Zweitens war ich noch nicht volljährig. Dazu fehlte noch ein Jahr und wer sich freiwillig zur Volksarmee meldete, musste achtzehn Jahre alt sein. Also, festnageln konnte er mich auch nicht.
Jetzt weiter drauf, dachte ich, er darf gar nicht erst zur Besinnung kommen, er muss den Köder schlucken, sonst Ade du schöne Hose und eingelaufene ‚Leiser'-Schuhe, die er bestimmt auch noch ausfindig macht.
„Das Schlimme ist", log ich ungeniert, „dass meine FDJ-Gruppe in der Schule von mir sehr enttäuscht sein wird. Unsere sozialistischen Wettbewerbsverpflichtungen werden wir wohl nun nicht mehr erfüllen."
Gekonnt schwieg ich zerknirscht. Jetzt war ich doch selbst von mir ein wenig überrascht. Das war hohe Schauspielkunst, damit hätte ich am Wiener Burgtheater glattweg meine Aufnahmeprüfung bestanden.

„Ja, Jugendfreund, diesen Fehltritt hättest du dir eher überlegen sollen", sagte er und seine Stimme bekam fast einen traurigen Klang, so als wäre er persönlich von der Nichterfüllung unseres Klassenwettbewerbs betroffen - den noch nicht einmal ich selbst kannte. Mehr noch, der ganze FDJ-Zirkus interessierte mich und die meisten meiner Klassenkameraden recht wenig. Geschickt gingen wir diesem ganzen Rummel aus dem Weg. Noch weniger interessierte uns der hauptamtliche FDJ-Sekretär unserer Schule, der nur dem lieben Gott die Zeit stahl und dumme Reden hielt - ein ‚Poppenspeeler' eben. Hätten dessen hugenottischen Vorfahren gewusst, dass ihr Nachfahre mal ein großer Faulpelz wird, wären sie bestimmt nicht aus dem Französischen ausgewandert. So aber war er ungemein stolz, einen französisch klingenden Namen zu tragen.

Es half alles nichts. Ich musste diesen Mann überzeugen, dass ich nicht Täter, sondern Opfer war. Der Kapitalismus war schuld, ganz einfach. Er verführt die Menschen, die hart für den Aufbau des Sozialismus schufteten, mit billiger Reklame und fiesen Tricks. Und da ich zuvor unser ‚FDJ-Kollektiv' erwähnt hatte, war jetzt er am Zug. Er klärte mich auf, dass ein Kollektiv, ganz gleich wo es sich befindet, ob nun in der sozialistischen Landwirtschaft, in den volkseigenen Großbetrieben, bei den bewaffneten Organen - die Tag und Nacht auf Friedenswacht stünden - oder eben an meiner Schule, die höchste Form des sozialistischen Lebens sei. „Ein Kollektiv erzieht, formt und schmiedet zusammen", dozierte er, und ich muss so voller Interesse meine Augen aufgerissen haben, dass er nicht mehr zu bremsen war.

Er hätte sein Abitur an der ‚Arbeiter- und Bauernfakultät' in Halle gemacht, verriet er mir voller Stolz. Und ich hätte ihm sagen können, dass diese Partei-Kaderschmiede

im Volksmund ‚Rotes Kloster' hieß - dann wäre ich aber garantiert im Trainingsanzug nach Hause gelaufen. Er begann förmlich in Erinnerungen zu schwelgen. Dort im ‚Roten Kloster' beschloss er, nicht Politiker zu werden, sondern die Errungenschaften des Sozialismus mit der Waffe in der Hand zu beschützen.
Hauptsache, du beschützt jetzt meine Hose und meine eingelaufenen ‚Leiser'-Schuhe, dachte ich, aber er redete und redete, so dass ich Mühe hatte meine Augen offen zu halten. Solche politischen Unterweisungen musste ich noch viele in meinem Leben über mich ergehen lassen, merkte aber damals schon, dass sie nur dummes Zeug waren, wie politische Reden oft dummes Zeug sind. Gestern wie heute lenken sie nur von den wirklichen Problemen ab und rufen bei mir ein wohliges Schlafbedürfnis hervor.
Ich weiß nicht mehr, wie lange ich vor seinem Schreibtisch gesessen hatte und seinen ‚wegweisenden Ratschlägen' lauschte. Plötzlich schlug er die dünne Akte zu und stand auf. Höflich erhob auch ich mich. Er bedeutete mir aber, noch sitzen zu bleiben. Aus dem Schrank mit seinen roten Büchern kramte er ein Kursbuch der Deutschen Reichsbahn hervor und suchte mir freundlicherweise den nächsten Zug Richtung Templin heraus. Da konnte ich ja nun wirklich nicht meckern.
„Mal sehen, was sich machen lässt", sagte er zum Abschied zu mir, „auf jeden Fall wird sich das FDJ-Kollektiv deiner Klasse mit dir befassen müssen, die Schulleitung natürlich auch. Unser Gespräch hat mir aber gezeigt, dass du deinen Fehler bereust und ihn wieder gutmachen willst. Das werde ich deiner Schulleitung mitteilen. Und glaube mir, eine Offiziersschule der Nationalen Volksarmee ist eine gute Schule fürs Leben".
„Vielen Dank, Herr Hauptmann", sagte ich artig.

„Nein, nein, Herr gibt es bei uns nicht, nur Genosse, und außerdem bin ich Leutnant. Aber das lernst du alles noch."

Au Backe, da war mir wieder ein gewaltiger Lapsus unterlaufen. Man soll es eben mit der Schmeichelei nicht übertreiben. Ich dachte nämlich, er wäre Hauptmann. Seine Uniform sah genauso aus wie die Wehrmachtsuniform von Vaters Bruder, der im Krieg als Hauptmann in Frankreich gefallen war. Auf seinen Schulterstücken waren auch zwei kleine ‚Pickel'. Höflich geleitete er mich aus seinem Dienstzimmer, als wäre ich ein guter Gast von ihm gewesen und gab mir zum Abschied sogar die Hand.

Na, nun sage noch mal einer etwas! Hätte ich noch meine beiden Kapitalistentüten bei mir gehabt, würde er sie mir bestimmt bis zum Bahnsteig getragen haben. Und Tom Sawyers Zaun hätte er auch noch gestrichen.

Mein Sieg, den ich davongetragen hatte, war aber kein wirklicher Sieg. Ja gut, meine Schuhe und meine Hose hatte ich gerettet, auch konnte ich erfolgreich Porsennas und Lavaters physiognomische Erkenntnisse am lebenden Objekt ausprobieren, dennoch stand mir noch gewaltig Ärger ins Haus. Auf Vaters Gesicht konnte ich ihn regelrecht ablesen. Dafür fanden meine Schulkameraden und natürlich auch die Mädchen meine Hose und meine Schuhe todschick. Und bis die Akte aus Hohen Neuendorf eintrifft, wäre bestimmt noch etwas Zeit - so dachte ich jedenfalls.

Mutter sagte immer: „Gottes Mühlen mahlen langsam, aber gerecht". Doch in meinem Fall hatte ich es nicht mit dem lieben Gott zu tun, sondern mit dem sozialistischen Strafrecht, und ob das gerecht mahlen würde, begann ich damals schon ernsthaft zu bezweifeln. Jetzt aber setzte ich mehr auf die Langsamkeit des Strafrechts. Wie das

Leben aber so spielt, hofft und wünscht man und gibt sich dem Traum hin, dass die Zeit schon alles regeln würde. In meinem Fall aber schienen sich die Genossen der ‚Sicherheitsorgane' schier selbst übertreffen zu wollen. War der sozialistische Amtsschimmel auch ein lahmer Klepper, so war es bei mir anders, wie überhaupt vieles in meinem späteren Leben anders war. Ohne auch nur einen kleinen Zwischenstopp einzulegen, muss er von Hohen Neuendorf geradewegs in meine Schule galoppiert sein. Doch ich bin ehrlich, ich genoss den ganzen Rummel sogar, den man wegen meiner ‚Devisenschieberei', wie der Kreisstaatsanwalt dazu sagte, veranstaltete. Die Partei musste Flagge zeigen. Sie war die machtausübende Kraft der Arbeiterklasse und die wollte keinen Schieber an ihrer Bildungseinrichtung nähren. Also musste ein Exempel statuiert werden. Wo kam man denn hin, wenn man so etwas duldete? Wehret den Anfängen!

Porsenna rief mich in der großen Pause zu sich: „Dem Vernehmen nach werden Sie wohl nur noch dieses Jahr den Genuss auskosten können, in meiner Lateinerloge zu sitzen", sagte er und betrachtete voller Interesse mein neues ‚Outfit'.

„Dagegen kann ich nichts machen", entgegnete ich, „meine Hose und meine Schuhe habe ich jedenfalls gerettet".

„Na, Ihre Sorgen möchte ich haben", rief er etwas zu laut und schaute sich daraufhin erschrocken um. „Aber trotzdem, verraten Sie mir mal", fuhr er leiser fort, „wie Sie es angestellt haben, den scharfen Kontrollen zu begegnen? Meine Schwester hatte nur ein Päckchen Kaffee und für mich ein paar Schachteln Zigaretten dabei. Alles haben sie ihr abgenommen und eine Geldstrafe musste sie obendrein noch bezahlen. Das müssen Sie sich mal vorstellen!"

„Jaja, das ist schon eine Frechheit, was die sich alles mit uns erlauben", ermunterte ich ihn und er freute sich, dass ich einer Meinung mit ihm war. Während er noch den Verlust seiner zwei Packungen ‚Ernte 23' beklagte, näherten wir uns ganz unbeabsichtigt dem Fahrradschuppen, hinter dem Helmut und meine anderen Klassenkameraden heimlich in den Pausen qualmten. Nachdem ich mich vergewissert hatte, dass sich kein Qualmer dort aufhielt - hatten die doch schnell bei unserem Näherkommen den Platz gewechselt - holte ich meine Schachtel HB aus der Tasche. Und als ob es die natürlichste Sache der Welt wäre, bot ich ihm eine davon an. So etwas dürfte er in seiner langen Lehrerlaufbahn noch nicht erlebt haben - ein Schüler bot ihm unverfroren eine Zigarette an, wo doch das Rauchen für uns Schüler strengstens untersagt war. Porsennas Augen weiteten sich plötzlich so, dass ich fürchtete, sie würden jeden Moment herausfallen. War das nun Entsetzen oder ungläubiges Staunen? Ich wusste es nicht. Er sah mich lange und streng an, dann nahm er sich endlich eine Zigarette aus der Schachtel. Ich nahm mir ebenfalls eine und gab ihm höflich Feuer. Genussvoll taten wir beide die ersten Züge.

„Eigentlich haben Sie mir doch den Rat gegeben, mich mit der Physiognomie zu befassen, genau Gesichter, Sprache und auch Gesten meiner Gegner zu studieren und sie zu bewerten, um anschließend heil aus einer Sache herauszukommen."

„Wenn Sie auch ein Mathematik- und Lateinschwächling sind, diese Wissenschaft scheinen Sie aber besonders schnell begriffen zu haben. Ich fühle einfach, dass Sie das noch ausbauen werden."

Wie recht er behalten sollte!

„Soll ich Ihnen mal verraten wie ich es geschafft habe meine Sachen zu retten?"

„Ich kann es mir denken, dennoch, verraten Sie es mir".
„An der Grenze bin ich an so einen geraten", und deutete mit dem Kopf zum Schulhof, wo der ‚Backschafter' gerade Pausenaufsicht hatte.
„Ach sooo", sagte er gedehnt, das erklärt natürlich alles", und lachte dabei verstohlen.
„Mit Ihnen hätte ich mir das natürlich nicht erlaubt," fügte ich noch mutig hinzu und er hörte sofort auf zu lachen.
„Das hätte ich mir auch schwer verbeten." Seine Miene wurde wieder ernst. „Außerdem", er sah sich unauffällig um, „beabsichtige ich am Freitag eine Kontrollarbeit schreiben zu lassen. Sehen Sie sich die Lektion 32 gründlich an. Aber nicht übertreiben, das würde bei Ihren Lateinkenntnissen auffallen". Keine zwei Wochen vergingen und ich hatte in der Lateinarbeit eine Drei geschrieben, die Eins des kleinen Mannes, wie Porsenna immer sagte. Früher hatte er bei mir immer noch „die eines Faulpelzes" hinzugefügt.
Mit großen Schritten nahte sich derweil die Ahndung meiner verwerflichen Tat. Keine zwei Wochen waren vergangen, als mir der Direktor kurz mitteilte, dass es wegen meiner Devisenschieberei eine Gerichtsverhandlung geben würde. Die Chance war nicht groß, dass ich mit einem blauen Auge davonkommen würde. Ich beschloss also, wieder vorsichtig sämtliche Register zu ziehen, hatte es doch bei dem Leutnant - den ich zum Hauptmann befördert hatte - ganz gut geklappt. Nur übertreiben durfte ich es nicht, das konnte schnell nach hinten losgehen. Außerdem würde ich es da mit ganz anderen Kalibern zu tun bekommen. Meine Russischlehrerin - sie war Volkskammerabgeordnete und Kampfgefährtin von Ulbricht, die viele Jahre in Moskau und Peking zugebracht hatte und die wir heimlich nur bei ihrem Vornamen

Gabi nannten - hatte ihren Unmut mir gegenüber in den Russischstunden nur schwer zurückhalten können. Da ballte sich gehörig etwas zusammen. Porsenna vergaß nicht, mich zu warnen: „Halten Sie um Himmelswillen bloß Ihre dummen Sprüche zurück. In meiner Unterrichtsstunde kamen die ja noch an und es wurde gelacht, die werden aber bestimmt nicht darüber lachen."
Dann war es endlich soweit. Gabi, als Vertreterin des Volkes, der ‚Poppenspeeler' und hugenottische Berufsjugendliche von der FDJ, der ‚Backschafter' als Parteisekretär, der Kreisstaatsanwalt, ein Hauptmann von der ‚Volkspolizei' und mein parteiloser Klassenlehrer, der ein hervorragender Pädagoge war und den wir nur ‚Papa Scho' nannten, luden zur Verhandlung. Alle außer Papa Scho wollten ihren großen Auftritt haben, was dieser aber geschickt vereitelte. Man dachte an die große Schulaula, die gut hundert Schülern Platz bot. Dann aber hätte man den gesamten Unterricht an der Schule ausfallen lassen müssen. Und es ging natürlich nicht, dass ausgerechnet ich für einen schulfreien Tag sorgte und die ewigen Döser von den Hinterbänken sich die Hände rieben. Schließlich begnügte man sich mit meinem Klassenraum. Der Staatsanwalt und der Hauptmann mäkelten gewaltig, weil sich dort kein fremdes Schulvolk einfinden konnte, um Zeuge dieses Exempels zu werden.
Wie erwartet donnerte mich der Staatsanwalt gehörig zusammen, nannte mich einen Devisenschieber, der die Werktätigen der DDR betrog und Unruhe stiftete, der in seiner Labilität und bei ungefestigtem Klassenstandpunkt seine egoistischen Wünsche verfolgte und in Westberlin, der Hochburg des Revanchismus und der Kriegstreiber, dem Klassenfeind erlag. Mein lieber Scholli, dieser Mann kannte sich aus! Fast das gesamte Vokabular des Klassenkampfes musste gegen mich herhalten. Rauf und

runter betete er es. Gabi und die anderen Parteigenossen vergaßen nicht, dabei ständig bestätigend mit dem Kopf zu nicken. Nur mein Klassenlehrer sah traurig drein.
Das erste Mal in meinem Leben hörte ich in natura einen Staatsanwalt reden und ich muss sagen: dieser hier verstand sein Handwerk. Genau so hatte ich mir einen Staatsanwalt oder Richter in meinen jungen Jahren immer vorgestellt. Einen, der gnadenlos mit dem Delinquenten verfährt, ihm keine Chance lässt, wortgewandt und theatralisch dem Gericht und den Zuschauern dessen Missetat mit allerhand juristischem Beiwerk und Drohungen ausschmückt. Das Fernsehen der DDR sendete, damit es ja keiner vergaß, häufig Originalfilmaufnahmen vom ‚Volksgerichtshof' der Nazis. Und jedes Mal, wenn ich eine solche Dokumentation sah, bekam ich eine unheimliche Wut auf diesen Verbrecher Freisler. Schon damals meldete sich mein Gerechtigkeitssyndrom und ich bin stolz, dass es sich noch heute bei mir meldet.
Doch ich will mal die Kirche im Dorf lassen, wie Vater immer sagte, wenn jemand übertrieb. Mit den Angeklagten des Volksgerichtshofes konnte ich mich ja nun wirklich nicht vergleichen. Mich erstaunte aber schon, was der Staatsanwalt aus mir machte. Der Staatsanwalt verhielt sich wie ein Hannoveraner Hengst. Vertreter dieser Rasse sollen ja beim Laufen immer schneller werden und zuletzt nicht mehr zu bremsen sein. Hat Lavater doch Recht, dachte ich? Immerhin lief seine Nase spitz nach unten zu und der Mund war nur ein dünner Strich, und klein war er außerdem auch. Er redete und redete und merkte nicht, dass er immer lauter wurde, sogar von seinem Stuhl aufstand und vor meiner Klasse hin und her stolzierte, mit den Armen wild fuchtelte und dabei immer wieder auf mich zeigte. Meine Zukunft war keinen Pfifferling mehr wert, er redete sie in Grund und Boden.

Zugegeben, ich war kein guter Schüler und sitze gerne ganz hinten, weswegen mich Porsenna ja auch in seiner Lateinerloge ganz nach vorne geholt hatte. Ich ließ viele dumme Kommentare los, die aber niemanden beleidigten sondern im Gegenteil immer lachend quittiert wurden, lachte selber sehr gern und war für jeden Spaß zu haben. Doch dieser hier verstand keinen Spaß, vielmehr schien er mir ein wenig krank zu sein, ein Parteisoldat der übelsten Sorte der nach oben wollte. Ach, hätte er sich doch mehr mit unserer unseligen Vergangenheit beschäftigt, sie wirklich innerlich aufgearbeitet, sich vielleicht auch mal einen von den wirklich guten Nachkriegsfilmen von Staudte angesehen oder sich selbst einmal vor den Spiegel gestellt, wenn er seine Plädoyers übte. Spätestens dann hätte er feststellen müssen, wie lächerlich seine Posen waren. Sterben denn diese Leute niemals aus, dachte ich? Nein, sie werden niemals aussterben, sind sie doch eine besondere Spezies des homo sapiens, die immer dann auftaucht, wenn sie niemand kontrolliert oder in die Schranken weist.
Wenn ich damals auch nur vorsichtig diesen Vergleich anstellte, so erkannte ich doch schon in meinem Alter, dass nur Diktaturen den Nährboden für solcherart gefährliche Individuen bereiten. Schon zu meines Vaters Jungmännerzeit haben Staatsanwälte und Richter krankhaft und besessen Angst und Schrecken verbreitet, nicht nach Ursache und Wirkung gefragt und bedingungslos der Führung gedient. Bis zum schrecklichen Ende.
Maßlos und rechthaberisch verhielt sich diese Berufsgruppe auch in der DDR, dem Land der Diktatur des Proletariats. In den Waldheimer Prozessen zögerten sie nicht - wieder auf Weisung einer Führung - den Staat von unzuverlässigen Elementen zu säubern und schickten hunderte Menschen ins Zuchthaus, fällten sogar nicht

wenige Todesurteile. Wer weiß, vielleicht haben sie sich damals als junge Gerichtsreferendare diese Art von Schauprozessführung beim Nazi-Richter Freisler abgeschaut, hatten sie doch verdammt viel Ähnlichkeit mit dessen ‚Rechtssprechung'. Auch noch Jahre später waren sie wie im Rausch und gaben nicht eher Ruhe, bis - nach ‚Klärung eines Sachverhalts' - alle Feinde des Arbeiter- und Bauernstaates einer ‚gerechten Strafe' zugeführt waren. Jedenfalls benahm sich mein Staatsanwalt hier genauso grotesk.

Zwei Jahrzehnte später - die sozialistische Volkswirtschaft war ins Straucheln geraten, ein gewaltiger Schuldenberg hatte sich angehäuft, die Wirtschaft stagnierte und die Partei schmetterte dennoch Siegesmeldungen durch die Medien - tat sich eine neue Devisenquelle auf. Auf Weisung der Parteiführung und aus ‚humanitären Gründen', verkaufte man nun seine unliebsamen Landeskinder in die kapitalistische BRD. Vier Jahre Gefängnis gegen 120.000 DM und mehr. Da klingelten die Kassen! Und wenn die Staatsfeinde ausgingen machte die Stasi kurzerhand welche. Sie waren verkommen zu skrupellosen Menschenhändlern. Aber Menschenhandel betrieben ja nur die Imperialisten.

Nach der politischen Wende in meinem Land war ich sprachlos, wie viele Richter und Staatsanwälte der DDR sich schamlos politisch wandelten und sich den ‚Imperialisten und Ausbeutern' andienten. Nur noch Abscheu und Ekel empfinde ich für sie! Doch es nutzt alles nichts, diese Demokratie, die nicht die Meine ist, vergibt allen. So musste ich zur Kenntnis nehmen, dass diese Leute streng nach dem Strafgesetzbuch der DDR gehandelt haben, also keine Rechtsbeugung begingen. Sie hatten das ‚sozialistische Strafrecht', um mit ihren Worten zu sprechen, nur ‚mit Leben erfüllt'. Wie viele Leben wer-

den es gewesen sein?
Die älteste ‚Volkspartei' Deutschlands besaß doch wirklich die Unverfrorenheit und katapultierte nach der Wende einen ehemaligen Richter der DDR als ihren Vertreter für eine Legislaturperiode in des Parlament meines Bundeslandes. Jetzt will er nochmals Anlauf nehmen und ich glaube, es gelingt ihm auch. Eine Doppelmoral hält eben besser als nur eine einfache.
Mein Staatsanwalt wollte gar nicht mehr aufhören zu reden. Ein Glück, dass ich nicht ganz vorn in Porsennas Lateinerloge saß, da ich einfach meinen alten Hinterbänklerplatz eingenommen hatte, worüber er gewaltig mäkelte. Und als ich dann noch sah, dass sich während seiner lauten Schimpferei sehr dehnbarer Speichel in seinen Mundwinkeln zu sammeln begann, war ich doch heilfroh, meinen alten hinteren Stammplatz eingenommen zu haben. Das kannte ich nämlich von meinem Russischdorfschullehrer. Der schleuderte damals bei bestimmten, hart ausgesprochenen russischen Wörtern seinen angesammelten Speichel aus den Mundwinkeln so in die Klasse, dass die Mädchen, die ganz vorne saßen, schnell in Deckung gingen. Es wiederholt sich eben alles.
Auch bei diesem Staatsanwalt war der Speichel recht dehnbar. So weit er auch seinen Mund aufriss, der Speichel hielt immer mit der Oberlippe und der Unterlippe Verbindung. Zum Glück hatte er keine Zahnlücke wie damals mein Russischlehrer, aber dafür hatte er einen unverkennbaren sächsischen Dialekt. Ulbricht sprach genauso. Bei den Uckermärkern und Mecklenburgern hießen Leute, die so sprachen, ‚die fünfte Besatzungsmacht'.
Der gesamte Klägertisch hörte indessen nicht auf, zu den Beschuldigungen und Hintergrundanalysen des Kreisstaatsanwaltes zu meiner Devisenschieberei bestätigend

mit dem Kopf zu nicken. Heute haben schlaue Psychologen herausgefunden, dass es sich dabei um ‚Gruppendynamik' handelt. Und da die Wenigsten damals den Ausdruck kannten, sagte man zu meiner Zeit schlichtweg ‚Arschkriechen' dazu.
Endlich stellte der Staatsanwalt seinen Dauerbeschuss auf mich ein, setzte sich schwer atmend auf seinen Stuhl und blickte wie ein Feldherr in die Runde.
„Ich kann mich nur den Ausführungen des Genossen Kreisstaatsanwalts anschließen", sagte Gabi und sah erwartungsvoll in die Klasse.
Jetzt ergriff der Backschafter die Gelegenheit, um seinen Senf loszuwerden. Schließlich war er ja der Parteisekretär der Schule! Er stand auf und, wie es seine Art war, veränderte ständig seine Körpergröße, indem er auf den Füßen mal nach vorne und mal nach hinten wippte. Eine Angewohnheit, die ich später noch bei vielen Männern beobachten konnte, die sich sehr wichtig nahmen. Sie erinnerten mich an unseren liebestollen Hahn von Mutters Hühnerhof, der danach auf die Hennen stieg.
Wie nicht anders zu erwarten, blies auch der Parteisekretär in das gleiche Horn, in welches der Kreisstaatsanwalt schon gewaltig viel Luft gepustet hatte. Nun begann es für mich langsam langweilig zu werden. Oder setzte bei mir gar schon die Gewöhnung ein? Ich hörte nur noch mit halbem Ohr hin. Plötzlich fragte mich der Backschafter, warum ich mir meine Hose nicht im heimischen sozialistischen Handel gekauft hätte? Hätte dieser Dösel doch bloß nicht so blöde gefragt und geschwiegen. Selbst Gabi schaute irritiert drein, wusste zumindest sie genau, wie es mit dem sozialistischen Handel bestellt war. Doch wie es sich für eine richtige Kommunistin gehört übte sie Parteidisziplin und schwieg.
Auf eine solche Frage, die mich zu einem gewagten

Ausfallschritt veranlasste, hatte ich nur gewartet. Man ließ mir einfach keine Wahl. Einige Tage vorher hatte ich nämlich den beiden Bekleidungsgeschäften in meiner Stadt einen Besuch abgestattet und wollte nur zum Schein eine Hose für mich kaufen. Mit zerknirschtem Gesicht hatte ich zur Kenntnis nehmen müssen, dass keine passende Hose für mich vorrätig war.

„Können Sie mir das nicht bestätigen?", bat ich die Verkäuferin. „Zu Hause erwartet mich ein großes Donnerwetter von meinem Vater, wenn ich nicht mit einer neuen Hose erscheine." Mein zerknirschtes Gesicht musste ihr Mitleid geweckt haben, oder sie dachte: warum lässt sich dieser Lulatsch von seinem Vater noch wie ein Kind behandeln? Sie gab mir ihre Unterschrift auf einen Zettel, dessen Text ich zuvor verfasst hatte und aus dem hervorging, dass keine passende Hose für mich vorrätig war.

Nur die junge Verkäuferin vom großen Konsum traute dem Frieden nicht ganz. Zuletzt aber unterschrieb sie auch. „Aber das Hosengeld nicht versaufen!", rief sie hinter mir her, als ich den Konsum verließ. Blöde Kuh, dachte ich, während die anderen Verkäuferinnen schamlos hinter mir her lachten. Gut möglich, dass sie mich mal mit meinem Freund Helmut gesehen hatte, als wir beide torkelnd aus dem ‚Schmalen Handtuch' kamen. Kleinstadt, Provinz eben.

Die Fraktion vom Klägertisch starrte mich so fassungslos an - als ob ich gerade behauptet hätte, Lenins unehelicher Sohn zu sein - als ich ihnen erklärte, warum ich in die Frontstadt West-Berlin gefahren bin und ihnen dazu noch die zwei Zettel mit den Unterschriften der Verkäuferinnen überreichte. Die Fassungslosigkeit schlug schnell in Empörung um.

Gabi hatte als erste die gängige Ausrede parat: „Das liegt an der Warenstreuung, an nichts weiter, an der Warenstreuung!", rief sie aufgebracht. Wieder kam bestätigendes Nicken vom Klägertisch. Das Wort ‚Warenstreuung' war damals bei den Funktionären sehr beliebt. Keinen traf die Schuld an der Versorgungsmisere. Es war wie auf Mutters Hühnerhof, wenn sie zur Fütterung eine Handvoll Weizen ausstreute und hier viel und dort wenig oder gar nichts hinfiel. Da mussten sich die Hühner schon selbst ein wenig bemühen, wenn sie was zu picken haben wollten. Nun hätte ich das Beispiel von Mutters Hühner anführen können, aber ich wollte nicht noch mehr provozieren.

Der Staatsanwalt sprang mit hochrotem Kopf auf und mir schwante nichts Gutes. Jetzt haut er seine Reserven rein, dachte ich und machte weiter ein unschuldiges Gesicht, welches man bereits damals schon etwas missdeutete. Der lange Santowski, der wegen eines Badeunfalls schwer hörte, fing plötzlich laut zu lachen an. Dafür konnte er aber nichts. Er vermutete, die anderen würden wegen der Warenstreuung auch schon lachen und wollte nicht zu spät kommen.

„Ja, wo bin ich denn hier!", schrie aufgebracht der Staatsanwalt und im Nu war es mucksmäuschenstill wie in einem Gerichtssaal. Er eilte durch die Bankreihe und baute sich vor mir auf.

„Ja, meinst du denn, du kannst dir alles erlauben? Kommst dir wohl sehr schlau vor, was? Wir anderen sind hier alle blöd oder was? Ich lese mal deinen Klassenkameraden vor, was du dem Genossen Leutnant an der Grenze so aufgetischt hast. Auf diesen Schwindel falle ich nicht rein, mein Lieber. Ich nicht!"

Ach, hätte er doch auch lieber geschwiegen. Aber so nahm die Lächerlichkeit ihren Lauf und ich war daran wirklich unschuldig. Er stellte sich in Pose und begann das Verhörprotokoll des Leutnants von der Grenze,

den ich etwas voreilig zum Hauptmann befördert hatte, vorzulesen. Dieser musste schwer von mir und meiner Reue beeindruckt gewesen sein. Er machte aus mir einen entwicklungsfähigen Menschen, der nur richtig durch das FDJ-Kollektiv geführt werden müsse.
Ein unruhiges Raunen machte sich in der Klasse breit - so als hätte Porsenna eine Leistungskontrolle angekündigt - das der Staatsanwalt aber völlig missdeutete. Und als er gar mit erhobener Stimme die Stelle vorlas, in der ich meinen Wunsch äußerte, Offizier der Nationalen Volksarmee zu werden, gab es bei meinen Klassenkameraden kein Halten mehr. Das hatte er nun von seiner Blödheit. Alle lachten und sogar Gabi sah verstohlen nach unten. Die Verhandlung drohte jetzt völlig aus dem Tritt zu geraten. Hätte jemand draußen auf dem Flur gelauscht, würde er den Eindruck gewonnen haben, das Ensemble des städtischen Theaters gäbe gerade einen lustigen Schwank zum Besten.
Mein Klassenlehrer, Papa Scho, rettete dann die ‚erzieherische Aussprache', wie sie der FDJ-Poppenspeeler später nannte, vor weiteren Peinlichkeiten. Mit wenigen Worten versprach er, dass die Klassen sich meiner verstärkt annehmen und alle aus meinem Devisenvergehen die richtigen Lehren ziehen würden. Keiner lachte mehr. Sie taten es Papa Scho zum Gefallen, der als parteiloser Lehrer doch so schon einen schweren Stand hatte. Erst kürzlich waren zwei seiner Kollegen, der Deutsch- und der Musiklehrer, in den Westen abgehauen.
Am 13. August 1961 war aber endgültig Schluss mit Lustig, auch mit der ‚Republikflucht' und der ‚Devisenschieberei'. Von nun an mussten die Westberliner ihre Hosen und Schuhe bei Woolworth und bei Leiser allein kaufen. Auch an meiner Schule wehte von nun an ein anderer Wind, ein scharfer Ostwind, den ich aber zum

Glück nicht mehr spüren musste. Ich schlug einen Haken, wie es Hasen allgemein im vollen Lauf zu tun pflegen, wenn sie von einer Hundemeute verfolgt werden und ließ die sozialistische Bildungsstätte einfach links liegen. Das war auch besser so für mich.
Ein scharfer Wind anderer Sorte würde heute vielen Schülern gut tun. Oft und gern denke ich an meine Schulzeit zurück und kann nur verständnislos mit dem Kopf schütteln, wenn ich von den ‚Sorgen' der heutigen Schüler höre.
Als Förster besaß mein Vater damals schon ein Jagdgewehr. Nie im Traum wäre es mir eingefallen, mit diesem Schießprügel wahllos auf meine Klassenkameraden oder Lehrer zu schießen - wie es heute einige verwöhnte Jüngelchen in Deutschland oder in den USA praktizieren - nur um irgendwelchen Frust bei mir abzubauen, den ich mir selber zuzuschreiben hatte. Noch nicht einmal den Backschafter oder den Poppenspeeler hätte ich in größter Wut umnieten können. Woran lag's nur, waren wir damals alle Feiglinge, Duckmäuser oder Anpasser?
Ich sag's euch: wir waren weder Egoisten noch krankhaft in uns selbst verliebt, wir waren einfach nur besser erzogen, konnten Fiktion und Wirklichkeit noch unterscheiden und waren somit nicht so lasch und labil wie heute die verwöhnten ‚Heranwachsenden'. Wir lebten in der Wirklichkeit, nicht in einer virtuellen Welt, die vielfach nur Gewalt und Sieger kennt.
Wie ein kleines Kind greinte vor Jahren eine Grünenpolitikerin auf ihrem Parteitag, dass sie nicht alle Ämter bekommen hatte, die sie sich gerne wünschte. Solche Alarmsignale sollten wir nicht übersehen, die Welt ist voll von derlei Beispielen. Fragt die Historiker. Sie werden bestätigen, dass es mal einen gab, der bei einer Lagebesprechung vor Wut in den Kartentisch gebissen

hat. Und zu meiner Zeit haute einer ungeniert vor internationalem Publikum mit seinem Schuh aufs Rednerpult. Ich habe große Angst vor solchen Wiederholungen, gehen sie doch nicht immer glimpflich ab.

Erkenntnisse eines Unterschichtsphilosophen und Bio-Deutschen

Ich habe Flavius Josephus' ‚Geschichte des judäischen Krieges' gelesen, Aurelius Augustinus' ‚Bekenntnisse', Julius Cäsars ‚Gallischen Krieg', Bücher über die große Völkerwanderung und geschichtliche Dokumentationen über die Entstehung des ‚Heiligen Römischen Reiches Deutscher Nation', Schriften über die großen Reformatoren, Bücher über den Dreißigjährigen Krieg bis hin zu den letzten großen Weltkriegen, habe Museen und Buchlesungen zum Thema Geschichte besucht, zu DDR-Zeiten Pflichtlehrgänge und Schulungen in Marxismus/Leninismus absolvieren müssen und nach der Wende habe ich mich an Otto Zierers unübertroffenen und auch allgemein verständlichen Abriss zur Geschichte Europas in zweiundzwanzig handlichen Bänden gemacht. Zugegeben, alles in allem ein ganz schöner Packen, den zu bewältigen ich Jahre gebraucht habe. Ob ich der Wahrheit ein Stückchen näher gekommen bin, weiß ich nicht zu sagen. Grob gesehen aber waren die Inhalte nur Wiederholungen. Intrigen, Neid und Machtgier auf allen bedruckten Seiten und immer mündete es in Mord und Totschlag und Kriege. Das große römische Reich, obwohl reich an Kultur, Technik und auch Wohlstand seiner Bürger, ist an Dekadenz, Selbstüberschätzung, Größenwahn, satter Ermüdung und Desinteresse seiner Herrschenden, aber auch an billigem Verrat und Intrigen zugrunde gegangen. Mehr satirisch schrieb dazu Broby Johansen, ein dänischer Kultur- und Kunstwissenschaftler: „...und schließlich starben sie aus, an Maßlosigkeit, an Verstopfung und übermäßigem Individualismus. Maßhalten war nie ihre Tugend."

Für die hereinströmenden Massen der Barbaren, wie Hunnen und Goten und was sich da sonst noch so alles von Nord und Ost nach West und Süd auf Wanderschaft befand, war der römische Staat, weil unfähig sich selbst zu verteidigen, ein wahrer Leckerbissen. Das römische Volk mitsamt seinem Staat wurde fortan für die Eroberer und Einfallenden zum Wirtsvolk, man tat sich gütlich daran. Buchstäblich ausgesogen und ausgeplündert wurde seine Hochkultur und damit auch sein Wohlstand. Statt dass seine eigenen Wohlstandsbürger ihn verteidigten, sich also den einfallenden Feinden geschlossen entgegenstellten, schlugen sie sich selbst wegen niederer Gründe wie Machterhalt und Pfründe gegenseitig die Köpfe ein. Der Staat zerfiel, löste sich auf und die Einfallenden hatten noch leichteres Spiel. Später, als es fast nichts mehr zu plündern gab, gingen die Eroberer sich selbst in langen Kriegen gegenseitig an die Kehle. Es herrschte das blanke Chaos.

Wohlstand, wo immer er auch anzutreffen ist, weckt beim Nachbarn oder auch bei denen, die etwas weiter weg wohnen, Neid und Begehrlichkeiten. Unbestritten ist aber auch, dass der Neider des Wohlstandsbürgerstaates zuvor etwas bequem geworden war. Gut und gerne hätte er sich vom nachbarlichen Fortschritt und Wohlstand einiges abschauen und der Fortentwicklung und Politik seines eigenen Landes einen gehörigen Schwung verpassen können. Er unterließ es aber. Und so ist es heute für ihn ein Leichtes, die Demokratie und die sozialen Errungenschaften des Wohlstandsbürgerstaates für sich zu nutzen, weil die Masse desselben noch schweigt. Noch! Doch die Gier der Neuankommenden wird immer mehr ausufern und eines Tages zum Handeln zwingen, weil sich immer mehr auf den Weg in seinen Wohlstandsstaat machen. Und viele werden unter ihnen sein die der Aufforderung ihres Propheten Mohammed nachkommen, der da verkündet hat, die Lehre von Allah, dem einzigen

Gott, mit Feuer und Schwert in die Welt hinauszutragen. So bitter und unmenschlich es auch klingen mag, die Wanderungen der Kriegsflüchtlinge aus Syrien, Afghanistan und dem Irak in unser Land ist eine wirkliche Völkerwanderung, noch dazu vom Westen verursacht.
Wie blöd müssen Politiker sein, die allen Ernstes den Versuch unternehmen, den islamisch geprägten Völkern unsere westlichen Werte, die hier und da gar keine mehr sind, mit Gewalt aufs Auge zu drücken? Lasst doch die Frauen und Mädchen mit der Burka oder dem Tschador in diesen Ländern herumlaufen, wenn sie es möchten, oder sich von ihrem Familienoberhaupt schon als Kinder zwangsverheiraten. Von allgemeiner Schulpflicht oder Bildung will ich gar nicht erst reden. Und noch viel wichtiger: lasst den Männern dort doch ihren Vermehrungsdrang in Form von Polygamie und ihr liebstes Spielzeug - die Kalaschnikow. Solange sie damit in ihrem eigenen Land zurechtkommen, bitteschön!
Nun aber haben wir die Misere. Bei der neuerlichen Völkerwanderung, die über Westeuropa hereinbricht, wird eine Wiederholung ähnlich wie in früheren Zeiten nicht ausbleiben, was aber von vielen Toleranten und Wohlstandsbürgern nicht zugegeben wird. Stehen wir an der Schwelle einer totalen Umwälzung unserer Gesellschaft? Wird sich langsam aber stetig eine vollkommen neue, gemischte Nation entwickeln? Ich glaube schon. Alle Anzeichen deuten darauf hin. Wird diese Entwicklung aber friedlich verlaufen? Wohl kaum. Jeder will seinen Anspruch geltend machen und das nicht immer mit friedlichen Mitteln. Völker kommen und verschwinden. Warum nicht auch das deutsche Volk?
„Das Aussterben der Deutschen ist das schönste Völkersterben, das ich mir vorstellen kann", frohlockte unlängst der türkische Journalist Denis Yücel, ohne auf seine

gastfreundlichen Deutschen Rücksicht zu nehmen. Sein türkischer Landesvater hatte ihn nämlich in den Knast gesteckt, weil er etwas renitent war. Und trotz seiner hinterhältigen deutschfeindlichen Äußerung sorgten ausgerechnet wir Deutschen dafür, dass er frei kam. Was sagt uns das? Seiner und andere Dolche bleiben noch im Gewand verborgen. Wenn aber eines Tages nicht mehr? Tue nie was Gutes, dann wird dir auch nichts Böses getan, stellte der berühmte deutsche Aphoristiker Georg Christoph Lichtenberg schon vor zweihundertfünfzig Jahren fest. Wie recht er hatte! Und dennoch wiederholt sich alles. Diese Wiederholung, so meine ich, wird Kräfte freisetzen, die nicht mehr kontrollierbar sind. Noch aber schweigen die einheimischen Massen, weil die Wirtschaft alles noch schultert. Wenn aber mal eines Tages nicht mehr? Wird dennoch Friede herrschen im Multikulti-Land? Nennt mich nicht einen Rassisten oder gar Ausländerfeind, damit ist man ja bei uns schnell bei der Hand, es ist ja auch sehr bequem. Nein, ich mache mir nur so meine Gedanken und Gedanken sind frei. Noch!

Unscheinbar und auch etwas versteckt (warum wohl?), stand in einer großen, überregionalen Zeitung ein kleiner Artikel mit der Überschrift: Irans Führer Ajatollah Chamenei prophezeit das Ende von Israel. Und weiter: „Inschallah (so Gott will) wird es in 25 Jahren kein Israel mehr geben", hat er lächelnd hintertriebig verkündet. Er hat die ‚stille Waffe' der Muslime gemeint, die anfangs wenig Aufsehen erregt, ihr Testosteronüberschuss, der am Ende in einer hohen Geburtenrate mündet.

Wie viele seiner strenggläubigen Anhänger werden mit der großen Völkerwanderung auch in unser Land kommen und wie viele werden es Jahre später sein? Nur ein Beispiel aus dem Nahen Osten: der Irak hatte Anfang der fünfziger Jahre rund 15 Millionen Einwohner, heute sind

es 45. In den übrigen muslimischen Ländern und Afrika sieht es nicht anders aus. Zur Kalaschnikow kommt also noch eine ,Waffe' hinzu, die eigentlich gar keine ist, aber sehr viel Spaß macht und weltweit für die Enge des Raumes verantwortlich ist, die Überbevölkerung.
Diese und andere Wiederholungen zwingen mich zu der Feststellung, dass ich mir das jahrelange Lesen und Nachschlagen in allen möglichen Geschichtsbüchern und Lexika und das Nachdenken über dieses oder jenes politische Problem hätte ersparen können. Garantiert würde ich des Nachts ruhiger schlafen, so wie die Politiker heute ruhig schlafen, die in ihrer grenzenlosen Selbstverliebtheit davon überzeugt sind, ihr ehrliches Tagewerk stets zum Wohle des Volkes zu vollbringen. Und Wut auf diesen oder jenen Wendehals oder ,Opferfunktionär' würde ich auch nicht gekannt haben, sie hätten mir alle gestohlen bleiben können, die große Politik sowieso. Doch ich kann einfach nicht aus meiner Haut, ich muss mich immer wieder mit ihr und ihren vielen Begleiterscheinungen beschäftigen, kaufe mir Zeitungen und Zeitschriften und natürlich auch Bücher. So auch unlängst ein Buch, dessen Titel mich neugierig machte, ,Der Untergang das Abendlandes', von Oswald Spengler. Mein lieber Kroschinski, ein mächtiger Wälzer, siebeneinhalb Zentimeter dick, 1200 Seiten eng beschrieben, sehr schwer an Gewicht. Das lässt sich ganz schlecht im Bett lesen, die Arme erlahmen beim Halten dieses dicken Brockens.
So wie es meine Art ist, begann ich erst ein wenig darin herumzublättern, überflog diese und jene Seite und schließlich wurde meine Neugier geweckt. Nur vorweg: Spenglers gesamten dicken Brocken habe ich bis heute nicht vollständig gelesen. Kann ich auch gar nicht, mein Grundwissen reicht einfach nicht aus, alle seine tiefgründigen geschichtsphilosophischen Untersuchungen zu

verstehen. Doch was ich verstanden habe, verschlug mir doch etwas die Sprache. Vieles deckt sich mit dem, was derzeit in der Welt so vor sich geht oder was ich zuvor selbst schon beobachtet habe.

Spengler hat akribisch die Entwicklungen der Völker und ihre Kulturen untersucht, hat sie geradezu seziert, Ursachen und Wirkungen zu den verschiedensten Ereignissen aufgezeigt und ist zu einem Ergebnis gekommen, das einfach schlecht widerlegbar ist. Natürlich haben seinerzeit die Gut- und Schlaumenschen auch laut aufgeschrien, seine geschichtsphilosophischen Erkenntnisse als die eines krankhaften Pessimisten und Spinners abgetan. Man soll es nicht für möglich halten, auch damals gab es schon intellektuelle Schlauberger, obwohl die Begriffe Multikulti und Globalisierung noch gänzlich unbekannt waren. Spenglers Buch erinnert mich heute ganz stark an Thilo Sarrazins Buch ‚Deutschland schafft sich ab'. Wen wundert's? Auch dieses Buch ist eine Wiederholung. Sarrazin hat sich zwar nicht wie Spengler mit langen kulturphilosophischen Betrachtungen aufgehalten, sondern kam sofort zum Thema und hat unumstößliche Fakten der neuerlichen Völkerwanderung aufgelistet, die nur schwer widerlegbar sind. Er mahnte, aber seine Mahnung wird vergebens sein, da hierzulande die übertriebene demokratische Krankheit umgeht.

Spengler verschwand in der Versenkung. Er hatte sich Feinde gemacht und die verstanden ihr Handwerk genauso gut, wie man es heute noch versteht, wenn es darum geht einen Menschen mundtot zu machen. Fast nichts erinnert mehr an diesen für mich großartigen Geschichtsphilosophen. Und so wundert es mich auch nicht, dass meine Nachbarstadt Blankenburg am Harz ihrem ehemaligen Bürger nicht die kleinste Reverenz erweist, wo doch viele Städte und Gemeinden geradezu versessen nach irgendwelchen geschichtsträchtigen Personen suchen, die sich irgendwie touristisch vermarkten lassen. Erinnert man sich hier eines alten Generals und Haudegens, der für ‚F II' seinen Säbel im Siebenjährigen Krieg geschwungen hatte, buddelt man dort eine schon fast vergessene Königin aus und anderswo kommt Hitlers letzter Adjutant zu Wort. Na das ist doch was. Und alles dient der historischen Wahrheitsfindung.

In diesem Zusammenhang hat mich Spenglers Definition der Wahrheit auch sehr nachdenklich gemacht. Er schrieb: Wahrheit ist für die Menge das, was sie ständig liest und hört. Die Wahrheit ist ein Produkt der Presse. Was sie will ist wahr (und das stellte er schon 1924 fest!). Sie wird gemacht von wenigen für viele.

Und an anderer Stelle stellt er fest: Bei den politischen Reden im Senat des alten Roms wurde mehr Wert auf Rhetorik gelegt als auf die Wahrheit.

Auch das kommt mir bekannt vor. Reichspropagandaminister Josef Goebbels verstand auch etwas von Rhetorik, das muss man ihm einfach lassen, und wir Deutschen sind eben sehr gelehrig. Wie die Goebbelsche Rhetorik endete, haben unsere Eltern und Großeltern an Leib und Seele zu spüren bekommen.

Nun habe ich mir sagen lassen, dass unsere heutigen Politiker auch so etwas ähnliches wie die alten Griechen oder Römer haben, einen Rhetor nämlich, der sie in die Kunst des Lange- und Schönredens einweist. Natürlich heißt dieser Mann nicht Rhetor, sondern ‚Personal Trainer' oder ‚Coach'. Das hört sich moderner an, nicht so verstaubt.

Ulbricht und Honecker hatten keinen ‚Redecoach'. Gut möglich, dass das Politbüro oder das ZK diese Planstelle aus ihrem Kultur- und Bildungsplan einfach ‚wegrationalisiert' hatte. Im Sozialismus wurde viel gespart, oft aber am verkehrten Ende. So kam es dann, wie es kommen musste: Ulbricht, Honecker und Konsorten leierten auf den Parteitagen und Plenen ihre endlosen und, wie sie meinten, richtungsweisenden Reden in einer - von kleinen Krächzern mal abgesehen - so monotonen Stimmlage herunter, dass so manch treuer Parteisoldat Mühe hatte, seine Augen offen zu halten. Hier ging es bei ihm rein, da wieder raus. Und während der langen Parteitagsreden mal kurz aufs Klo gehen, wenn die Blase oder Darm drückte, wäre einer Entweihung der ewigen Parteiweisheiten gleichgekommen. Tapfer wurde der Stuhl- oder Harndrang von den Beifall klatschenden Genossen unterdrückt. So gesehen, konnte das ja dann auch nichts werden. Ob es daran gelegen hat, dass meine Ostlinge das Herunterleiern der Parteireden nicht mehr hören konnten und deshalb aufmüpfig wurden? Das wäre ja ein Ding! Wenn es so wäre, hätte ich eine bahnbrechende gesellschaftspsychologische und vielleicht auch historische Erkenntnis entdeckt, die bisher kein noch so schlauer Geschichtsforscher herausgefunden hat, auch Oswald Spengler nicht. Somit stelle ich die These auf: Je besser Politiker in ihren Reden rhetorisch brillierend ihre Wahrheiten verkaufen, desto länger halten sie sich und ihr System an der Macht. Und umgekehrt: Je monotoner sie ihre Reden vom Blatt herunterleiern, desto eher werden sie gestürzt oder einfach nicht mehr gewählt. Da muss doch was dran sein, oder?

Die Sache mit Spenglers Definition über die Wahrheit ließ mir einfach keine Ruhe. Ich habe hin und her überlegt, dann fiel mir der Journalist und Buchautor Erich Böhme ein, der knallhart gesagt hat: „Ich glaube der ganzen Bande nicht!"

Moses Mendelssohn, der große Philosoph, drückte sich vor gut zweihundert Jahren viel vorsichtiger aus - musste

er ja auch. Er hatte gemeint: „Gewisse Wahrheiten, die dem Menschen, als Mensch, nützlich sind, können ihm als Bürger zuweilen schaden".
Und so verrate ich euch jetzt mal meine Erkenntnisse von der Welt und der großen Politik, auch wenn sie mir als Bürger schaden, man über mich herfällt, wie ich schon schrieb, mich in Stücke haut, mich einen Chauvinisten, Rassisten oder gar Nazi nennt. Zugeben müsst ihr aber, dass die ganze Weltpolitik, nach meiner Theorie, einfacher zu händeln wäre: Die Vergangenheit ist es, der mehr Beachtung geschenkt werden muss, um daraus die richtigen Lehren zu ziehen, also keine Wiederholungen zuzulassen.
So manches ließe sich vermeiden. Von Kriegen und anderem groben Unfug will ich gar nicht erst reden, auch nicht von künstlichen Staats- oder Wirtschaftsgebilden, wo unterschiedliche Nationalitäten und Religionen angeblich glücklich und zufrieden miteinander leben. So etwas wird es nie geben. Es sei denn, sie werden mit Gewalt am Leben erhalten oder alle verbindet ein gleich hoher Bildungs- oder Lebensstandard, wie etwa in der Schweiz. Das setzt aber traditionelle und eingespielte demokratische Spielregeln und eben einen hohen Bildungsstand voraus, was bei einem Vielvölkerstaat nicht immer der Fall ist.
Karl der Große gab sich große Mühe und sein Riesenreich zerfiel trotzdem. Sprachen, Sitten und Gebräuche waren so verschieden, dass die inneren Widersprüche immer größer wurden. Die vielen kleinen und großen Fürsten im Land wollten sich einfach nicht seiner Zentralgewalt beugen. Der gewaltige Raum, der auch viel Zeit in Anspruch nahm, behinderte außerdem ein effektives Regieren. Und so wie das Reich Karl des Großen zerfiel, zerfielen vor und nach ihm auch andere Großreiche und gut 1200 Jahre

später der riesige Vielvölkerstaat Sowjetunion. Auch der ging am Raum sowie an seinen inneren Widersprüchen zugrunde.
Damit ist die geschichtliche Wiederholung aber noch nicht zu Ende. Nach dem Zerfall der Riesenreiche schlugen sich die angeblich so friedlich nebeneinander lebenden und glücklichen Völker die Köpfe ein. Wirtschaftlicher Neid, religiöser Hass und territoriale Streitigkeiten hatten sich in den Jahren angestaut. Wir können heute nur von Glück reden, dass der Zerfall der Sowjetunion bis jetzt so glimpflich verlaufen ist. Wenn dem nicht so wäre, Westeuropa hätte ein gewaltiges Problem bekommen. Und Öl sollten wir schon gar nicht in das derzeit schwelende Feuer in der Ukraine gießen! Begreift es doch endlich: Demokratie, Bürger- oder Menschenrechte werden von den Völkern Osteuropas, und nicht nur von denen, anders bewertet als von uns! Von wuchernder Korruption will ich gar nicht erst reden.
Auch der Vielvölkerstaat Jugoslawien zerfiel. Und wieder das gleiche Spiel: Serben, Bosnier, Kroaten, Kosovaren und Montenegriner schlugen aufeinander ein. Noch heute müssen die Streithähne voneinander getrennt werden. Dieses Mal war es aber kein Großreich, welches zerbrach, sondern ein überschaubarer Staat, in welchem sich aber im Laufe seines Bestehens die ethnischen Grenzen verwässert hatten. Zu den Gebietsansprüchen, die nun jeder an jeden stellte, kam auch noch religiöser Hass und wirtschaftlicher Neid hinzu - und fertig war der Bürgerkrieg.
Von den Völkern des Kaukasus will ich gar nicht erst reden. Auch da brennt die Lunte. Nun trenne man aber mal den einen von dem anderen. Unmöglich. Oder doch nicht? Es mag herzlos, anmaßend und auch beleidigend für alle die sein, die eine Vertreibung erleben mussten.

Man stelle sich aber mal vor, nach dem Zweiten Weltkrieg wäre es den vielen Deutschen gestattet worden, weiter im nun polnischen Schlesien, polnisch-russischen Ostpreußen oder im Sudetenland zu leben. Die Propagandamaschinen wären heiß gelaufen, im Westen wie im Osten, und erst gar nicht will ich davon reden, wie viele Wirrköpfe sich in Ost und West vor den Propagandakarren hätten spannen lassen. Der kalte Krieg hätte Ausmaße angenommen, die nicht mehr kontrollierbar gewesen wären, und zum heißen Krieg wäre es nur ein winzig kleiner Schritt gewesen.

Und somit behaupte ich, dass den ethnischen Minderheiten, wo immer sie auch anzutreffen sind, bei diesem Szenario eine nicht unerhebliche Rolle zugeschrieben werden muss. Mal werden sie benutzt, ein andermal benutzen sie sich selber. Spengler schrieb von ‚kausalen Zusammenhängen'. Ich meine, da liegt er gar nicht mal so verkehrt. Dennoch, immer wieder werden die gleichen Fehler gemacht, auch in Deutschland. Man will sie nur nicht wahrhaben, redet sie schön, verharmlost sie. Noch werden die eingewanderten Minderheiten in meinem Land der Harmonie und ihrer ‚religiösen Gefühle' wegen vom Staat gehätschelt. Demzufolge sehen sie auch keinen zwingenden Grund, sich voll zu integrieren. Freiheit und demokratische Grundwerte, auch die der Frauen und Mädchen, werden von ihnen eben anders bewertet und das kann nicht gut gehen. Sobald aber die Armut in der eigenen Bevölkerungsmehrheit steigt (wenn auch abgestritten, sie steigt unaufhaltsam), wird sich irgendwann mit solch einer Wucht ein Ventil öffnen, dass unsere Politiker geradezu paralysiert sein werden, weil sie wegen ihrer Rechthaberei und dem eigenem Quotendenken mit solch einer Situation nie gerechnet haben. Nationalisten, Terroristen, Glaubenskrieger und andere Wirrköpfe und

Fanatiker, die heute zur Beruhigung der eigenen Bevölkerung ‚beobachtet' werden, werden dann auf den Plan treten und keiner wird sie stoppen können. Auch die alten SED-Machthaber waren im Herbst '89 sprachlos und wie paralysiert, als das Volk auf die Straße ging und sie davonjagte. Zum Glück ging damals alles friedlich zu.
Noch viel schlimmer sieht es in den muslimischen Ländern selbst und in Afrika aus, ist doch, vom Westen viel bejubelt und militärisch unterstützt, vom arabischen Frühling nicht viel übrig geblieben. Sunniten gegen Schiiten, Hutus gegen Tutsis, Moslems gegen Christen und Juden, Schwarz gegen Weiß, und jeder gibt jedem die Schuld. Chaos wohin man sieht. Ich spreche es aus: die Freiheit und staatliche Unabhängigkeit, obwohl geschichtlich und politisch notwendig, hat vielen afrikanischen Völkern und denen im arabischen Raum nicht viel gebracht. Von ihren eigenen Landesoberen, von denen nicht wenige Erfüllungsgehilfen multinationaler Großkonzerne sind, werden sie heute schlimmer geknebelt und ausgebeutet, als einstmals von ihren Kolonialherren. Und so dämmern diese Völker dahin und verpassen, selbst verschuldet durch ihr ungebremstes Bevölkerungswachstum, mittelalterliche Denkweisen und Stammesstrukturen, den Anschluss an die Moderne. Gebt aber nicht immer dem weißen Mann die Schuld. Diese Völker hätten viel von ihm lernen können.
Ich werde es nicht erleben und ihr auch nicht, dass es irgendwann mal eine Welt in Freiheit, Wohlstand und Demokratie für alle geben wird. Die Politiker aber versprechen sie. Und so wird sie sich immer weiter drehen, unsere alte, schöne Erde. Neues kommt und vergeht. So auch die Europäische Union. Sie wird von den großen Wirren und Umwälzungen einfach nicht verschont bleiben. Das Monstrum EU ist einfach zu groß. Sagte man im

Dreißigjährigen Krieg, der Krieg ernähre den Krieg, so trifft das jetzt, wie einstmals in der großen Sowjetunion, auch auf den gewaltigen bürokratischen Apparat der EU zu. Eifrige Claqueure, Berufsabgeordnete, Parteisoldaten und Beamte sowie deren heeresgroßer Tross ernähren und bedienen sich dort schamlos selbst und hoffen, dass alles noch lange so weitergeht. Allein 2016 wurde im Brüsseler Europaparlament in 223 Betrugsfällen ermittelt! Mal war es Reisespesenbetrug, ein andermal ging es um Betrug bei der Mitarbeiterpauschale der Abgeordneten. Eines Tages aber wird der Riesenapparat nicht mehr ernst genommen werden, weil er nicht nur nationale Interessen und Traditionen verletzt, sondern weil seine Abgeordneten es auch mit ihrer Selbstbedienungsmentalität und Regulierungswut übertrieben haben. Er implodiert und fällt in sich zusammen. Ein Apfel ist eben keine Birne, wie ein Finne oder Däne kein Rumäne oder Bulgare ist.
Doch bevor alles in sich zusammenfällt habe ich noch einen Plan, um mal mit Egon Olsen zu sprechen. Meine Erfahrungen sagen mir: alles, was gewaltig, monströs und bürokratisch aufgebläht ist, hat auch ungeheure Schwachstellen, sozusagen Schlupflöcher, wo man eindringen kann, um anschließend in aller Ruhe sein eigenes Süppchen zu kochen. Meine Erfahrungen aus der ehemaligen DDR sind mir da sehr von Nutzen. Bin ich damals mit List und Tücke und natürlich auch durch meine schwejksche Art in den allgewaltigen und alles kontrollierenden Apparat der Staatssicherheit und des Staatsapparates eingedrungen, kann es heute nur ein Kinderspiel für mich sein, auch im unübersehbaren Beamtendschungel in Brüssel Fuß zu fassen. Alle sind sie dort sorglos und beschäftigen sich mit sich selbst oder mit abstrusen und idiotischen Gesetzesvorlagen, über die der kleine Mann nur lacht. Außerdem verfährt man dort nach

der allbekannten Devise alter Despoten oder Machthaber: was nicht sein darf, kann es auch nicht geben: Wir sind das Maß aller Dinge, der Euro ist sicher, wir retten die Schuldenmacher und Europa erst recht!
Will ich meinen Plan verwirklichen bleibt mir nichts anderes übrig, als dass ich mir deren Überheblichkeit, Sorglosigkeit und Geldgier - damit meine ich deren ständig steigende Diäten und kleine Betrügereien - zunutze mache, um dort mein eigenes, bescheidenes Leben etwas dem der Besserverdienenenden anzupassen. Ein politisches Motiv habe ich aber nicht, mich treibt eher eine kleinkriminelle Bereicherungssucht, wie sie die Justiz nach der Wende unseren ehemaligen Parteioberen bescheinigt hatte. Die hatten sich eins ins Fäustchen gelacht. Viele Millionen des DDR-Staatsvermögens sind noch immer unauffindbar.
Folgendermaßen gedenke ich vorzugehen: als erstes leihe ich mir aus einem der vielen Pfandleihhäuser in Brüssel einen schicken dunklen Anzug, einen, den die Abgeordneten und ihr gewaltiger Tross von Bediensteten dort auch zu tragen pflegen. Dann bastle ich mir zwei kleine Schildchen. Auf eines klebe ich ein Passbild von mir. Gut und gerne könnte ich auch ein Bild vom Sandmännchen oder von Donald Duck nehmen. Merken würde es keiner. Darunter drucke ich meinen Phantasienamen, Henrik Vollundäs oder Kung-Fu Nasigoreng - jedenfalls so ähnlich, Hauptsache es steht ein Name auf dem Kärtchen. Ein Dr mit Punkt dahinter würde nicht Schaden. Alle wollen sie dort Dr mit Punkt sein, wenn auch diese(r) und jene(r) fleißig bei anderen Drs mit Punkt abgeschrieben haben. Dieses Schildchen hefte ich mir ans Revers meines schwarz-grauen Anzugs, damit meine respektable staatliche Herkunft einigermaßen ersichtlich ist. Auf das etwas größere zweite Schildchen kommt ein Staatswap-

pen. Gut sind immer zwei gekreuzte Kanonenrohre mit Eichenlaub und Adler. Ich werde aber den gemeinen Haussperling nehmen. Garantiert wird er von den vielen Wichtigtuern dort für einen Greif gehalten. Dieses zweite Schildchen ist für meine Bürotür gedacht.
Auf geht's! Mit einem Stoß alter Akten unterm Arm und einem Rolli, den ich mir gepumpt habe und hinter mir herziehe, stürme ich an den Pförtnern und den finster dreinblickenden und glatzköpfigen ‚Security'-Leuten vorbei. Ich würdige sie keines Blickes - diese Abgeordnetentugend kennen sie - und begebe mich in irgendeine Etage. Werde ich angesprochen, antworte ich mit einer Textzeile der ehemaligen sowjetischen Nationalhymne. Die Hymne unserer ehemaligen Freunde haben wir als Kinder in der DDR bis zum Erbrechen auswendig lernen müssen, auch wenn wir die deutsche Übersetzung nicht kannten. Der russische Text sitzt bei mir immer noch perfekt. Sollte ich aber dennoch in ein längeres Gespräch verwickelt werden wird kein Schwein merken, dass ich ständig die Strophen wiederhole. Vielleicht auch deshalb, weil das Widerkäuen auch den dortigen Abgeordneten in Fleisch und Blut übergegangen ist. Dann suche ich die Besenkammer auf, die sich dort bestimmt in jeder Etage befindet, schiebe den ganzen Plunder wie ‚Meister Proper', feuchtes Toilettenpapier, Salmiakgeist, Schrubber und Feudel unauffällig hinter den gewaltigen Grünpflanzenwald, der sich ebenfalls dort auf jedem Flur befindet und den ein Lobbyist vom Agrarsektor - Unterabteilung Bio-Pflanzen und Blumenzucht - selbstlos, aber natürlich mit Hintergedanken, den Brüsseler Bürokraten gespendet hat. Nur den kleinen Abstelltisch, auf dem zuvor all die Saubermacher gestanden haben, belasse ich. Einen schönen Stuhl finde ich auch auf dem Korridor. Mein Büro ist fertig. Flink befestige ich das zweite Schildchen mit

Sekundenkleber von außen an meiner Bürotür.
So, geschafft, ich bin ich drin! Zwar noch kein richtiger Abgeordneter, aber immerhin. Das Essen im hauseigenen Abgeordnetenrestaurant ist üppig und macht mir die Wahl nicht leicht. Ich bin satt, meine Bude ist warm, was will ich mehr? Schöne schwarze Ledersofas stehen ebenfalls auf den langen Korridoren herum. Eines davon werde ich mir für meine Büroeinrichtung organisieren. Man kann ja nicht immer nur arbeiten. Für die Requirierung des Ledersofas eignet sich das Wochenende, der Donnerstag oder Freitag geht aber auch schon. An diesen Tagen werden nämlich die Damen und Herren EU-Abgeordneten seltsam unruhig. Ihr wohlverdientes Wochenende steht bevor. Es muss noch intensiv für die eigenen und die Wünsche der Verwandtschaft geshoppt werden. Um finanziell auch alles richtig abzusichern - man heißt ja nicht Rockefeller oder Trump - trägt man sich, obwohl nicht anwesend, noch schnell in den ausliegenden Anwesenheitslisten irgendwelcher Ausschusssitzungen ein, um das Sitzungsgeld abzugreifen - kontrolliert ja keiner - um dann klammheimlich und mit viel Gepäck per Dienstflieger ins Heimatland zu verschwinden.
Montags - da sind alle noch recht aufgedreht, was aber im Laufe der Woche schnell nachlässt - werde ich Kontakte knüpfen, also Leute kennen lernen, die sich für ganz wichtig halten. Ich muss nicht lange suchen, unendlich viele treiben sich von dieser Sorte dort herum, und verspreche ihnen und den gierigen Lobbyisten großer Konzerne gute Renditen, wenn sie meinem Fantasia-Land auf die Beine helfen. Die Löhne dort sind niedrig, die politische Lage ist stabil. Man ist begeistert, wittert man doch einen fetten Happen. Und ganz nebenbei halte ich ungeniert die Hand auf. Die Wirtschaftslobbyisten zahlen gut und auch gerne. Schließlich müssen sie ja Erfolge bei ihren Auftraggebern

vorweisen. Ganz großes Schwein hätte ich, wenn mir eines Tages noch die kleine Frau von der Leyen über den Weg laufen würde. Bestimmt würde sie auch mich herzen, drücken und Bussi-Bussi machen, wie sie es mit allen anderen auch gerne macht, obwohl sie mit ihnen nicht immer einer Meinung ist. Totale Harmonie ist ihr Credo. Meine Popularität steigt, ich bin anerkannt.

So und nicht anders werde ich es treiben und kein Schwein wird merken, dass ich nicht dazugehöre. Mit meiner Enttarnung rechne ich nicht. Wenn doch, wäre es ja offenkundig, dass keiner dort mehr durchsieht. Die ganze Welt würde lachen wie einstmals über Deutschland, als zur Kaiserzeit ein Schuster namens Wilhelm Voigt ins Köpenicker Rathaus eingedrungen war und die Obrigkeit gehörig narrte. Und so wird man mich wohl oder übel dulden müssen, vielleicht sogar mit einem gehörigem Hand- oder Schweigegeld. Ich sage aber jetzt schon: mein Schweigen wird nicht billig sein, sind doch die Fördertöpfe auch für solcherart ‚Förderung' randvoll. Das geht natürlich nur so lange, bis eines Tages der ganze Laden in sich zusammenfällt und die Fördertöpfe versiegen. Ich aber kann der Nachwelt vermelden: ich bin dabei gewesen!

Wie wir uns selbst abschaffen

Kurz nach dem Mauerfall besuchte ich meine Verwandtschaft im Westen. Kinder, was habe ich da gestaunt. Die Straßen und Bürgersteige der Stadt glatt wie ein Kinderpopo, keine Schlaglöcher oder alte Frostaufbrüche, Blumenbeete und gepflegte Anlagen überall, die Menschen offen und freundlich und ein jeder war mit sich und der Welt zufrieden, auch meine Westverwandtschaft. So jedenfalls war mein Eindruck.
Ich erinnere mich noch genau. Sie bewohnten ein gepflegtes Mehrfamilienhaus, dessen Treppenaufgang und Flur in einem freundlichen Weiß leuchteten, in den Flurfenstern blühten herrliche Gewächse, die ein jeder Mieter unaufgefordert goss und liebevoll pflegte. Auch der zum Haus gehörende Gemeinschaftsgarten war sauber und aufgeräumt. Der Rasen exakt gemäht, eine Sitzecke, die von wildem Wein umrankt war, lud zum Verweilen ein und ein großer gemauerter Grill wurde sowohl für private als auch für Gemeinschaftsfeiern genutzt. Man kann es nicht anders sagen, es muss einfach bei allen Mietern ein Rundum-Wohlgefühl geherrscht haben. Ich staunte nicht schlecht. Es klappte also auch ohne den sozialistischen Wettbewerb ‚Schöner unsere Städte und Gemeinden - mach mit!' So manch eine ‚Sozialistische Hausgemeinschaft' der DDR hätte sich von diesem Haus und seinen Bewohnern eine Scheibe abschneiden können.
Drei Jahre vergingen, als ein Mieter verstarb und die Witwe fortzog. In die frei gewordene Wohnung zog eine junge deutsche Familie mit drei Kindern und zwei Hunden und mit ihnen kam auch regelmäßig das Jugendamt ins Haus. Obwohl beide sehr viel Zeit hatten, weil sie keiner geregelten Arbeit nachgingen und zu Hause waren, fehlte es ihnen an nichts. Ihre schicken Kinderwagen standen

auf dem Flur und blockierten oft den Treppenaufgang, vor dem Haus parkte ihr großes Auto und der Paketdienst brachte oft bestellte Waren von den Versandhäusern.
Die verbliebenen Mieter wurden unruhig. Die Reinigung der Treppe wurde von dem jungen Paar vernachlässigt oder gar nicht durchgeführt. Im ganzen Haus begann es penetrant nach Urin zu riechen und die Kinder schrien und weinten oft stundenlang. Den Hunden aber ging es gut, sie bellten laut und schissen überall hin. Oft kam es vor, dass die jungen Leute die Nacht zum Tag machten und laut feierten - man will ja schließlich auch Spaß im Leben haben! Die vorsichtigen und freundlichen Ermahnungen der Mieter wurden mit hässlichen Worten abgetan. Dennoch wollten die alten Mieter ihren Wohnsitz nicht verkommen lassen und übernahmen unfreiwillig die Reinigungs- und Pflegearbeiten der jungen Familie.
Wie in der großen Weltgeschichte die Römer, waren auch hier die alten Mieter in ihrer kleinen Welt zwar nicht zum Wirtsvolk, aber immerhin zu Wirtsmietern geworden. Ihre Gutmütigkeit wurde schamlos ausgenutzt und das geht im Kleinen wie im Großen nicht lange gut. Ein weiteres Ehepaar zog schweren Herzens aus. Sie hatten über vierzig Jahre in diesem Haus gewohnt, hart gearbeitet und sich dennoch die Zeit genommen, alles liebevoll zu pflegen und zu erhalten. Sie wollten aber nicht mehr Wirtsmieter sein und sich ausgenutzt fühlen. Verständlich.
In die frei gewordene Wohnung zog ein junger Mann, ein sogenannter Single, ein. Aus seiner Wohnung strömte zwar kein Uringeruch und Hundegebell, aber wenn er zu Hause war laute Musik, die bis in den Dachstuhl hinauf dröhnte. Auch er verrichtete seine Treppenwoche nur unregelmäßig und pfiff auf die freundlichen Ermahnungen der älteren Mieter. „Keine Zeit“, ließ er von sich

hören und lag sonntags bis weit in den Nachmittag hinein im Bett. Eine durchfeierte Disconacht muss ja schließlich ausgeglichen werden, der Körper verlangt eben sein Recht.

Dann zogen meine Verwandten aus und ein wenig später das letzte ältere Ehepaar. Damit verkam das Haus völlig. Keiner der neuen Mieter kam seinen Pflichten mehr nach, hielt sich an den Mietvertrag und seine Regeln. Vor dem Haus wuchs das Gras aus dem Bürgersteig, überall war Hundekot, im einstmals so freundlichen Treppenhaus roch es unangenehm und alles machte einen unsauberen Eindruck. Im ehemals so gepflegten Garten sah es auch traurig aus. Die Brennnesseln konnten ungestört wachsen, Papier und teures Kinderspielzeug lag verstreut herum und die Mülltonnen quollen über vor Abfall und Unrat.

Im städtischen Wohnungsamt saß aber ein Gutmensch, ein Überdemokrat. „Es werden immer mehr, die ihre Pflichten verletzen", klagte er, „aber uns sind einfach die Hände gebunden".

Warum eigentlich? Gibt es nicht Gesetze und Bestimmungen, die Grenzen setzen? Warum werden sie nicht angewandt? Und das mit allem Nachdruck. Ich habe den leisen Verdacht, dass diese Verwaltungsgutmenschen, auch die gesamte Justiz mit ihren Richtern, Staats- und Rechtsanwälten und was da sonst noch so alles bei uns für ‚Recht und Ordnung' kreucht und fleucht von einem anderen Stern eingeflogen sind, wo sie zuvor eine vollkommen andere Spezies verwaltet haben, nur nicht so etwas wie Menschen. Demokratie und Freiheit haben also doch etwas mit Einsicht in die Notwendigkeit zu tun.

Noch ein Beispiel unserer Selbstabschaffung

Ich bin Mitglied eines Kleingartenvereins und bewirtschafte einen Garten. Wie alle anderen Gärten ist auch meiner nicht groß, rund 300 Quadratmeter. Mit etwas Arbeit und Liebe zur Sache ist alles bequem zu schaffen. Mein Garten ist ein kleines Paradies.

Dem alten Karl, meinem ehemaligen Gartennachbarn, sagte man nach, er hätte eine besonders glückliche Kleingärtnerhand, einen grünen Daumen, besessen. Das stimmte nicht ganz. Der alte Karl war mit seiner Frau zusammen einfach nur fleißig. Ihre Gemüsebeete waren unkrautfrei, die Blumen vielfältig und üppig und die Obstbäume immer akkurat geschnitten, so dass sie jedes Jahr reiche Früchte trugen. Bis in den Herbst hinein blühten sie. Die kleine Gartenlaube wurde sorgsam erhalten und gepflegt, die Gartenwege nach getaner Arbeit immer geharkt, und was das Wichtigste war, nichts verkam, alles wurde zur Reifezeit geerntet. Eigentlich hätten er und seine Frau ihren Obst- und Gemüsebedarf auch im nahegelegenen Supermarkt decken können. Sie taten es aber nicht. Ihre Rente war nicht üppig.

Vom alten Karl habe ich so manchen Gärtnertipp bekommen. Dann starb er plötzlich und seine Frau gab den Garten an ein junges Ehepaar mit Kleinkind ab. Dies war eine löbliche Sache, zumal deren Arbeitsplatz nicht sicher war und es sich mit selbstgezogenem Gemüse und Obst viel Geld sparen lässt.

Mir schien, die jungen Leute wollten die Welt einreißen, in diesem Fall Karls schönen alten Garten mitsamt der Laube. Sie rissen raus und sägten ab, sie hämmerten und buddelten und machten Lärm, auch in den vorgeschriebenen Ruhezeiten. Sah man aber genauer hin stellte man fest, dass es so nichts werden konnte. Viel Lärm um

nichts. Alles geschah sporadisch und planlos. Ich meinte es gut und mischte mich ein, gab gut gemeinte Ratschläge und bot meine Hilfe an.
„Was der alte Sack wohl will?“, werden sie wohl gedacht haben und schlugen meine Ratschläge aus. Dabei fühle ich mich noch gar nicht mal so alt. So wirtschafteten sie weiter drauflos und bei den anderen Gartenbesitzern kam Unmut auf. Nur bei mir nicht, ich hatte schon einige junge Kleingartenpächter kommen und gehen sehen. Die Mühe war ihnen immer zu groß.
Karls Nachfolger feierten im ersten Jahr noch sehr ausgiebig. Jedes Wochenende wurde der Grill angeschmissen und das Bier ging nie aus. Nebenbei aber wuchs das Gras wie auch das Unkraut. Karls schöne Blumenrabatten wucherten zu und im Herbst verzichtete man aufs Aufräumen und Umgraben. Noch nicht einmal die Äpfel wurden gepflückt, sie fielen vom Baum und verfaulten. Im Supermarkt sah ich die junge Frau am Obststand stehen, wo sie Äpfel und Erdbeeren aus Spanien kaufte. Karls einstmals gepflegte Erdbeerpflanzung war inzwischen von Unkraut überwuchert.
Im zweiten Jahr wurde noch weniger getan. Das Feiern und Grillen ließ auch merklich nach. Hätten sie feiern wollen wäre erst eine kleine Ecke vom Unkraut zu befreien gewesen und das machte ein wenig Arbeit, also ließ man es ganz. Dann erzählten die Nachbarn, das junge Paar hätte sich getrennt. Die junge Frau war jetzt ‚Alleinerziehende’ geworden, ein Status, der den Staat viel Geld kostet, und dem jungen Mann hatte man gekündigt, weil er häufig zu spät zur Arbeit kam. Er feierte lieber. Auch diese Sorte Menschen werden immer mehr.
Nun kümmert sich keiner mehr um Karls einstmals so schönen Garten. Die Brennnesseln haben Mannshöhe erreicht, die Rosenstöcke sind abgebrochen und der letzte

Wintersturm hatte das Laubendach fast abgedeckt. Unter den nach Süden durchziehenden Ringdrosseln musste es sich aber herumgesprochen haben, dass Karls schöne Apfelbäume bis weit in den Dezember hinein reiche Früchte tragen. In Schwärmen fielen sie ein und verwerten sie. Und die, die nicht von ihnen verwertet wurden, fielen nach dem ersten Schnee vom Baum und faulten vor sich hin.

Meine alte Nachbarin flüsterte mir empört zu, dass die junge Frau das Obst nicht mehr im Supermarkt kauft, sondern es jetzt umsonst von einer ‚Tafel' abgreift. Eine Steigerung ihrer Faulheit!

Das Entwicklungshilfeministerium ließ unlängst verlauten, dass Deutschland seine Entwicklungshilfe, die ja aus Steuergeldern besteht, in der dritten Welt gezielter und effektiver einsetzen will. Nicht nur dem Hunger soll es endlich an den Kragen gehen, auch der Vitaminbedarf der Menschen, hervorgerufen durch deren einseitige Ernährung, soll in Zukunft bekämpft werden. ‚Hilfe zur Selbsthilfe' heißt die neue Vorgehensweise. Am deutschen Wesen soll die Welt genesen, hieß es zu unserer Großväter und Väter Zeiten. Das war einmal. Ich sehe schwarz für unser deutsches Wesen.

Die erste Generation schafft Vermögen,
die zweite verwaltet Vermögen,
die dritte studiert Kunstgeschichte
und die vierte verkommt.

Otto von Bismarck

Eine kurze Betrachtung zum Ost-West Verwandtschaftsverhältnis (nach einer wahren Begebenheit)

Es war kurz nach dem Fall der Mauer - Historiker bezeichnen diese Noch-DDR-Zeit als ‚politische Wende' - die Tage des Sozialismus waren gezählt, die sonst so scharf bewachte Grenze, die Deutschland in zwei Teile getrennt hatte, nahm keiner mehr ernst. Das Reisen von Ost nach West und umgekehrt war wieder möglich und just zu jener Zeit trug es sich zu, dass sich eine Westverwandtschaft bei ihrer Ostverwandtschaft zu Besuch ankündigte. Es herrschte Freude auf beiden Seiten, endlich konnte man zusammenkommen und sich von Angesicht zu Angesicht unterhalten.
Die Westlinge waren neugierig auf den Osten. Verständlich. Schließlich wollte man ja sehen, ob die Geschenkpakete auch auf dankbaren Boden gefallen waren. Schmecken, fühlen und riechen, wie die Ostlinge da drüben so leben, wollte man natürlich auch. Abgesehen von einigen Fotos war man sich noch nie begegnet, hatte nur Briefe geschrieben und sich, wie gesagt, zu Weihnachten und Ostern ein schönes Paket geschickt, dessen Inhalt einen wundersamen, exotischen Geruch verströmte. Es war eine Mischung aus Apfelsinenduft und den anderen mitgeschickten südländischen Früchten, Parfüm, Seife und was sonst noch so alles im Paket war. Nur die zehn Tütchen ‚Dr. Oetkers Backpulver' rochen nicht. Mussten sie auch nicht, Backpulver war trotz Mangelwirtschaft im Osten immer zu haben. Das Paket trug den Vermerk ‚Geschenksendung - keine Handelsware'. Dieser kleine Vermerk war äußerst wichtig. Hätte ihn der westliche Absender vergessen, ihn also nicht gut sichtbar für die ‚Kontrollorgane der DDR' auf das Packpapier geschrieben, wäre der Inhalt sofort konfisziert worden. Die dem Staats-

sicherheitsdienst der DDR unterstellten Zoll-, Paket- Briefkontrolleure und Brieföffner hatten ja schließlich auch ihre geheimen Wünsche und bei der Vielzahl der von ihnen geöffneten Postsendungen wurden diese noch mehr genährt. So kam es vor, dass trotz dieses handelspolitischen Vermerkes beim Adressaten nicht immer ankam, was ihm zuvor von seiner Westverwandtschaft per Brief angekündigt wurde. Der Empfänger unterließ es aber, sich bei den zuständigen ‚Organen' zu beschweren. Erstens hätte es nichts genützt und zweitens wollte er keine schlafenden Hunde wecken, womöglich noch in Ungnade fallen und noch weniger ‚Geschenksendungen und keine Handelsware' zugestellt bekommen.
Es ist gut möglich, dass die Ostlinge aus dem Paketgeruch die freie, weite Welt herausgerochen haben und woher alles kam und sie nicht hin durften. Die Apfelsinen dufteten nach dem Süden, das Parfüm nach Paris und die Strümpfe oder das Oberhemd nach Italien. Heute würden die Strümpfe, das Oberhemd oder das T-Shirt einen üblen chinesischen Einheitsgeruch verströmen. Verona Pooth, der Werbeikone für importierte chinesische KiK-Klamotten, hat er aber bis jetzt nicht geschadet - das kann aber noch kommen.
Aus Italien und Paris hatte die Westverwandtschaft auch schon Urlaubsgrüße geschickt: bunte Ansichtskarten, die immer wieder betrachtet und dann sorgsam aufbewahrt wurden. Sie waren so bunt und so anders. Sie zeigten einen winzigen und unerreichbaren Teil der schönen, weiten Welt. „Seht euch das an", sagte man dann zu seinen Kollegen oder Bekannten, „dorthin können die reisen, einfach so!" Wut, Trauer und Fernweh wurden wach, aber kein Neid. Und wenn man sie lange genug betrachtet und sie anschließend zu den anderen bunten Urlaubskarten der Westverwandtschaft gelegt hatte, stell-

te sich mit dem Weglegen der bunten Postkarten sofort wieder die Realität, der sozialistische Alltag ein. Was sollte man auch anderes machen als sich, so gut es eben ging, in seiner sozialistischen Welt einzurichten.
Zu Weihnachten oder anderen Festtagen war man froh und erleichtert, all das in den Geschäften bekommen zu haben, was man sich so wünschte. Bekam man es nicht, vertraute man auf den Zufall, dass man es irgendwo oder irgendwann doch einmal ergattern konnte. Dann war die Freude und erst recht die Überraschung noch einmal so groß. Die Parteioberen ließen solcherart Freude und Überraschungen bei ihrem Volk nie abreißen. Der Ostling war somit immer beschäftigt. Ständig war er auf der Jagd nach Überraschungen, Freude und etwas Glücksgefühl. Genau betrachtet hatte er mehr Glücks- oder Erfolgserlebnisse vorzuweisen als sein Verwandter im Westen. In den Jahren der sozialistischen Planwirtschaft hatte der Ostling nämlich eine Einkaufsstrategie entwickelt, die seine Kreativität und Flexibilität immer wieder aufs Neue herausforderte, war doch die Ausgangssituation, auf die er sich einstellen musste, immer eine andere. Schnelles markt- und modeorientiertes Reagieren war gefragt, wenn er sich diesen oder jenen Wunsch erfüllen wollte. Heute sagt ihm der Westling nach, er wäre nicht flexibel! Das ist nicht nur diskriminierend, das ist schlichtweg auch eine Lüge.
Dieses Problem der Flexibilität kannte der Westling so gut wie nicht. Ohne auch nur die geringste nervliche Anspannung oder den kleinsten Adrenalinstoß zu verspüren ging er in den Fleischerladen und kaufte sich dort Wurst, Fleisch und Schinken aller Sorten und Art, in bester Qualität, so viel wie er haben wollte oder es sein ‚Body-Mass-Index' zuließ, im Textilgeschäft Hose, Rock, Hemd und Jacke der aktuellsten Mode und Farbe,

im Baumarkt Zement, Bretter und Balken, Heimwerkermaschinen und andere Technik, von welcher der Ostling nur träumen konnte, und beim Autohändler einen guten gebrauchten oder neuen Wagen, und den noch auf Kredit. Eigentlich hätte er mit sich und der Welt sehr zufrieden sein müssen. Das war er aber nicht.
Dieses Überangebot an Waren aller Art hat nämlich einen gefährlichen Nachteil, den der Westling selbst nicht erkannte, da er schleichend wie eine heimtückische Krankheit ist. Die ständigen Kauf- und Reizüberflutungen hatten ihn mit den Jahren einsam und kreativlos gemacht. Verständlich, er hatte ja alles, musste keine Umwege gehen und konnte sich alles kaufen, sofern er Arbeit und Geld hatte. So gesehen war er arm dran. Die fehlenden Überraschungen ließen bei ihm einfach keine Glücksgefühle mehr aufkommen, nichts konnte ihn mehr reizen, sein Leben wurde eintönig und einsam. Einsam deshalb, weil er nicht zwangsweise irgendwelche Leute kennenlernen musste, die dieses oder jenes hatten, was er nicht hatte, und er deshalb notgedrungen mit ihnen ein Tauschgeschäft abwickeln musste. Diese ungewollte Einsamkeit machte viele von ihnen depressiv und sie würden garantiert alle auf der Couch eines Psychiaters gelandet sein, wenn nicht die Wende gekommen wäre. Sie war nicht nur für viele Ostlinge eine Erlösung, auch viele Westlinge profitierten nicht schlecht davon, denn mit dem Wegfall der letzten Grenzsperre waren sie nicht mehr einsam. Jetzt endlich konnten sie ihre angestaute Wohlstandsdepression los werden. Und in der Tat brach diese nur so aus ihnen heraus und kein Ostling vermochte sie zu bremsen oder sich dagegen zu wehren. Sie überschlugen sich förmlich in wohlgemeinten Ratschlägen, die sie ihren ostdeutschen Kollegen oder Verwandten gaben und die sich später hier und da auch als üble Luft-

blasen entpuppten, vergleichbar mit den Wohltaten einer Rheumakur, die nichts bringt. So entledigten sie sich ihres angestauten Wissens und ihrer Erfahrungen über die freie Marktwirtschaft mit vielen Worten. Die ganze ehemalige DDR wurde sozusagen über Nacht für sie zu einer riesigen Psychiatercouch. So gesehen haben wir mit unserer Wende viele Westlinge vor der Einweisung in eine Irrenanstalt bewahrt.
Ganz anders der Ostling. Er wurde dank der Planwirtschaft nicht von derartigen Reizüberflutungen und von Kaufdruck heimgesucht, er ging alles viel gelassener an. Ohne es zu brauchen kaufte er bei sich bietender Gelegenheit dies oder das Seltene einfach ein und vertraute meist erfolgreich darauf, dass er dies oder das Seltene gegen seinen eigentlichen Wunsch irgendwann und irgendwo einmal tauschen konnte. Und meistens klappte das auch. Er nannte es aber nicht ‚Glück gehabt', vielmehr hatte er sich nur geschickt die Gesetzte der Mangelwirtschaft zu Nutze gemacht, mehr nicht.
Es gab auch einige Ungeduldige, die konnten die Zeit einfach nicht abwarten. Sie fuhren nach Berlin oder in eine andere Großstadt. Die staatlichen Verteilerorgane hatten es sich nämlich angewöhnt, immer dort mehr Waren anzubieten, wo eine Ballung ihrer Funktionäre bestand, also in der Hauptstadt oder in den Bezirkshauptstädten. Außerdem wollte man in der Hauptstadt den vielen westlichen Ausländern und Botschaften beweisen, dass es im Arbeiter- und Bauernparadies stetig bergauf ging. Witzbolde meinten, die sozialistische Hauptstadt würde immer mehr zu einem ‚Potjomkinschen Dorf' verkommen. Sie hatten nicht Unrecht. Und damit haben wir wieder eine Wiederholung.
Glücklich reisten dann die ehemals Ungeduldigen nach Hause. Sie hatten mehr eingekauft, als sie eigentlich

brauchten. Diesen Warenüberschuss tauschten sie dann bei entsprechender Gelegenheit zu diffusen Umrechnungsregeln oder -kursen gegen andere ‚Güter des täglichen Bedarfs' wieder ein. Und so kam es, dass ein Räucheraal aus dem ‚Agrar'-Laden vom Berliner Alexanderplatz oder ein Packen Damenschlüpfer vom ‚Centrum'-Warenhaus so manches ‚Trabant'-Ersatzteil aufwog. Diese Schattenwirtschaft verhalf dem Ostling zu außerplanmäßigen Erfolgserlebnissen, wogegen sonst alles einer straffen staatlichen Planung und Regulierung unterlag. Unser Ungeduldig-Reisender war also ganz nebenbei und auch ungewollt zu einem Kleinsthandelsmann geworden, mehr aber zu einem Logistiker, der sofort und initiativreich auf jede noch so kleine modische oder handelspolitische Mangelerscheinung zu reagieren wusste. Nur seiner Kreativität und seinem blitzschnellen Reagieren darauf war es zu verdanken, dass er sich seine kleinen, bescheidenen Wünsche erfüllen konnte.

Natürlich gab es auch schwarze Schafe unter ihnen und das waren gewiss keine ‚Kleinsthandelsmänner' oder ‚Mangelwarenlogistiker'. Im Gegenteil waren sie es, die die ganze Planmisere zu verantworten hatten aber so taten, als wüssten sie von nichts und den planlosen Plan jedes Jahr aufs Neue planten, so als wäre alles in bester Ordnung. Parteisoldaten übelster Sorte waren sie und ein Phantom, denn keiner hatte und hat sie je zu Gesicht bekommen, bis heute nicht! Sie saßen irgendwo im undurchdringlichen Dschungel der höheren Partei- und Staatsdienststellen und bastelten ohne Skrupel an ihren planlosen Plänen. Ihre ungebremste Gier nach nicht vorhandenen materiellen Gütern des schönen Lebens gipfelte darin, dass sie ungeniert zum Telefon griffen und sich bei ihren untergeordneten Parteifreunden, die irgendwo im sozialistischen Handel, in staatlichen Baufirmen

oder anderen Warenverteilungsämtern saßen, schamlos ihre Wünsche äußerten. Ihr Wunsch war ein heimlicher Befehl und verlangte Parteidisziplin. Im Sozialismus war jeder Partei- und Staatsfunktionär für sich selbst ein besonders guter ‚Mangelwarenlogistiker', profitierte sogar noch von seiner selbst verschuldeten Mangelwirtschaft und wusste darüber hinaus, wo heimlich die besten Happen abzugreifen waren.
Nun aber war es plötzlich passiert, Druck erzeugt Gegendruck. Alles war anders gekommen und das ist auch gut so. Ab jetzt musste keiner mehr Kleinsthandelsmann oder Mangelwarenlogistiker sein, mit der Bahn oder mit seinem Trabant zu einer Funktionärshochburg juckeln und Räucheraal, Fahrradventile oder Damenschlüpfer auf Tauschvorrat einkaufen.
Auch unser Ostling nicht, der jetzt seinen ersten Westbesuch erwartete. Unruhig schaute er auf die Uhr und rief seiner Frau zu, dass er vor dem Eintreffen des Besuches noch schnell den Vorgartenrasen abharken wolle. Eigentlich hätte er sich das sparen können, da im und am Haus auch ohne den erwarteten Westbesuch immer alles tipptopp war. Es war Mitte Juni und das Wetter der vergangenen Wochen hatte es gut gemeint, auch mit den Rosen, die in kleinen Inseln im Vorgarten blühten.
Nachdem der Gastgeber den Rasen mit dem Rechen noch etwas gequält hatte, ging er zum großen Gartentor und öffnete es, damit der Besuch mit seinem Auto gleich aufs Grundstück fahren konnte. Auch das Tor der Garage am Haus machte er auf. Der Besuch sollte ruhig sehen, dass er einen gut gepflegten ‚Trabant' sein Eigen nannte.
Die Gastgeberfrau ging noch einmal schnell durch die kleinen Räume des Hauses und putzte hier und da noch etwas mit dem Staubtuch nach, obwohl auch ihr Hausstand immer picobello in Ordnung war. Schließlich ist der

erste Eindruck ja immer der Beste und man wollte einen guten Eindruck auf den Westbesuch machen, schon der Pakete wegen.
Und dann traf er ein, der Westbesuch. Der Gastgeber dirigierte ihn aufs Grundstück, wo der große Wagen dann auch zum Stehen kam. Es glich einem kleinen Staatsempfang. Die Gastgeberfrau hatte zur Begrüßung einen kleinen Strauß bunter Gartenblumen in der Hand, der Gastgebermann hatte zur Feier des Tages, auch um seine Dankbarkeit zu bekunden, das blaue Oberhemd angezogen, welches der Besuch zuvor zu Weihnachten geschickt hatte. Es spannte zwar mächtig am Bauch und an den Schultern, aber wie sollte der Westbesuch auch seine Hemdengröße kennen?
Kaum hatte der Besuch die Wagentür geöffnet, als auch schon ein großer, schwarz-weiß gesprenkelter Hund aus dem Auto sprang und in den Garten stürmte.
„Keine Angst, der ist friedlich", sagte der Gast, bevor es zur herzlichen Begrüßung kam.
„Mensch, dass das mal wahr wird, wer hätte das gedacht. Wir freuen uns, dass ihr hier seid", ließ der Gastgeber von sich hören.
Nachdem die Begrüßungszeremonie abgeschlossen war und sich alle lange genug betrachtet hatten, wollte man ins Haus gehen.
„Wo ist der Hund?", fragte der Gast. Keiner wusste es.
„Jemy-Pascal, hast du ihn gesehen?", fragte der Gast und sah sich dabei suchend nach seinem kleinen Sohn um. „Wo ist denn der Junge nun schon wieder?"
Jemy-Pascal war sofort nach der Begrüßung auf einen kleinen Spalierobstapfelbaum geklettert und schaukelte dort auf einem Ast.
„Jemy-Pascal, bitte, komm sofort da herunter", flehte die Mutter. „Das macht er doch sonst nicht, der Junge, und

klettert gleich überall rauf."
Klein Jemy-Pascal fing plötzlich an zu weinen. „Was ist denn, Jemy-Pascal, kommst du nicht mehr vom Baum herunter? Warte, der Papa hebt dich vom Baum."
Jemy-Pascal brauchte nicht vom Baum gehoben werden, mit einem kurzen Knack brach plötzlich der Ast ab, auf dem er zuvor geschaukelt hatte. Jemy-Pascal fiel aber weich. Er weinte nicht.
„Gut so, mein Kleiner, du wirst mal ein harter Brocken werden. Jungs weinen nicht." Und zum Gastgeber gewandt sagte er: „Man muss die Kinder nur richtig erziehen, dann wird das auch was." Die Mutter putzte dem Jungen den Schmutz von der Hose, während der Gastgeber den abgebrochenen Ast aufhob.
Da hab ich vier Jahre gebraucht, um den Baum in Form zu bringen, und nun reißt der kleine, fette Bengel einen Ast davon ab. Na ja, woll'n mal nicht so sein, Großstädter eben.
„So, nun kommt endlich rein in die gute Stube", mahnte er, bevor Jemy-Pascal noch mehr Schaden anrichten konnte.
„Der Hund! Der Hund ist immer noch weg! Er pariert doch zu Hause, hört aufs Wort. Erich!", rief der Besuch laut, „Erich! Komm sofort zu Herrchen!"
Erich konnte aber noch nicht sofort zu Herrchen kommen. Mit krummem Buckel erledigte er sein großes Geschäft am Rande des blühenden Rosenbeetes. Einen schöneren Platz hätte er sich für sein großes Geschäft nicht aussuchen können. Der Gastgeber runzelte nur etwas die Stirn. Nachdem Erich endlich schwanzwedelnd zu Herrchen gekommen war und der ihn dankbar kraulte, sagte er zum Gastgeber: „Jemy-Pascal wollte unbedingt so einen Hund haben. Ist ein Dalmatiner, eine sehr beliebte und gelehrige Rasse. In Amerika sind sie groß in Mode. Dustin

Hoffmann, Demi Moore und Claudia Schiffer haben auch so einen. Ich hab ihn Erich getauft, nach eurem Erich Honecker. Nicht schlecht, oder?"
„Ich finde das auch ausgesprochen lustig, diesen Namen", ließ Jemy-Pascals Mutti von sich hören.
Der Gastgeber runzelte die Stirn, irgendwie kam er sich verscheißert vor. ›Was interessieren mich Dustin Hoffmann, Demi Moore oder Claudia Schiffer! Wenn die sich ein Rhinozeros halten, macht ihr es garantiert nach. Und uns habt ihr immer vorgehalten, wir würden alles von den Russen übernehmen‹.
„Das trifft sich gut", sagte jetzt der Gastgeber, „unsere Nachbarn haben einen Gänserich und eine Gans, die haben sie Helmut und Hannelore getauft. Ist doch lustig, was?"
›Wenn das auch gelogen ist, aber was ihr könnt, können wir schon lange.‹ Beim Gastgeber machte sich Unmut breit.
„Ist der Hund nicht etwas zu groß für eure Stadtwohnung, immerhin wohnt ihr, wie ihr uns geschrieben habt, im dritten Stock? So ein Hund braucht Auslauf, sozusagen sein Revier."
„Ach was, der gewöhnt sich schon daran", erwiderte der Westmann und sah sich dabei im Garten um.
„Schön habt ihr es. Von uns ist es bis hierher nur einen Katzensprung. In zwei Stunden können wir immer hier sein. Hundertachtzig macht der spielend", und dabei wies er auf sein Auto.
„Aha", antwortete der Gastgeber nur und war froh, als seine Frau mahnte doch endlich ins Haus zu gehen.
Jemy-Pacal und Hund Erich stürmten als erste durch die geöffnete Haustür. Für beide war es ungewohnt, von draußen gleich in die Wohnung zu gelangen. Erich riss bei einer Drehung die große Bodenvase im Flur um. Zum

Glück ging sie nicht zu Bruch.
„Bitte! Jemy-Pascal, pass auf den Hund auf!", ermahnte die Mutter.
„Ist ja nichts passiert", schlichtete die Gastgeberin und holte ein Scheuertuch, um das Blumenwasser vom Teppichboden zu wischen.
›Hoffentlich bleibt es kein Fleck, dann sieht der ganze Flur schäbig aus, und billig war die Auslegeware auch nicht.‹
„Donnerwetter, hätte ich nicht gedacht! So schlecht scheint es euch ja gar nicht zu gehen, wie immer in den Zeitungen und im Fernsehen behauptet wurde", ließ der Westgast erstaunt von sich hören und drehte sich im Wohnzimmer unablässig im Kreis, um alles in Augenschein zu nehmen.
„Das haben wir auch nie behauptet, dass es uns schlecht geht. Es war eben alles nur mit enormen Schwierigkeiten verbunden, wenn du mal dieses oder jenes kaufen wolltest", gab der Gastgeber zur Antwort.
›Hat der etwa gedacht wir hausen noch in Höhlen?‹
Jemy-Pascal probierte gleich mit großen Sprüngen die Couch aus, ob sie auch weich genug sei, und Hund Erich schnupperte mit hängendem Kopf in jede Ecke, während die Gastfrau interessiert den Inhalt betrachtete, der hinter Glas in der Schrankwand stand.
„Alles Erbstücke von unseren Großeltern. Wir können uns einfach nicht davon trennen. Haben alle eine kleine Geschichte, wie es eben bei alten Sachen so ist", erklärte die Gastgeberin und hütete sich, die Glastür aufzuschieben, vor der lauernd der kleine Jemy-Pascal stand.
„Kann ich mit dem Vogel spielen?" Jemy-Pascal zeigte auf einen filigranen Glasvogel, der in der Vitrine stand. Seine Mutter sah fragend zur Gastgeberin hinüber.
„Nein, das geht nicht, mein Kleiner", kam der Gastgeber

seiner Frau zu Hilfe. „Du musst wissen, der Glasvogel ist sehr alt und wertvoll, stammt aus Italien, aus Murano."
„VEB Murano, was?" scherzte der Gast und meinte einen guten Witz gemacht zu haben.
„Nein, nein, der wurde wirklich in den berühmten Glasmanufakturen von Murano gefertigt", versuchte jetzt die Gastgeberin zu erklären. „Auch ein Erbstück von meiner Großmutter", fügte sie noch hinzu.
„Murano? Noch nie davon gehört. Ist ja auch egal. Mit deiner Deckentäfelung hast du dir wirklich Mühe gegeben. Echt Holz?"
„Echt Holz, na ja, will mal sagen - echt Sperrholz, dreifach geleimt. Alles ehemaliges Kistenholz. Eigentlich zu schade, dass es in den Abfall wandert oder in den Ofen gesteckt wird. Habe ich relativ billig erstehen können. Jede Platte musste ich von Hand genau zuschneiden und dann der Maserung entsprechend schleifen, auch wieder per Hand. War eine Sauarbeit, hat sich aber gelohnt, oder?" Der Gastgeber war stolz auf seine getäfelte Wohnzimmerdecke.
„Hmm, sieht nicht schlecht aus", lobte dann der Gast, „unsere Zimmerdecken habe ich mit Styropor-Platten in Holzdesign beklebt. Macht nicht viel Arbeit, geht schnell, sieht wie echtes Holz aus und ist außerdem noch umweltfreundlich, weil es isolierend wirkt. Also kein Wärmeverlust in der Wohnung. Umweltfreundlichkeit wird nämlich bei uns ganz groß geschrieben."
„Hmm", machte jetzt auch der Gastgeber und setzte sich.
›Warum erzähle ich ihm das überhaupt alles? Es interessiert ihn nicht. Umweltfreundlich, als ob Sperrholz nicht umweltfreundlich wäre. Holz ist nicht nur Holz, Holz ist auch Leben.‹
„Mensch, ihr habt ja noch einen richtigen Ofen. Heizt ihr

etwa noch mit Kohlen?"
„Nur um ein bisschen die Wärme zu halten, ansonsten heizen wir fast nur mit Holz. Hier im Ort machen es alle so. Der Wald ist gleich nebenan und ein Holzschein kostet nicht die Welt. Im Winter geht der Dauerbrandofen nie aus. Was meinst du, was Holz für eine angenehme, wohlige Wärme spendet."
„Das will ich glauben. Wäre aber nichts für uns. Wir müssen morgens früh raus, um pünktlich auf der Arbeit zu sein, da kann ich nicht noch anfangen zu heizen. Erdgas oder Öl ist heizeffizienter, schont auch die Umwelt."
„Das ist wohl wahr", entgegnete der Gastgeber.
›Heizeffizienter, ja meinst du denn, wir haben uns diese Art von Heizung ausgesucht? Und an unserer Arbeitsstelle müssen wir auch pünktlich erscheinen.‹
„So, jetzt lasst uns aber mal auf unser Wiedersehen trinken", mahnte der Gastgeber, entkorkte ein Flasche Rotkäppchen-Sekt und füllte vorsichtig die Gläser.
„Ich möchte auch was trinken", meldete sich Jemy-Pascal.
„Natürlich bekommt unser kleiner Liebling auch was zu trinken. Was soll Tante Lore dir denn geben, mein Schatz?", fragte Jemy-Pascals Mutter. Und bevor Tante Lore, die Gastgeberin, einen Vorschlag machen konnte, fragte sie auch schon: „Unser Jemy-Pascal trinkt nur Cola, habt ihr so etwas im Haus?"
„Es gibt zwar hier bei uns in der DDR auch ein Cola-Getränk, wir haben aber unseren Kindern, als sie noch klein waren, nur Apfel- oder anderen Fruchtsaft zu trinken gegeben. Möchtest de Apfelsaft? Die Äpfel sind vom eigenen Garten", lockte die Gastgeberin, währenddessen der Gastgeber geduldig mit dem Sekt wartete.
›Dreht sich denn alles nur um diesen kleinen Fettkloß. Cola, das ist gerade das Richtige für ihn.‹

Jemy-Pascal trank einen Schluck vom frischen Apfelsaft und verzog daraufhin seinen Mund.
„Also, Prost, auf euch und auf dass ihr euch bei uns wohl fühlt". Der Gastgeber hielt sein Glas zur Mitte und sie stießen an, nur klein Jemy-Pascal nicht.
„Ich auch!", greinte er.
„Jawohl, du auch, mein Schatz", und damit reichte ihm seine Mutti sein angetrunkenes Glas mit dem Apfelsaft. Doch Jemy-Pascal meinte es mit dem Anstoßen und dem Wohlfühlen etwas zu gut. Klirrend fielen die Scherben des Sektglases von Jemy-Pascals Mutter samt Inhalt zu Boden.
„Jemy-Pascal! Pass doch bitte auf. Nun hat Mutti keinen Sekt mehr und das schöne Glas ist auch kaputt".
„Ist ja nichts passiert, halb so schlimm", wehrte die Gastgeberin höflich ab und ging in die Küche, um Wischtuch und Kehrblech zu holen.
Der Gastgeber hatte inzwischen ein neues Glas mit Sekt gefüllt. ›Der Bengel schafft mich! Gut sechzig Jahre haben die Gläser überstanden, Krieg und Nachkriegszeit. Der kriegt sie hin. Nun haben wir nur noch sieben davon.‹
Nachdem endlich Ruhe eingekehrt war, kam auch langsam die Unterhaltung in Fluss.
„Jetzt wird sich ja so einiges bei euch ändern, denk ich mal. Aber keine Angst, unsere Wirtschaft wird das schon stemmen. Wir haben genug Kapital. Zuerst aber müssen wir eure marode Wirtschaft sanieren, die vielen Faulpelze rausschmeißen, die Bonzen und so".
›Junge, Junge, der legt ja ein Tempo vor, als ob er morgen schon alles umkrempeln will. Noch ist die Einheit nicht beschlossene Sache.‹
„Also, Angst habe ich nicht, wie du sagst, immerhin habe ich zwei gesunde Hände und kann arbeiten. Ich glaube

aber, dass zuerst die Grundlagen geschaffen werden müssen, damit das zusammen wächst, was zusammen gehört, wie Willy Brandt schon richtig gesagt hat. Doch lass uns heute nicht über Politik reden, das können wir immer noch. Erzählt von euch, wie war die Fahrt, was macht deine Mutter, also unsere Tante, ist sie gesund? Trink noch einen Schluck, oder soll ich dir unser Haus und das Grundstück zeigen?" Fragend sah der Gastgeber seinen Gast an.

„Jetzt muss ich erst mal zur Toilette", erwiderte der und ließ sich das Bad zeigen.

Die Frauen hatten sich inzwischen in die Küche zurückgezogen. Für das Mittagessen mussten noch ein paar kleine Handgriffe erledigt werden und dabei ließ es sich gut unterhalten, von Frau zu Frau. Außerdem war heute ein besonderer Tag und das Mittagessen sollte den Gästen ja schmecken. Wann konnte man schon Westbesuch bewirten?

„Ich werde mal mit meinem Chef sprechen," ließ der Gast von sich hören, als er aus dem Bad zurückkam, „im Lager haben wir noch jede Menge Restposten Fliesen liegen. Eure im Bad sind ja wahrlich nicht mehr der letzte Schrei."

„Ich war froh, dass ich sie bekommen habe", entgegnete der Gastgeber. ›Ich könnte dir ja erzählen, welchen Kampf es gekostet hat, die paar Quadratmeter zu bekommen, aber das wird dich bestimmt nicht interessieren‹

„Weißt du, ich hab mich schon immer gewundert, dass ihr das ganze Bonzenpack nicht schon viel früher davon gejagt habt. Auf einmal ging es. Muss doch gar nicht so schwer gewesen sein, oder?"

Auf diese Plattheit wusste der Gastgeber im Moment nichts zu antworten.

„So so, muss gar nicht schwer gewesen sein", sagte er

nur und schenkte seines und des Gastes Glas wieder voll.
›Der weiß nichts, rein gar nichts‹
„Warst du auch auf so einer Montagsdemo?"
„Beide waren wir dort, Lore und ich. Kannst du dir vorstellen, was das für ein unglaubliches Gefühl für uns alle war? Endlich mal das zu tun, was getan werden musste, was notwendig und nicht vorgeschrieben war. Seine eigene Meinung, wenn auch nur im Kurztext, auf einem Plakat kundzutun. Ich habe Demonstranten, Männer und Frauen weinen sehen, so ergriffen waren sie von dem Hochgefühl, es endlich den Parteimächtigen zu zeigen, dass sie keine Angst hatten, denn sie waren ja das Volk."
„Du brauchst mir nichts zu erzählen", unterbrach der Gast, „ich bin schon bei einigen Demonstrationen mitgelaufen, ich kenne das Gefühl."
›Er kennt das Gefühl! Er war mitgelaufen.‹
„Um was ging es denn da, wo du mitgelaufen bist?"
„Um höhere Tarifabschlüsse, die wir natürlich auch durchgesetzt haben."
„Um höhere Tarifabschlüsse, so so. Hat eure Polizei auch mit Gummiknüppeln auf euch eingeschlagen? Wurdet ihr danach verhaftet und ins Gefängnis gesteckt? Weißt du was wir beim ersten Mal, als wir auf die Straße gegangen sind, für eine Scheißangst gehabt haben? Schon der Versuch zu demonstrieren war bei uns strafbar. Unter zwei, drei Jahren bist du nicht davon gekommen."
„Naja, nun hat ja bei euch alles geklappt, endlich seid ihr frei", und der Gast leerte in einem Zug sein Glas.
„Wer weiß, was nach dieser Freiheit kommt, bestimmt die nächste". Der Gastgeber betrachtete versonnen sein Glas, als sähe er es zum ersten Mal.
„Das kann ich dir sagen, was jetzt kommt: ihr werdet endlich reisen können wohin ihr wollt, könnt frei wählen, und was das Wichtigste ist, ihr bekommt für eure Arbeit

endlich richtiges Geld, nicht mehr diese Aluminiumchips, und könnt dann kaufen was euer Herz begehrt. Der Mensch lebt ja nicht nur vom Brot allein, oder?" dozierte er, lachte dabei laut und meinte einen guten Witz gemacht zu haben. Der Gastgeber wollte nicht unhöflich sein, er lachte auch, nur leiser und gequälter.

›Es hat keinen Zweck. Ich hätte es wissen müssen. Die Zeit der Trennung und die politischen Umstände haben uns anders gemacht, euch und uns‹

„Hab ich was verpasst, weil ihr laut lacht?", rief die Gastgeberin aus der Küche.

„Hast nichts verpasst!", rief der Gastgeber zurück. ›Doch, du hast was verpasst. Wenn sie weg sind, werde ich es dir erzählen‹

Die Gastgeberin deckte den großen Esstisch weiß ein und trug das Mittagessen auf.

„Wo ist denn nun schon wieder der Junge?" Der Gast sprang auf und rannte aus der Stube.

„Jemy-Pascal, wo steckst du? Wir wollen Mittag essen!" rief er. Jemy-Pascal meldete sich nicht. Auch der Hund war verschwunden.

„Kannst du denn nicht auf den Hund und den Jungen aufpassen? Wenn der Hund nun weggelaufen ist? Der hat eine schöne Stange Geld gekostet", fuhr er grob seine Frau an.

„Bei uns geht keiner verloren", bemerkte der Gastgeber und sah dabei aus dem Fenster. Jemy-Pascal spielte draußen im kleinen Verschlag mit den Kohlen.

„Da ist er ja", und zeigte dabei in den Hof.

„Nein, wie sieht denn der Junge aus!", rief der Gast und eilte nach draußen zum Kohlenverschlag. Hund Erich kam auch aus einer Ecke angewedelt.

„Ich hab mit den schwarzen Klötzern gespielt", rief Jemy-Pascal.

Jemy-Pascal sah aus wie ein Kohlenträger vom VEB Kohlehandel. Das Weiße in seinen Augen war aber noch zu erkennen.
„Wenn Kinder spielen sind sie gesund", bemerkte amüsiert der Gastgeber.
„So ist das eben, wenn man auf dem neuesten Stand der Technik ist. Hat alles seine Vor- und Nachteile. Jemy-Pascal kennt keine Kohlen. Woher auch. Na ja, bald werdet ihr auch keine Kohlen mehr brauchen."
›Der biegt sich alles so hin, wie er es gerade braucht‹
Jemy-Pascal musste von seiner Mutter einer kurzen Ganzkleiderreinigung unterzogen werden, wobei er unablässig greinte.
„Jemy-Pascal, du sollst doch mal ein harter Brocken werden, wie dein Papa sagt", rief der Gastgeber durch die offenstehende Badtür.
„Ich weiß auch nicht, zu Hause benimmt er sich nicht so."
Die Mutter hatte ihren Sprössling vom gröbsten Kohlenschmutz befreit, als endlich alle am Essentisch saßen.
„Der Junge isst kein Fleisch, hast du Pizza im Haus?" fragte sie die Gastgeberin.
„Pizza gibt es noch nicht bei uns", antwortete die. Der Gast strich seinem Sohn liebevoll über das immer noch mit Kohlenstaub bepuderte Haar. „Wenn wir Onkel Klaus und Tante Lore demnächst wieder besuchen, dann gibt es bestimmt hier auch schon Pizzas zu kaufen und dann bekommt unser kleiner Jemy-Pascal eine schöne, leckere Pizza, nicht wahr, mein Kleiner?"
Und weil die Gastgeberin nicht gleich in die Küche eilte, um dem kleinen Jemy-Pascal etwas anderes Mundgerechtes zuzubereiten, sondern am Tisch sitzen blieb, musste sich Jemy-Pascal mit Kartoffeln und Soße begnügen.
„Aber ein paar schöne Pilze kann dir Tante Lore doch bestimmt zu deinen Kartoffeln auftun? Du wirst sehen,

die schmecken gut. Onkel Klaus hat sie voriges Jahr im Wald gefunden".
„Der Junge isst keine Pilze", klärte der Gast auf, „nach Tschernobyl ist uns im Westen der Appetit auf Waldpilze vergangen"
„Tschernobyl ist weit weg und Pilze sollen auch auf Pizzas sein", bemerkte der Gastgeber.
„Ja, ja, mein Lieber, das sind aber alles Zuchtpilze, Champignons und so. Wir haben da ganz strenge Lebensmittelkontrollen. Du wirst bei uns nichts finden, was nicht in Lebensmittel rein gehört. Wie ist das denn bei euch? Habt ihr auch ein Verbraucherschutzgesetz? Ein Gesetz, das euch vor Lebensmittelpanschern schützt?"
„Bei uns macht das alles die Hygieneinspektion."
„Und die finden nichts, was? Hahaha!"
„Die besten Wurst- und Fleischwaren, auch Fisch und andere Lebensmittel gingen in großen Mengen zu euch in den Westen rüber. Eure Verbraucherschützer hatten nie etwas zu beanstanden gehabt. Wenn doch, würde das mit Sicherheit im Fernsehen und in den Zeitungen einen großen Aufmacher gegeben haben."
Der Gast schwieg, aber nur für einen kurzen Moment. „Dafür habt ihr auch unsere harte West-Mark bekommen. Wo ist das viele Geld überhaupt geblieben?"
Jetzt schwieg der Gastgeber. Was sollte er auch antworten? Irgendwie war die Frage ja auch berechtigt.
Dem Gast aber und seiner Frau schienen das Rindersteak und die frischen Pfifferlinge ausgezeichnet zu schmecken. Lore, die Gastgeberfrau, musste jedem noch eine Portion auf den Teller tun.
›Hoffentlich reichen die Kartoffeln und die Soße, scheinen ja einen mächtigen Kohldampf zu haben‹
„Zum Nachtisch gibt es frische Himbeeren, die isst du doch bestimmt, oder?", fragte die Gastgebertante Jemy-

Pascal.
„Doch, doch, Himbeeren mag er, aber nur mit Eis", griff seine Mutter ein.
„Eis habe ich leider nicht im Haus. Aber Himbeeren mit Schlagsahne schmecken dir doch bestimmt auch?"
Klein Jemy-Pascal nickte.
„Weil du so schön gegessen hast, kannst du dir die Schlagsahne auch selber auftun, mein Sohn", sagte liebevoll sein Vater, und den Gastgebern erklärte er, „man soll Kinder so früh wie nur irgend möglich selbst entscheiden lassen und ein gesundes Selbstwertgefühl dafür wecken, was sie tun und nicht tun dürfen, das fördert ihre Selbständigkeit", und dabei schob der Vater seinem Sohn die Schale mit der Schlagsahne hinüber.
Das ließ sich Jemy-Pascal nicht zweimal sagen. Mit Schwung klatsche er sich einen vollen Löffel Schlagsahne auf seine Himbeeren, so dass die Spritzer nur so umherflogen. Alle am Tisch mussten sich Schlagsahne aus dem Gesicht und von der Kleidung wischen. Darüber wollte sich Klein-Jemy-Pascal totlachen, und weil es so schön war, nahm er gleich noch einmal einen vollen Löffel aus der Sahneschüssel.
„Jemy-Pascal, bitte benimm dich! Du bist hier nicht zu Hause."
Der Gastgeber und seine Frau sahen sich kurz an: ›Na, da wird was los sein.‹
„Warte ab, wenn du wieder in die Schule gehst, dann muss du nicht nur deiner Mutter gehorchen, sondern auch dem Lehrer", warf der Gastgeber ein und wischte sich den letzten Schlagsahnespritzer von seinem Hemd.
„Unser großer Junge ist doch schon in die zweite Klasse gekommen, Onkel Klaus." Der Gast strich seinem Sohn liebevoll und stolz übers Haar.
Gerade wollte der Gastgeber dazu etwas sagen, als er

von seiner Frau unter dem Tisch einen kleinen Fußtritt bekam.
„Die Lehrer können heute einfach keine Kinder mehr erziehen. Sie gehen nicht mehr auf die Wünsche der Kinder ein. Ich meine, die brauchen doch auch so ihre Freiräume. Jemy-Pascal mussten wir aus seiner ersten Schule nehmen und ihn auf eine andere schicken. Die Lehrer seiner ersten Schule konnten sich aber von mir was anhören. Wozu zahle ich Steuern? Denen musst du gleich mit dem Anwalt drohen, sonst wird das nichts."
›Friedrich Engels hat herausgefunden, dass die kleinste Zelle in der Gesellschaft die Familie ist. Wenn die nicht funktioniert, was dann? Doch wenn ich dir das sage, behauptest du noch, ich wäre ein Kommunist. Aber Friedrich Engels wirst du bestimmt auch nicht kennen. Reicht ja auch aus, wenn du Dustin Hoffmann, Demi Moore und Claudia Schiffer kennst, die auch so einen schwarz-bunten Köter haben.‹
Der Gastgeber wollte sich aber nicht streiten und den Eindruck erwecken, sie wären schlechte Gastgeber. Und undankbar wollte er schon gar nicht sein, schon wegen der Westpakete. Die Fesseln drückten aber gewaltig. Zwei Kinder hatten sie großgezogen und so gut wie keine Disziplinprobleme gekannt, weder in der Schule noch zu Hause. Jedes ihrer Kinder hatte die gleichen Rechte, aber auch die gleichen Pflichten.
„Na ja, ich will mal sagen, Grenzen muss man den Kindern schon setzten, auch in der Schule, sonst spielen sie wilde Sau und das Lernen kommt zu kurz", versuchte vorsichtig der Gastgeber seine Meinung zu sagen.
„Bei euch im Osten, wo das ganze Volk unfrei war, mag das funktioniert haben, bei uns ginge das nicht. Freiheit, wenn du verstehst was ich meine, ist das höchste Gut des Menschen und die haben wir uns sauer erkämpft." Der

Gast lehnte sich zurück und war von seiner Weisheit ganz angetan.
›Einen Versuch wage ich noch, dann soll er reden so viel er will. Es hat sonst keinen Zweck.‹
„Da habe ich letztens im Radio eine nette Geschichte gehört, ich will Sie euch mal ganz kurz erzählen", begann der Gastgeber. „Ein Historiker untersuchte die Frage, was aus der Bundesrepublik geworden wäre, wenn die Russen über den Rhein und nicht über die Oder gekommen wäre? Also, ihr hättet die Russen gehabt und wir die Amis und die Engländer. Ich weiß, ich weiß", wehrte der Gastgeber ab, weil sein Gast sofort seine Gegenargumente loswerden wollte, „aus geographischer und taktischer Sicht wäre das 1945 wohl schlecht gegangen, aber nehmen wir mal an, es hätte sich doch so zugetragen, was ist deine Meinung, was wäre wohl aus euch geworden?"
›Ich könnte dir ja jetzt glattweg sagen, dass du bestimmt Parteisekretär geworden wärst. Das Zeug dazu hast du. Bist rechthaberisch, weißt vom Leben rein gar nichts und lässt viele dumme Sprüche los.‹
„Das will ich dir sagen, die Kommunisten wären nie bei uns an die Macht gekommen."
„Erkläre mir, warum?"
„Die hätten bei der Bevölkerung gar keine Basis gehabt. Wir hätten sie zum Teufel gejagt."
„Und die Russen gleich dazu, oder wie soll ich das verstehen?"
„Also, ich weiß jetzt wirklich nicht, wie deine politische Einstellung ist. Warum bist du überhaupt zur Montagsdemo gegangen?"
„Ich erkläre es dir: Fünfundvierzig Jahre hatten die Kommunisten hier bei uns in der DDR Zeit und Gelegenheit, eine gerechte Gesellschaftsordnung aufzubauen. Mit der Ausbeutung hatte es ja geklappt, auch mit dem Bildungs-,

Sozial- und Gesundheitssystem. Sie haben es aber nicht verstanden, den Menschen die wirkliche Freiheit zu bringen. Eine Diktatur ist immer Scheiße, auch wenn sie sich Diktatur des Proletariats nennt. Sie bleibt immer eine Diktatur."
„Na also, dann sind wir uns ja einig", der Gast hob sein Sektglas und trank es mit einem Zug leer. „Und jetzt hast du Angst vor der Zukunft?"
„Ich sagte ja schon, ich habe zwei gesunde Hände und kann arbeiten. Was mich aber dennoch ein bisschen beunruhigt ist, dass nichts mehr im Gleichgewicht ist."
„Wie im Gleichgewicht?"
„Ganz einfach, alles auf der Welt muss sich in einem Gleichgewicht befinden, in der Natur und auch in der Gesellschaft. Plus und Minus müssen sich die Waage halten, wie in der Physik, sonst kippt die ganze Sache. Du kennst das sicherlich? Wo viel Licht ist, ist auch immer viel Schatten."
„Natürlich kenne ich das."
„So, und nun hat sich alles verschoben. Es wird in nächster Zukunft wohl nur noch eine Gesellschaftsform geben, den Kapitalismus. Ihr sagt freie Marktwirtschaft dazu. Ja und da kann sich die freie Marktwirtschaft so gebärden, wie es das sogenannte freie Unternehmertum für richtig hält. Mir schwant Böses. Das Gleichgewicht ist gestört. Der Unternehmer braucht den Kommunismus oder so etwas ähnliches nicht mehr zu fürchten, hat der sich doch selber abgeschafft. Jetzt kann der Unternehmer so richtig loslegen und machen was er will, um seinen Profit zu steigern. Marx soll gesagt haben, bei Aussicht auf dreihundert Prozent Profit wirft er alles Menschliche über Bord, auch auf die Gefahr seiner eigenen Vernichtung hin."
Am Tisch wurde es für einen Moment still, nur Jemy-

Pascal klopfte hin und wieder mit seinem Löffel lautstark auf seine Kompottschale.
„Ich sag dir was: Du siehst einfach zu schwarz. Du wirst sehen, die Demokratie und die freie Marktwirtschaft werden es schon richten. Euch wird es besser gehen als zuvor."
Der Gastgeber schwieg zu den Ermunterungen seines Gastes. ›Deine Worte in Gottes Gehörgang.‹
Und während der Mittagstisch abgeräumt wurde machte der Gastgeber seinem Gast den Vorschlag sich das Grundstück anzusehen. Der willigte ein.
„Hier steht er, unser bestes Stück", und dabei wies der Gastgeber auf seinen Trabant in der Garage. „Wollen wir mal eine Runde drehen?", fragte er, „du kannst ihn fahren, wenn du möchtest."
„Hat er Automatik?"
„Nein, hat er nicht."
„Na, dann lass ich es lieber. Ich bin bis jetzt nur Automatik gefahren. Die Amerikaner bauen nur Autos mit Automatik. Wird sich eines Tages auch in Deutschland durchsetzen."
Der Gast strich um den Trabant wie ein Hund um seinen Fressnapf, dann mache er die Tür auf und setze sich hinein.
„Naja, für einen Kleinwagen ganz passabel. Was macht er Spitze?"
„Auf gerader Strecke und ohne Gegenwind hatte ich ihn schon mal auf knappen einhundertzehn gehabt. Das macht er aber nicht lange mit. Ich lass ihn immer so bei neunzig, fünfundneunzig trudeln, dann schnurrt er nur so."
„Meiner schafft spielend hundertachtzig. Da geht richtig die Post ab, kann ich dir sagen."
„Voriges Jahr waren wir mit unserem ‚Trabbi' in Ungarn, am Plattensee."

„Waas", rief erstaunt der Gast, „wie viele Wochen wart ihr denn unterwegs?"
„Wir sind früh um vier hier losgefahren und waren genau um zwanzig Uhr am Ziel."
„Und, da musste man euch aus dem Auto heben, was?"
„Es ging, mit ein bisschen Gymnastik war alles wieder o.k."
„Mein Nachbar war letztes Jahr auch in Ungarn. Soll da ja alles spottbillig sein. Für harte Westmark, versteht sich. Dafür verkaufen die sogar ihre eigenen Weiber", und mit leiser Stimme fügte er noch hinzu, „der war da im Puff, nur für westliche Ausländer, sehr billig. Junge, Junge, die Weiber sollen da ja ganz verrückt sein. Meine Kollegen und ich haben daraufhin beschlossen, dass wir uns demnächst mal ein verlängertes Herrenwochenende gönnen und nach Budapest fahren. Zur Auffrischung der Liebe sozusagen", und dabei lachte er laut. Der Gastgeber schwieg zu diesem Vorhaben, obwohl er nicht prüde war.
Das Gespräch, wenn es denn eines war, wurde jetzt ausschließlich vom Gast geführt. Er war in die Rolle des erfahrenen Weltmannes geschlüpft. Er sprach von seinen Reisen nach Italien und Frankreich - wozu er auch schon mal einen Kredit aufgenommen hatte, man gönnt sich ja sonst nichts - und wie er sich dort wegen einer Geschwindigkeitsüberschreitung mit der Polizei angelegt hatte: „Doch nicht mit mir! Sollen froh sein, dass wir Deutschen unsere harte Mark bei denen lassen!" Davon, wie er seinen Chef gewaltig unter Druck gesetzt hatte, um mehr Lohn zu bekommen, der natürlich auch sofort eingeknickt war, verständlich; wie er gekaufte Gegenstände nach dem Gebrauch etwas manipulierte, um sie danach wieder für neue zurückzutauschen; wie er es als treuer Fan seines Fußballclubs geschafft hatte, für das nächste

Pokalspiel vom Arzt einen ‚Gelben' zu bekommen und so mehrere Tage ‚krank feiern' konnte; wie er mithilfe seines Leasing-Vertrages seinen Nachbarn beweist, dass auch er alle vier Jahre ein neues Auto fahren kann und wie er hin und wieder seine Versicherung betrog, um diese oder jene Reparatur an seinem Auto nicht selbst bezahlen zu müssen.

„Tja, mein Lieber, Holzauge sei wachsam, gewusst wie, man muss schon wissen wo man bleibt", und dabei machte er die bekannte Geste mit dem Zeigefinger unter dem Auge.

„Jaja, gewusst wie", sagte der Gastgeber nur, ließ ihn reden und beobachtete dabei Jemy-Pascal, wie er sich mit einem Spaten abmühte um im Rasen ein Loch zu buddeln.

„Auf dem Land zu wohnen ist doch was herrliches, was Jemy-Pascal? Wir werden Onkel Klaus und Tante Lore jetzt öfter besuchen, jetzt können wir das ja."

Jemy-Pascal nickte eifrig mit seinem schon etwas zu dicken Kopf.

›Das werde ich zu verhindern wissen! Holzauge sei wachsam.‹

An diesem herrlichen Sonntagnachmittag, der eigentlich zum Spazierengehen einlud, die Gäste aber lieber in der Wohnung saßen, geschah es, dass der Gast mit seinen Reden dem Gastgeber buchstäblich ein ‚Ohr abkaute'. Es gibt viele Ostlinge, die es heute noch bedauern, dass sie sich so haben verunstalten lassen.

Fünfzehn Jahre später. Der Besuch aus dem Westen hatte sich inzwischen scheiden lassen. Die ‚Herrenabende' in Budapest waren aber nicht allein der Grund. Die persönliche Freiheit war beiden Partnern wichtiger, trotz Söhnchen Jemy-Pascal, der noch einige Male die Schule wechseln musste. Sein ‚Selbstwertgefühl' ließ es einfach nicht zu, sich unterzuordnen. Zuletzt musste er als ‚Heranwachsender' wegen fortgesetzten Diebstahls und Körperverletzung ein Jahr in einer Jugendhaftanstalt brummen. Die vielen Ermahnungen der Jugendrichter wegen seiner zuvor begangenen Straftaten hatten nicht gefruchtet. Auch nicht das ‚Erziehungs- und Erlebnis-camp' in den USA. Was sagte doch gleich Friedrich Engels über die Familie?

Jemy-Pascals Vater wurde auch gekündigt. Sein Chef hatte für ihn einen Polen eingestellt. Natürlich schimpfte er, dieses ganze Drunter und Drüber hätte man nur den Ossis zu verdanken, denen ginge es jetzt besser als ihnen, wozu zahle er überhaupt Solidaritätszuschlag? Nichts sei mehr im Gleichgewicht, soll er gewettert haben. Woher wusste er das nur mit dem Gleichgewicht?

Die Umkehr von Ursache und Wirkung

Die Artenvielfalt der Natur und ihre ehernen Gesetze haben uns Menschen lange beschäftigt. Und nachdem wir meinten alles gründlich genug untersucht zu haben, verblüffte uns in jeder Hinsicht das Ergebnis: jedes hat seinen Platz, alles verläuft nach festen Regeln und nichts wurde dem Zufall überlassen. So gesehen gibt uns die Natur ein immerwährendes Beispiel harmonischen Zusammenlebens.

Auch die von uns inzwischen beherrschten Grundwissenschaften wie Mathematik, Physik, Chemie und Biologie sind einer strengen Schöpferlogik unterworfen. Diese ist unumstößlich und wer da meint, sie aus niederen Beweggründen aushebeln zu müssen, der provoziert in jedem Fall die Apokalypse. So haben wir immerhin erkannt, dass das Gesetz von Ursache und Wirkung allgegenwärtig ist und auch immer bleiben wird.

Doch über all diesen Wissenschaften und Erkenntnissen thront eine unsichtbare, doch mächtige Königin. Sie ist eitel, rechthaberisch, zänkisch und unberechenbar. Schönheit hat sie noch nie besessen. Trotz dieser Attribute und auch deren Durchschaubarkeit fallen die Völker der Erde immer wieder auf ihre schmutzigen Ränkespiele herein. Politik ist ihr Name und ihre höchsten Vertreter sind Kaiser und Könige, Präsidenten und Diktatoren, Kommunisten und Kapitalisten, Abgeordnete und Lobbyisten. Verstärkt durch ein bestelltes Heer von Erfüllungsgehilfen werden sie nicht müde, dieser Königin zu dienen. Königinverbunden nennen sie sich Politiker.

Stehaufmännchengleich tauchen sie immer wieder auf und reden nimmer müde werdend auf die Menschen ein, dass sie doch nur das Beste wollten. Mal tun sie es drohend, mal schmeichelnd. Dieser Verhaltensweisen wegen sind sie eine ganz besondere Spezies des homo sapiens. Drohen sie dort wo ihr Einfluss gefährdet ist mit Gewalt und Krieg, tauchen sie an anderer Stelle wie verwandelt im weißen Büßergewand auf. Schwert und Friedenstaube setzen sie im Wechsel immer da ein, wo es um ihre Interessen geht. So gesehen waren sie es, die immer wieder, bis auf den heutigen Tag, ungeniert und in regelmäßigen Abständen in das filigrane Räderwerk der Schöpfung und auch in die Geschichte der Menschheit eingegriffen haben.

Die Wirkungen ihres schändlichen Tuns ließen dann in der Regel auch nicht lange auf sich warten. Die von ihnen ausgelöste Not und das Elend der Menschen berührte sie wenig. Stattdessen zogen sie schnell das vorsorglich bereitgelegte weiße Büßerhemd an und präsentierten sich so dem geschundenen Volk.

Obwohl dieser Trick uralt ist, wenden sie ihn bis zum heutigen Tage erfolgreich an. Sie wissen, dass das Volk sehr schnell vergisst, das Vergessen und die Gewöhnung sind ihre besten Verbündeten. Demzufolge dauert es auch nicht lange, dass ihren Schmeicheleien und Versprechungen wieder geglaubt wird und sie beginnen neues Unrecht zu planen.

Es gibt aber etwas, das sie einfach nicht in Ruhe schlafen lässt: das unumstößliche Gesetz von Ursache und Wirkung. Ständig kreisen ihre Gedanken darum, dass es doch machbar sein müsste, diesen Teufelskreis mit einer vollkommen neuen Philosophie und Interpretation endlich zu durchbrechen und so hinzubiegen, dass das Ergebnis allemal, wie man es auch dreht und wendet, positiv ist. Für immer ließe sich dann das Büßerhemd gegen eine weiße Weste eintauschen und das Volk würde auch viel gehorsamer sein und ließe sich leichter regieren.

Fasziniert von dieser Idee mobilisierten sie alle ihre

hörigen und hauseigenen Philosophen und Besserwisser. Der Zeitpunkt für die Neubewertung dieses Grundgesetzes war ihrer Ansicht nach überfällig, wo die Welt doch sowieso auf dem Kopf stand.

Lauthals ließen sie durch ihre Sprachrohre, die parteieigenen Medien und andere Volksverdummer, verkünden, dass das Gesetz nicht mehr zeitgemäß sei und einer gründlichen Reform bedürfte. Reformieren hieß also ihr Zauberwort, mit dem allem beizukommen sei. So also machte ihre Reformwut auch vor diesem Gesetz keinen Halt und es kam, wie es bei Reformen kommen musste: sie redeten und redeten unaufhörlich, zogen dabei sämtliche Register ihrer Redekunst und erkoren das Wort ‚Reform' selbst zum ‚Wort des Jahres'. Sie wussten ganz genau, man muss nur lange genug auf das Volk einreden, dann glaubt dieses auch daran und die Reformen beginnen zu ‚greifen'.

Schnell musste außerdem gehandelt werden, saß ihnen doch die Zeit im Nacken, und Zeit ist Geld, auch für die Regierenden. So kamen sie auf die bahnbrechende und epochale Idee, nur drei Wörter für ihre Reform gekonnt miteinander zu verbinden: WAS WÄRE WENN. So einfach war das!

Nur einen kurzen Moment waren die ewigen Kritiker und Nörgler verblüfft, begannen dann aber zu kapieren. Plötzlich stand alles in einem ganz anderen Lichte da und die unselige Vergangenheit, an der die Politiker Schuld trugen, klärte sich mit diesen drei Worten zum Besten auf. Blutige Diktaturen, Not, Armut, Kriege, Umweltverschmutzung, Arbeitslosigkeit, ja sogar das organisierte Verbrechen verlieren ihren Schrecken. Von nun an hat alles einen positiven Kern. Schuldige gibt es nicht mehr, Täter werden zu Opfern, Unrecht schlägt in Recht um und der ganze philosophische Spuk ist damit endlich vom

Tisch. Und was an der Sache das Wichtigste ist, das Volk kann von nun an alle Fragen selbst beantworten. Das ist mehr als bahnbrechend - das ist genial.
Überzeugen wir uns von der Reform und dem Ergebnis und stellen mal ganz einfach die Frage: WAS WÄRE WENN, wenn es diesen stummelbärtigen Wahnsinnigen mit seinen vielen tausend Helfern nicht gegeben, der zweite Weltkrieg nie stattgefunden hätte? Die alte Bundesrepublik würde es nach dem Krieg nicht gegeben haben, keine harte D-Mark, keine erfolgreiche, wirtschaftliche Entwicklung.
Man muss doch zugeben, unter dieser Fragestellung sieht doch vieles ganz anders aus. Somit ist es legitim, dass die Nachkriegsjustiz einigen uniformierten und nicht uniformierten Mördern vergab, sie wieder in Ämtern und Behörden ihr Unwesen treiben durften.
Fragen wir weiter: WAS WÄRE WENN, wenn es die DDR nicht gegeben hätte? Ehrlichen Herzens müssen wir bekennen, dieser oder jener vielleicht auch zähneknirschend, dass das westdeutsche Wirtschaftswunder so und in diesem Tempo nie stattgefunden hätte. Dem kommunistischen System in der DDR musste Paroli geboten werden. Also gäbe es keinen Ludwig Erhard, kein Wirtschaftswunder, keinen Volkswagen, keine Urlaubsreisen in alle Welt.
Folglich ist es nur richtig zuzugeben, dass Ulbricht, später Honecker und das ganze SED-Politbüro sozusagen der heimliche Motor, die Initialzündung für den rasanten wirtschaftlichen Aufstieg der alten Bundesrepublik waren. Natürlich von den DDR-Genossen nicht gewollt. Aber immerhin, durch ihre Anwesenheit setzten sie für den westdeutschen Bürger etwas Gutes in Bewegung.
Und weiter: die DDR-Politiker ließen von ihren willigen Helfern eine lange und hohe Mauer mit allerlei tödlichen

Schikanen um ihr Arbeiter- und Bauernparadies bauen. Sie gedachten ebenfalls, ungestört von schädlichen Einflüssen des Westens, ihr Wirtschaftswunderland aufzubauen. Störrisch, wie Politiker nun einmal sind, wollten sie aber partout nicht begreifen, dass Wunder welcher Art auch immer, die sie auf ihren Parteitagen beschlossen hatten, sich niemals planen lassen. An den lieben Gott glaubten sie außerdem auch nicht - wegen der Wunder.

WAS WÄRE also WENN, fragten nun die Reformer hintertriebig, wenn die sozialistischen Wunderplaner und ihre vom Sicherheitswahn zerfressenen kleinen und großen Parteibuch- und Uniformträger die Mauer nicht gebaut hätten? Auch der Dümmste kann sich jetzt die Antwort selber geben. Zugegeben, sie ist mehr als verblüffend, entspricht aber der Reform von Ursache und Wirkung.

Ewig hätte man sich mit Ulbricht und anschließend mit dem kleinen Dachdeckergesellen, der nach ihm in sozialistischer Manier die Macht im Staate ergriffen hatte, herumgestritten. Tausende, wenn nicht sogar Millionen Ossis wären unkontrolliert ins westdeutsche Wirtschaftswunderland eingefallen und hätten ihren verständlichen Wunsch nach Arbeit geäußert. Der soziale Friede wäre mehr als gefährdet gewesen. Die Lohnspirale hätte sich demzufolge auch nicht so schnell und unaufhörlich nach oben gedreht. Ossis hätten als Leiharbeiter für weniger Geld gearbeitet. Unmut wäre unter der einheimischen Arbeitnehmerschaft aufgekommen.

Das Fass wäre vollends übergelaufen, wenn dann noch das, bis zu diesem Zeitpunkt unbekannte Phänomen des organisierten Verbrechens, vom Osten her über das Land gerollt wäre. Die Mauer hielt gut achtundzwanzig Jahre Zuhälter, Waffenhändler, Menschenhändler, Drogenhändler, Plutoniumhändler und Zigarettenschmuggler

aus Russland, Autoklauer aus Polen, Blitzeinbrecher und Tresorknacker aus Rumänien und brutale Mafia-Killer aus Albanien fern. Gegen diesen neuzeitlichen und modernen Limes, der sich quer durch Deutschland und Berlin gezogen hatte, ist die große chinesische Mauer ein löchriger Gartenzaun. Auch die bestorganisierten Banden vermochten ihn nicht zu überwinden.
Eigentlich erübrigt sich jetzt die Frage, wem der Altbundesbürger dies alles zu verdanken hat. Es gäbe ohne Honecker und Co. keine Autobahnen, keine prachtvollen und sauberen Städte, keine boomende Wirtschaft, keine Reisen in die entferntesten Winkel der Welt. Ohne Zweifel wurde alles in Ruhe und Frieden und durch die fleißige Arbeit der Menschen erreicht. Heute, gut dreißig Jahre nach der Wiedervereinigung, ist es daher nur allzu verständlich, dass den alten SED-Genossen nach dieser Reform der Hof gemacht wird.
Und weil wir beim Thema sind fragen wir gleich weiter: WAS WÄRE WENN, wenn es die SED mit ihrer immer präsenten Polizei, ihrem spitzelnden Staatssicherheitsdienst und ihrer feigen Justiz nicht gegeben hätte? Wäre es überhaupt zur Wiedervereinigung gekommen? Da haben wir den gehorsamen und untertänigen Parteidiener, der zu DDR-Zeiten als Volkskammerabgeordneter Halswirbelbeschwerden vom vielen Kopfnicken davontrug und heute wieder irgendwo in einem Parlament oder Aufsichtsrat sitzt und es sich wohlergehen lässt. Seine Beschwerden gingen - Gott sei Dank - zurück. Die Demokratie machte es möglich, dass er heute als Parlamentarier nur noch die Hand zu heben braucht. Falls sich danach doch wider Erwarten Gelenk- oder Schulterprobleme einstellen sollten, hat er durch sein Abstimmungsverhalten selbst dafür gesorgt, dass er eine üppige Abfindung oder Pension bekommt. Natürlich rückwirkend, wegen seiner

zuvor unbehandelten Halswirbelbeschwerden.
Er und die vielen anderen Kriecher, Kopfnicker und Ja-Sager haben auf diese Weise für uns alle große Opfer erbracht: der sture Betonkopf der Abteilung Innere Angelegenheiten vom Rat des Kreises, der einfach nicht einsehen wollte, dass eine beantragte Reise in den Westen kein Verrat am Sozialismus ist. Der Volkspolizist, der seinen Namen zu Unrecht trug und den Reisewilligen in Handschellen der Staatssicherheit zuführte, die ihm dann in endlosen Verhören ein Geständnis abpresste, in dem er verängstigt und entnervt zugab, ein Feind des Arbeiter- und Bauernstaates zu sein. Ja und nicht zuletzt der Staatsanwalt, der des hohen Freikaufpreises wegen eine lange Haftstrafe beantragte, die der feige Richter auch sofort verhängte. Sie alle haben durch ihre schändlichen Taten für Spannung und Unzufriedenheit im Land gesorgt, die letztendlich zu einem politischen Umschwung geführt hat.
So gesehen ist es auch mit der Demokratie vereinbar, dass diese Leute sofort wieder in Behörden, in der Wirtschaft und in der Politik Fuß gefasst haben. Wir haben ihnen viel zu verdanken! Doch der ewige Nörgler, inzwischen Hartz-IV-Empfänger und Reformgegner, horcht nach all den Reformergebnissen still in sich hinein und fragt sich: WAS WÄRE WENN, wenn ich mich immer schön in der verordneten Reihe bewegt hätte, Funktionär der SED geworden wäre und das Montagsdemonstrieren anderen überlassen hätte? Ich mag es mir gar nicht ausdenken. Ein wohlgefälliger Posten mit üppigen Pensionsansprüchen wäre mir heute sicher.

Der Besuch

Das dörfliche Leben meines Ortes war im Frühjahr 1989 noch fast in Ordnung. Wie üblich, wusste jeder über jeden etwas, wie es der Familie ging, was die Kinder so machten, und über die Nachrichtenstrecke einiger alter Frauen konnte man sogar Internes erfahren. Doch wer genau hinhörte und auch beobachtete, der meinte feine Unterschiede zu den vergangenen Jahren herauszuhören. Man sprach leise über Dinge, die sich anderswo zutrugen. In den großen Städten unseres Landes tat sich etwas vollkommen Ungewöhnliches: Menschen versammelten sich zu Hunderten in den Kirchen und sogar schon mutig auf einigen großen Plätzen, um endlich das einzufordern, was schon lange in den Gesetzen und auch in der Verfassung stand aber jahrelang geschickt, manchmal auch brutal, dem Volk verwehrt wurde.
Durch diese Jahre des offenen und versteckten Verwehrens von Menschenrechten drohten wir zu verkommen zu Jasagern, Kopfnickern und nicht wenige zu Denunzianten. Und wie überall auf der Welt und wie es schon die jahrtausendealte Geschichte der Menschheit gezeigt hatte, regt sich überall da Unmut, wo es die Mächtigen mit ihrem Demokratieverständnis übertrieben hatten. So nun auch gesetzmäßig bei uns.
Verstohlen sahen meine Frau und ich immer wieder hinter den Gardinen hervor auf die lange Dorfstraße, ob sie nun nicht endlich kommen würde. Eigentlich war sie immer recht pünktlich, unsere Postbotin. Heute schien sie sich etwas verspätet zu haben. Oder hatte uns unser Zeitgefühl durch die letzten Ängste und Schmerzen genarrt, so dass wir ihr Kommen zeitlich nicht mehr richtig einordnen konnten?
Auf dem ‚Volkspolizei-Kreisamt' hatte man es mir gesagt.

Vier Männer in Zivil standen um mich herum, und beobachteten begierig meine Reaktionen, wie ich die Nachricht aufnehmen würde.
„Ihre Tochter ist zusammen mit ihrem Freund in Ungarn bei dem Versuch, illegal die Grenze nach Österreich zu durchbrechen, von den dortigen Sicherheitsorganen verhaftet worden. Was haben Sie uns dazu zu sagen?"
Du lieber Himmel, meine Tochter, und die etwas durchbrechen!? Durchbrechen - ein Parteiwort, entsprungen dem Sicherheitswahn unserer greisen Führer im Politbüro und deren speichelleckenden Vasallen. Auch diese hier bemühten sich, es überall da mit Nachdruck anzuwenden, wo man Klassenfeinde vermutete. Man überschritt nicht, man durchbrach, man diskutierte nicht, man hetzte und verleumdete, und stand man nicht da wo sie es wollten war man ein Klassenfeind.
„Sie ist erwachsen", gab ich scheinbar gelassen zurück, obwohl es in meiner Brust heftig zu brennen anfing.
„Sollte sich herausstellen, dass Sie davon gewusst haben, sehen wir uns ganz schnell hier wieder. Dann hat das Folgen für Sie und Ihre Frau!"
„Wo ist jetzt meine Tochter?", fragte ich.
„Erkundigen Sie sich beim Bezirksstaatsanwalt, dem Genossen Kadarschafka!"
Ganz ruhig, meine innere Erregung verbergend, verließ ich die Leute, die man von Staats wegen ‚Volkspolizisten' zu nennen hatte.
Warum müssen Gerichtsgebäude immer so drohend wirken? Vielleicht kam es mir aber nur so vor, weil ich noch nie etwas mit der Justiz zu tun gehabt hatte. Kalt und abweisend die langen Flure, hinter den verschlossenen Türen hier und da Schreibmaschinengeklapper, und um nicht alles so kahl und trist wirken zu lassen, hingen in regelmäßigen Abständen fein gerahmte Bilder: Honecker

im hellen Anzug, Sindermann mit seinem hinterhältigen Grinsen und Stoph mit zur Maske erstarrtem Gesicht. Warum hatte man kein Porträt von Rosa Luxemburg hier angebracht? Sie war doch immerhin eine glühende Vorkämpferin des Sozialismus.

Halt, hier war das Zimmer mit der Nummer 203, wo ich mich melden sollte. Du bist kein Bittsteller, klopfe ruhig laut und vernehmlich an, dachte ich und tat es auch. Nichts rührte sich. Ich klopfte nochmals.

„Momeeent!", hörte ich es von drinnen laut rufen. Ja, sie kannten sich gut aus, die Genossen in den Amtsstuben, vom Rat des Kreises bis nach ganz oben. So auch hier. Ein Wartender wird in der Regel demütig. Man muss ihn nicht gleich vorlassen oder gar empfangen. Nein: draußen soll er stehenbleiben, sein Sündenregister nochmals durchgehen, ein Bittsteller soll er werden. Und je länger so einer auf der harten Bank im Flur sitzt - falls eine da ist - und auf das erlösende ‚Herein' wartet, um so schüchterner und in sich eingesunkener wird er vor dem ‚Herein'-Rufer stehen.

Ich hatte Kraft. Innerlich brannte ich aber. Diese Leute wollte ich nicht in meine Seele blicken lassen.

„Kommen Sie rein!", hörte ich nach einer Weile - und tat es nicht zögerlich.

Der Raum war sparsam eingerichtet: zwei Schreibtische, und zur Erinnerung, damit ja keiner vergisst, wer die Macht im Staate hatte, Honecker und Stoph, wieder feingerahmt, und in einem fast leeren Bücherschrank ein paar rot eingebundene Bücher, Klassenkampfliteratur. Und wie ich schon erwartet hatte: zwei Männer im Raum.

„Nehmse Platz da", sagte der eine in widerlichem Deutsch. Das war er, der Bezirksstaatsanwalt Heinrich Kadarschafka.

„Sie kommen wegen Ihrer Tochter?" Halb Frage, halb

Feststellung.
„Ja”, antwortete ich nur kurz.
„Ich werde Ihre Tochter wegen einer gemeinschaftlich begangenen Tat anklagen. Sie hat sich eines schweren Verbrechens schuldig gemacht. Sie wissen, was ich meine?” Lauernd sah er mich an.
„Nein”, gab ich zur Antwort.
Ungläubiges Erstaunen in seinem Gesicht. „Na dann eben noch mal zu Ihrem Verständnis: auf gemeinschaftlich geplante und auch durchgeführte Republikflucht kann ich die Höchststrafe von acht Jahren Gefängnis beantragen.”
„Wieso durchgeführte Republikflucht? Da sie ja vorher verhaftet wurde, kann es sich doch nur um einen Versuch gehandelt haben?”, wandte ich ein.
Ich merkte, dass er etwas die Fassung verlor, Widerspruch war er nicht gewöhnt. Ein Machtmensch eben.
„Ich mache es kurz, es liegt eine gemeinschaftlich geplante Republikflucht vor. Deshalb werde ich kompromisslos handeln! Ihre Tochter befindet sich jetzt in der Haftanstalt des Ministeriums für Staatssicherheit am Moritzplatz hier in Magdeburg. Sie erhalten von mir schriftlich Nachricht, wann sie ihre Tochter besuchen dürfen. Geben Sie sich aber keinen Illusionen hin. Ihre Tochter und deren Verlobter bekommen das, was eben Leute dieses Schlages verdient haben, die unser sozialistisches Vaterland auf diese Art und Weise verraten wollen.“
Jetzt sah auch sein Kumpan lauernd zu mir herüber. Ich sagte nichts.
„Ist noch was?”, fragte er höhnisch.
„Ja”, gab ich ruhig zur Antwort, „ich möchte Sie nur bitten, wenn Sie eine Strafe für meine Tochter und ihren Verlobten fordern, bedenken Sie auch Ursache und Wirkung. Das haben wir doch alle gelernt: alles in einem Zusammenhang zu sehen.”

Sein Gesicht lief rot an. Kein gutes Zeichen.
„Was denken Sie, wo Sie hier sind?”, bellte er scharf zurück.
„Die Ursache wird wohl das schlechte Elternhaus sein. Sie haben ihrer Tochter keine klassenmäßige Erziehung angedeihen lassen, haben schlichtweg versagt. Und sollte sich herausstellen, dass Sie oder Ihre Frau von der Flucht ihrer Tochter gewusst haben, dann sehen wir uns hier bald wieder, darauf können Sie sich verlassen! Sie können jetzt gehen”.
Wortlos erhob ich mich, und verließ den Raum. So, nun wollte mich auch der zweite Staatsbüttel wieder sehen. Man konnte nur schlecht deren Gesellschaft ausschlagen. Wenn nicht alles so beklemmend und traurig gewesen wäre - ich hätte glattweg darüber lachen können.
Und nun warteten wir sehnsüchtig jeden Tag auf die Briefträgerin, die uns die Besuchserlaubnis des Bezirksstaatsanwalts Heinrich Kadarschafka bringen sollte. Doch der hatte Zeit, so wie Zeit allgemein zum Druckmittel der Staatssicherheit und ihrer Helfer gehörte. Wie war das noch mit dem Warten?
Zwei Briefe hatten wir schon aus der Haftanstalt von unserer Tochter bekommen. Meine Frau las sie immer wieder. Sie weinte dabei. Ich als Mann wollte nicht weinen, aber in meinem Hals brannte es wie Feuer.
Zuerst tuschelten die Leute im Ort hinter vorgehaltener Hand über uns. Als es dann zur großen Hausdurchsuchung kam, klärten sich vollends die Fronten: grüßten die einen uns jetzt freundlicher als zuvor, sahen andere zur Seite.
„Geschieht denen recht”, wurde mir deren Meinung von den noch Grüßenden zugetragen. Doch die, die das sagten, wussten nicht was sie taten. Bewusst oder unbewusst waren sie zu willfährigen Helfern der Staatsmacht gewor-

den. Abhängigkeit und wie in einigen Fällen staatliche Bevorzugung brachten hier und da Speichellecker und Kriecher hervor. Eine teuflische ‚Arbeitsteilung'.
Heute aber steckte ein Schreiben von der Bezirksstaatsanwaltschaft im Postkasten: am kommenden Mittwoch sollten wir nun endlich unsere Tochter besuchen dürfen. Wie hatten wir diesen Tag herbeigesehnt. Doch insgeheim, jeder für sich, fürchteten wir uns auch davor.
Meine Frau backte Kuchen, stand im HO-Laden nach einigen der faserigen Kuba-Apfelsinen an, die zufällig hereingekommen waren, und eine ältere Nachbarin brachte eine Korb voll von diesen herrlichen frühreifen, dicken Bauernpflaumen angeschleppt. Die sollten wir unbedingt mitnehmen.
„Ich denke", meinte sie, „frisches Obst ist heute nicht mehr verboten. Ganz anders damals, als mein Mann 1949 in Bautzen sechs Jahre zubringen musste."
Wir wussten darauf nichts zu sagen und bedankten uns nur. Auch ein Paket Traubenzucker - „Macht gesund und hält fit", stand auf dem blässlichen Etikett zu lesen - packten wir zu den übrigen Sachen.
Der Tag war sehr warm. Eigentlich fuhren wir viel zu früh los. Bis 14 Uhr hätten wir gut und gerne mit unserem kleinen Plasteauto die dreifache Wegstrecke bis Magdeburg zurücklegen können. Wir hatten dennoch Angst, zu spät zu kommen. Je näher wir der Stadt kamen, umso einsilbiger wurden wir. Schließlich sagte keiner mehr etwas.
„Bitte, wie kommen wir zum Moritzplatz?", fragte ich in einer wenig belebten Straße eine Frau. Erschrocken riss die ihre Augen auf. Dann sah sie meine Frau und ihr Gesicht wurde freundlicher, ja fast sanft.
„Sie sind gleich da. Fahren Sie die Straße weiter, es ist nicht zu übersehen", antwortete sie leise und schien unse-

re Not erraten zu haben.
Es war wirklich nicht zu übersehen. Trotz des schönen Wetters begannen wir beide zu frösteln. Ein dunkelroter, um die Jahrhundertwende errichteter Backsteinbau, dessen Fenster vergittert und mit Glasbausteinen zugemauert worden waren, stand zwischen all den anderen Häusern wie ein drohendes Ungeheuer. Ein gewaltiges stählernes Tor, hellgrün gestrichen, verwehrte jeden Einblick. Ein großer freier Platz, der Moritzplatz, befand sich genau gegenüber. Die Planer unserer totalen Sicherheit verstanden ihr Handwerk, das musste man ihnen lassen. So wie die innerdeutsche Grenze, der ‚Antifaschistische Schutzwall' zur ‚imperialistischen BRD', mit wahrlich tödlicher Sicherheit für jedermann gezogen wurde, so hielt auch dieses Gefängnis allen strategisch-taktischen Sicherheitsanforderungen stand. Wer sich dieser Festung näherte oder sie gar erstürmen wollte, der musste einfach den Moritzplatz überwinden - und der bot ausgezeichnetes, freies Schussfeld.
Die spärlich angepflanzten Rosenrabatten verliefen längs zum Gefängnis hin, so dass man die Reihen immer einsehen konnte. Genau so war es landwirtschaftlichen Betrieben beim Anbau von Feldfrüchten in Grenznähe vorgeschrieben: keine hohen Getreidesorten, Kartoffeln nur in Längsreihen. Vom Wachturm musste jederzeit wahrgenommen werden können, ob sich jemand, in den Furchen auf dem Bauch kriechend, der Friedensgrenze näherte. Dort wie auch hier hatte man automatisch gesteuerte Suchscheinwerfer und Kameras angebracht. Hier aber waren sie gut sichtbar. Auch das hatte seinen Grund.
Wir setzten uns auf eine der wenigen Bänke. Auch hier fiel mir auf, dass sie ausnahmslos so standen, dass die Kameras jeden Besucher sofort erfassen konnten. Denn

nur Besucher konnten diese ‚Idylle' aufsuchen, wohl kaum ein Spaziergänger.
„Warum sagst du nichts", fragte meine Frau. Sie litt unsägliche Qualen. Ich spürte es. Du musst sie für diesen Besuch stark machen, dachte ich, auch Hass verleiht Stärke.
„Sag jetzt nichts, wir gehen noch eine Runde. Wir haben noch Zeit", und damit fasste ich sie an der Hand und zog sie mit mir fort. Nachdem wir weit genug gegangen waren, sagte ich zu ihr: „Sie beobachten uns. Wir gehen jetzt zurück zu unsrer Bank und wenn wir uns gesetzt haben, dann achte mal ganz unauffällig auf die länglichen schwarzen, fast runden Apparate, die an den Ecken neben den Scheinwerfern angebracht worden sind. Sie richten sich ständig, wie die Kameras, auf uns. Bestimmt sind das hochempfindliche Kameras und Abhörgeräte, die sie aus dem Westen haben. Also, wir tun so, als würden wir den Sonnenschein genießen."
Ich hatte richtig beobachtet. Meine Frau sah jetzt ebenfalls die schwarzen Geräte, die auf uns gerichtet waren. Wir ließen uns nichts anmerken, obwohl unsere Wut immer größer wurde.
„Und wenn wir zu unserer Tochter kommen, dann dürfen wir nicht weinen. Nicht vor denen! Versprich mir das."
Sie nickte nur.
„Es wird Zeit", sagte ich. Wir standen auf von unserer Bank und gingen auf das große, stählerne Tor zu. Die Kameras verfolgten uns, bis wir den winzigen Klingelknopf drückten. Man brauchte uns nicht nach unserem Begehr zu fragen, sie wussten, dass wir seit Stunden dort saßen und auf unseren Einlass warteten.
Ein Schnarren ertönte und eine kleine Tür im großen Stahltor öffnete sich. Beim Eintreten sahen wir keine Wachperson. Zaghaft gingen wir ein paar Schritte und

standen vor einer Gittertür. Noch immer sahen wir keine Wachperson. Wieder ein Schnarren, dann hatten wir endlich, nach zwei wehrhaften Türen und der sogenannten Schleuse, die Hauptwache erreicht.
Ein junger, milchbärtiger Mann in der Uniform der Nationalen Volksarmee saß in seinem kleinen Wachkabäuschen, streckte seine Hand aus einem kleinen Fensterchen und forderte wortlos unsere Ausweispapiere. Den Tagesgruß brauchte er nicht zu erwidern. Klassenfeinden, deren Kinder hier einsitzen, antwortet man nicht mit einem ‚Guten Tag'. Mit revolutionärer Wachsamkeit prüfte er unsere Ausweise und das Schreiben des Staatsanwaltes.
„Gehen Sie den Gang entlang!", wies er die Richtung. Mehr sagte er nicht. Mehr brauchte er auch nicht zu sagen.
Wieder ein Schnarren, die Tür öffnete sich, und dann tat sich uns ein Gang auf. Ein wirklicher Gang. Sehr eng, wir mussten hintereinander gehen. Auch taktisch gut durchdacht. Am Ende eine Tür. Sie öffnete sich nicht automatisch. ‚Nicht mit Herzschrittmacher passieren!' leuchtete es plötzlich darüber auf. Ein kurzer Moment für einen Besucher, der so ein Ding in seiner Brust trug. Noch konnte er umkehren. Lautlos öffnete sich auch diese Tür. Wir traten in einen Raum, der mit schmalen Stahlschränken und einem kleinen Tisch ausgestattet war. Ehe wir recht begriffen, wo wir uns hier befanden, trat plötzlich, ohne dass wir es bemerkt hatten, ein Uniformierter aus einer Seitentür heraus.
„Die Mitbringsel für Ihre Tochter legen sie hier auf den Tisch, ihre persönlichen Sachen legen Sie beide in diesen Schrank, schließen ihn ab und hängen den Schlüssel dort hin." Er zeigte auf ein kleines Schlüsselbrett.
„Ja was ist!", raunzte er ungeduldig, „wollen Sie nun Ihre Tochter besuchen oder nicht?" Erstaunt sah ich ihn

an. Woher sollten wir wissen, wie es in einem Gefängnis zur Besuchszeit so zuging? Schweigend legten wir unsere paar Kleinigkeiten in den zugewiesenen Schrank: die Handtasche meiner Frau, meine Fahrzeugpapiere, den Kamm und das kleine Taschenmesser.
Und während wir das taten, durchstöberte er die Dinge, die für unsere Tochter gedacht waren.
„Kern- und Steinobst ist verboten, also packen Sie den Krempel wieder ein!", und zeigte dabei auf die herrlich gelben, dicken Bauernpflaumen.
„Aha, ein Napfkuchen. Warum ausgerechnet ein Napfkuchen?", und dabei befummelte er ihn so, dass er total zerbröselte.
„Warum nicht?", antwortete mutig meine Frau.
Ohne darauf einzugehen sagte er nur: „Packen sie alles wieder ein und legen es zu den übrigen Sachen in Ihrem Schrank." Doch dann plötzlich fuhr er erstaunt auf: „Was ist denn das? Traubenzucker? Ja, sagen Sie mal, wollen Sie uns provozieren?" Wütend sah er uns beide an. Eigentlich hätte ich es wissen müssen, dass man so etwas nicht mit ins Gefängnis bringt. Aber wie Mütter eben mal so sind.
„Sie denken wohl, wir sind hier ein Sanatorium, ein Kurhaus, wo man den Genesenden allerhand gute Sachen zukommen lässt! Wir sorgen schon für die Genesung unserer Insassen, darauf können Sie sich verlassen."
Du lieber Himmel, auch hier wieder eine lächerlich groteske Situation. Traubenzucker, ausgerechnet Traubenzucken wollte meine Frau in diese Menschenverwahranstalt einschmuggeln. Schweigend packten wir alles zusammen und legten es zu unseren übrigen Sachen.
„Fertig?", fragte er ungeduldig.
Ich nickte nur. Er ging voraus. Wieder ein schmaler Gang und einige abzweigende Türen. Kein Tageslicht war aus-

zumachen. Verwirrend die wechselnden Richtungen, in die wir gingen. Er stieß eine Tür auf und forderte uns auf einzutreten.
„Das ist der Besucherraum. Sie nehmen hier und Sie dort Platz", und wies auf zwei Stühle, die an einem kleinen Tisch standen. Wir saßen uns somit gegenüber. „Wenn Ihre Tochter hereingebracht wird, keine Begrüßung durch Handschlag oder gar Umarmung. Kommen Sie nicht auf das Verbrechen Ihrer Tochter zu sprechen! Wenn doch, breche ich sofort die Veranstaltung ab, verstanden?"
„Wir haben verstanden, gut sogar", gab ich zur Antwort. Ich konnte es einfach nicht lassen. Wir setzten uns nun, beide gegenüber, an den kleinen Tisch. Veranstaltung sagte er zu der Besuchszeit. Dieser menschenverachtende Zynismus war kaum zu überbieten. Zu unserem Erstaunen verließ er den Raum. Schnell gab ich meiner Frau ein Zeichen, dass sie nichts sagen solle. Ich roch förmlich, dass man uns belauschte. Still saßen wir da und warteten. Irgendwo hörten wir elektrische Türöffner schnarren, Schritte, und immer wieder das Zuschlagen von schweren Türen.
Wie lange wir so schweigend dagesessen hatten, vermochte ich nicht zu sagen. Unsere Uhren lagen ja wohlverwahrt im Stahlschrank.
Plötzlich riss derselbe Mann, der uns in diesen Raum geleitet hatte, die Tür auf und fragte aufgebracht: „Na, Familie..., man hat sich wohl gar nichts zu sagen, was?"
Über so viel Dummheit war ich baff. Arroganz und Dummheit liegen immer dicht beieinander. Wenn sich aber beide vereinigen wird es gefährlich.
Genüsslich setzte er sich auf einen Stuhl und sagte nur: „Na dann wollen wir mal."
Die Tür ging wieder auf und nun stand sie vor uns, unsere Tochter. Blass, ihre schönen blonden Haare hin-

gen ungepflegt in Strähnen herunter, sie selbst steckte in einem viel zu großen Armee-Trainingsanzug. Meine Frau sprang auf und umarmte sie. Beide weinten. Jetzt war ich an der Reihe, sie zu begrüßen. Mein Hals war wie zugeschnürt, er brannte wie Feuer. Ich sah kurz zur Seite. Unser Aufpasser genoss die Szene. Mit verschränkten Armen saß er auf seinem Stuhl und verzog sein Gesicht zu einem spöttischen Grinsen.
„Nicht hier, vor denen weinen wir nicht”, sagte ich laut zu ihr und nahm sie in den Arm. Ja, was sollten wir sagen oder gar fragen? Wie geht es dir? Gut, müsste sie dann antworten. Wie lange bist du schon hier? Ihr Blick würde dann zum Aufpasser gehen, der den soeben erst begonnenen Besuch dann hätte abbrechen können. Auch sie war belehrt worden, was sie zu antworten hatte.
Es war ein perfides Spiel, das hier abging. Dabei gab es doch so unendlich viel zu erzählen oder zu berichten. Nachdem wir vorschriftsmäßige Belanglosigkeiten ausgetauscht hatten, fassten wir drei Tritt und begannen, den Lauscher einfach nicht mehr zu beachten. Er war uns nichts wert.
„Du wirst sehen, du kommst hier schneller raus, als du denkst”, begann ich ihr Mut zu machen. Der Lauscher räusperte sich. Sollte ich es ihr sagen, dass die Botschaften in Prag und Budapest überquollen? Dass sich immer mehr Menschen unseres Landes auf den Weg machten und in die benachbarten ‚sozialistischen Bruderländer’ fuhren? Dass sich immer mehr Menschen Montags in den Kirchen unseres Landes versammelten, um ihren Unwillen gegen die Regierung zu zeigen, die sie angeblich mit 99,97% gewählt hatten?
„Bekommst du Bücher, darfst du lesen?”. fragte ich.
„Ja.”
„Kannst du wählen, was du lesen möchtest?”

Auffälliges Räuspern aus der Ecke.
„Was eben so da ist", antwortete sie ausweichend.
„Versuche, von Rosa Luxemburg ‚Briefe aus dem Gefängnis' zu bekommen", riet ich, „ist ja erst kürzlich beim SED-Verlag Dietz verlegt worden", und dabei sah ich den Lauscher an. Der verzog keine Miene.
„Soeben ist es von meiner Wunschliste gestrichen worden", antwortete lächelnd unsere Tochter und wir freuten uns, dass sie wieder Mut gefasst hatte.
„Genau so machen wir es, nur so, Kleines", sagte ich und lächelte ebenfalls dabei, obwohl ich laut hätte aufschreien können.
„Die Zeit ist um, kommen Sie zum Ende!"
„Wir schaffen es, glaub es mir!" Meine Frau fasste sie dabei an beiden Händen. Sie weinte nicht. Ihre Wut auf das System verdrängte ihre Tränen.
Unser Begleiter öffnete jetzt einen Spalt breit die Tür und rief laut in den Gang: „Achtung, Zellenüberführung!" Es dauerte nur wenige Sekunden, dann wurde es totenstill auf den Gängen. Überstürzt verabschiedeten wir uns. Ihr Begleiter hatte es plötzlich sehr eilig. Ich erriet sofort, was es mit der Zellenüberführung auf sich hatte.
Meine Tochter bestätigte es mir später. Ein Inhaftierter dieser Haftanstalt des Staatssicherheitsdienstes hatte nur seine Zellengenossen, wenn er denn überhaupt welche hatte und nicht über Jahre in Einzelhaft saß, seinen persönlichen Vernehmer und eventuell noch den diensthabenden Schließer zu kennen. Keinen weiter! Zukunftsorientiert, wie sich später herausstellte.
Still, auch etwas von der ungewöhnlichen Situation gezeichnet, nahmen wir wieder unsere persönlichen Gegenstände an uns, gingen die verwinkelten und engen Gänge zurück, passierten die Herzschrittmacherschleuse und waren eben im Begriff, die paar Stufen zur Hauptwa-

che hoch zu gehen, als uns ein Uniformierter im Range eines Hauptmannes ansprach.
„Ich glaube, Sie haben einen schwerwiegenden Fehler begangen", meinte er, „diese Mutzusprache war völlig unangebracht. Wir haben da unsere Gesetze und die halten wir strikt ein."
„Das glaube ich Ihnen aufs Wort", gab ich grimmig zurück, „aber haben wir es nicht gelernt, dass alle gesellschaftspolitischen Veränderungen aus dem Osten kommen? Auch dieses Mal ist es so, Sie haben es nur noch nicht bemerkt."
Wir ließen ihn stehen, passierten das kleine Türchen im großen stählernen Tor und waren wieder auf dem Moritzplatz. Kräftig und für uns wohltuend schien die Sonne. Wir setzten uns in unser kleines Auto und endlich wich alle Anspannung von uns. Meine Frau begann hemmungslos zu weinen und ich wusste nichts weiter zu tun, als den Motor zu starten und kräftig Gas zu geben, so dass er kläglich aufheulte.
Die politischen Ereignisse überschlugen sich. Unsere Tochter kam nach gut fünf Monaten ohne eine Verurteilung frei. Wie müssen erst die vielen anderen gelitten haben, die jahrelang dort einsaßen?
Dem Wunsch der Volkspolizisten des Kreisamtes und des Bezirksstaatsanwaltes Heinrich Kadarschafka, die mich wegen angeblicher Mitwisserschaft gerne wiedersehen wollten, konnte ich nun nicht mehr nachkommen. Ich hatte also auch Glück.
Großes Glück hatten auch die oben Genannten. Die Volkspolizisten des Kreisamtes sind ausnahmslos vom neuen Dienstherren übernommen worden. Sie hatten doch nur Befehle ausgeführt, mehr nicht. Der Staatsanwalt und viele seiner Genossen sind von dem Vorwurf der Rechtsbeugung freigesprochen worden und arbeiten

heute als Rechtsanwalt oder Berater in der freien Wirtschaft. Nach geltendem DDR-Recht hatten sie sich nichts zu Schulden kommen lassen. Und der Vernehmer und mit ihm viele Tausende seiner Kumpane - wenn sie nicht vom ehemaligen Klassenfeind übernommen wurden - wird irgendwo in unserem schönen Land untergetaucht sein oder hat eine private Sicherheitsfirma gegründet. Viele seiner Kumpane retteten sich so in die von ihnen zuvor verteufelte Demokratie. Immerhin ist der Wunsch nach Sicherheit heute wieder sehr groß. Und Erfahrung bringen diese Leute auch noch mit. Wer will sie heute noch belangen? Cui bono?, fragt der Lateiner.

Von den Auswirkungen der ersten gesellschaftlichen Arbeitsteilung

Nach übereinstimmender Meinung internationaler Forscher der menschlichen Frühgeschichte soll sich, lange vor der Eiszeit, bei unseren schon aufrecht gehenden aber noch stark behaarten Vorfahren folgendes abgespielt haben.

Wegen eines der grundlegendsten Bedürfnisse, nämlich des lieben Essens wegen, lieferten sie sich untereinander fast täglich mit Steinkeulen und anderen schrecklichen Waffen kleine und große Scharmützel. Hatten die einen ständiges Jagdglück und erlegten Auerochsen und anderes schmackhaftes Wildbret am laufenden Band, fanden ihre Nachbarn nicht die Spur eines mickrigen Feldhasens, geschweige die eines anderen essbaren Stückes Wild. Kaute die eine Sippe wochenlang verdrießlich auf einem erlegten Wildeber herum, hätte die andere auch gerne einmal etwas mehr Abwechslung in ihrer Kost gehabt als ewig nur die faden und blässlichen Erdknollen und Wurzeln.

Somit waren die Essgewohnheiten lange Zeit unterschiedlich Argwöhnisch schielte jeder in des anderen Höhle, wo auf den Steintischen hier Fleisch und dort Beeren, Knollen und Wildfrüchte lagen. Die Kinder greinten am meisten und einigen Alten fielen wegen der einseitigen Kost die Zähne aus. Allmählich wurden die Zustände so unerträglich, dass man beschloss Abhilfe zu schaffen. Man legte Steinaxt und Keule beiseite und setzte sich, ohne große Vorreden mit den anderen Sippen, an ein wärmendes Feuer und beriet den Fall.

Und genau von diesem Zeitpunkt an war Schluss mit dem urmenschlichen Einheitsessen. Eine historische Wende trat ein. Man beschloss nämlich, dass je nach Fähigkeiten der einzelnen Großfamilien und Sippen die einen nur noch zur Jagd gehen sollten, wogegen die anderen aufgrund ihrer Kenntnisse, ob essbar oder nicht, nur noch Früchte, Beeren, Knollen und Kräuter zu sammeln hätten. Die Produkte sollten dann untereinander zu einem verträglichen Kurs getauscht werden. Und damit war die erste Arbeitsteilung in der noch jungen Menschheitsgeschichte vollbracht.

Von nun an gab es Jäger und Sammler. Keiner musste mehr wochenlang auf zähem Mammutfleisch herumkauen oder nur trockene Früchte und anderes Grünzeug essen. Beide Gruppen aßen jetzt Hirschkeulen mit Preiselbeeren oder Säbelzahntigerlende mit gerösteten Zwiebeln. Zum Dessert gab es einen süßen, vitaminreichen Wildapfel.

Genau genommen war diese historische Arbeitsteilung auch die Garantie dafür, dass sich unsere Vorfahren so üppig vermehren konnten. Niemand starb mehr an Vitaminmangel oder Unterernährung und in Notzeiten sorgten vor allem die Sammler dafür, dass immer ausreichend Nahrung vorhanden war. Diese Sammelleidenschaft hat sich bis in unsere heutige Zeit erhalten, wurde sogar noch ausgebaut. Nicht nur bei Hungersnöten, auch bei politischen oder wirtschaftlichen Ereignissen wie Krisen oder Kriegen, war der Sammler dem Jäger immer eine Nasenlänge voraus. Nur Sammler aller Art und Waren sind gegen politische und wirtschaftliche Turbulenzen gefeit. Manchmal verdanken sie dieser Leidenschaft sogar ihr Leben.

Meine Großeltern waren eine besondere Spezies dieser urgeschichtlichen Arbeitsteilung. Als Kind war ich oft bei ihnen und lauschte gerne ihren alten Geschichten, da beide trefflich zu erzählen wussten. Wer erzählt Kindern heute noch Geschichten?

Mein Großvater stammte aus dem Ostpreußischen. Auf

einem weltberühmten Gestüt züchtete er edle Pferde, die dazumal den gleichen hohen Stellenwert besaßen wie heute ein Auto mit blitzendem Stern auf dem Kühler. Ein Herr von Knesebeck aus dem märkischen Ruppiner Land heuerte meinen Großvater wegen seiner Pferdekenntnisse kurzerhand an, der dessen Leibkutscher wurde. Und just zur gleichen Zeit war meine Großmutter in selbigem herrschaftlichen Schloss als Mamsell in Stellung - so die frühere Berufsbezeichnung für eine Bedien- und Küchenkraft. Bei beiden, so gestanden sie, war es Liebe auf den ersten Blick. Sie wurden sehr alt und ich kann mich nicht erinnern, dass jemals ein böses Wort zwischen ihnen gefallen wäre. Liebe in Not- oder in schlechteren Zeiten scheint mehr Bestand zu haben als in Zeiten des Überflusses.

Großvater hatte noch im hohen Alter eine tadellose Körperhaltung. Das verdanke er dem Neuruppiner Kürassierregiment, wo man den jungen Rekruten, in seinen Worten: Manneszucht und Ordnung beigebracht hatte.

Großmutter war eine ausgezeichnete Hausfrau und Köchin. Und in weiterer Auslegung der frühgesellschaftlichen Arbeitsteilung war sie eben auch eine Sammlerin, natürlich im fortgeschrittenen Stadium. Großmutter hob auf und legte zurück, was die Zeit gerade so hervorgebracht hatte und sie entbehren konnte.

„Wer aufhebt, der hat was", sagte sie immer und ihre Schränke und Truhen quollen über von Stoffresten und anderem Hausfrauenkram, wie Großvater mit einem lustigen Augenzwinkern zu ihren Sammelutensilien sagte.

Großvater war Kaisertreuer. Zu Kaisers Geburtstag hängte er seinerzeit immer eine schwarz-weiß-rote Fahne aus dem kleinen Dachfenster seines Hauses heraus. Nachdem der erste große Krieg verloren war kehrte Großvater mit einer Verwundung heim und die Kaiserfahne verschwand

erst einmal in Großmutters Wäschetruhe.
Auf dem Gutshof tauchten plötzlich Männer mit Gewehren und roten Armbinden auf. „Rot Front!", riefen sie, „jetzt ist es vorbei mit der Knechtschaft und Kaisertreue, jetzt werden wir, das Proletariat, die Macht ausüben!"
Großvater ließ sie reden. Dann aber, gelassen wie es eben nur Ostpreußen sein können, gab er spöttisch zurück: „Warten wir's ab, meijne Herrchens."
Und wirklich, die Männer mit den roten Armbinden kamen nicht wieder und Großmutter freute sich, dass sie die Fahne vom Kaiserreich nicht aufgetrennt und anderweitig verwendet hatte.
Nach einigen wirren politischen Jahren kamen nun Leute an die Macht, die Deutschland und die Welt von Grund auf verändern wollten. Großvater aber mochte sie nicht. Deren Töne waren ihm einfach zu laut.
„Jetzt sind wir an der Macht, jetzt geht's anders lang! Tausend Jahre werden wir regieren!", brüllten sie ihn an, als er nicht schnell genug seinen, im ersten schrecklichen Weltkrieg zerschossenen Arm in die Höhe gerissen hatte.
„Warten wir's ab, meijne Herrchens", sagte daraufhin Großvater mutig zu ihnen in seinem ostpreußischen Dialekt. Und sie lachten den alten Mann aus. Großmutter hatte derweil die alte Kaiserfahne hervorgekramt und den unteren roten Streifen abgetrennt. Den wollte sie schnell zur Besänftigung der braununiformierten tausendjährigen Herrscher aus dem Häuschen hängen.
„Frau, du bringst uns beide auf unsere alten Tage noch ins Zuchthaus", brummte Großvater, als er den roten Fahnenrest sah.
„Ach was, rot ist rot!", wehrte sich Großmutter. Es nutze aber nichts, es fehlte der kleine Unterschied. Der Ortsbauernführer half aus, von ihm bekam Großvater nun die

richtige rote Fahne ausgehändigt. Diese hatte in der Mitte einen kreisrunden weißen Fleck, auf dem ein drohendes schwarzes, hakiges Kreuz zu sehen war. Großvater fand, der Kaiseradler sah besser aus.
Schlimme Zeiten kamen ins Land - es gab Krieg. Und Großmutter sammelte zusammen, was die Not lindern half.
Zwölf anstatt tausend Jahre regierte der stummelbärtige Wahnsinnige dann mit seinen vielen Helfern, die unendliches Leid über die Menschheit brachten. Herr von Knesebecks Sohn war, so hieß es, in treuer Pflichterfüllung als junger Leutnant für ‚Führer, Volk und Vaterland' in Russland gefallen.
Traurig suchte Großmutter in ihrer alten Truhe nach dem schwarz-weißen Rest der Kaiserfahne und schnitt den schwarzen Streifen heraus. Diesen band sie geschickt in das Grabgebinde ein, welches für den Sohn der Knesebecks bestimmt war. Großmutter war stolz, dass ihr ehrlicher Trauerbeweis auch der gnädigen Frau gefiel.
Und dann war alles vorbei. Soldaten in langen Mänteln und einem roten Stern an ihrer Mütze marschierten jetzt als Sieger auch in den kleinen märkischen Ort meiner Großeltern ein. Zuvor aber holte Großmutter schnell den kläglichen weißen Rest der Kaiserfahne aus ihrer Truhe, den Großvater, für die Sieger gut sichtbar, aus der oberen Dachluke ihres kleinen Häuschens hängte. So rettete Großmutters Sammelleidenschaft das kleine Anwesen vor der Zerstörung durch die heranrückenden Sieger.
Wie überall und sich immer wiederholend, biederten sich auch diesmal Speichellecker und Wendekarrieristen den Siegern an und buhlten geschickt um deren Gunst. Es sollte ihnen auch gelingen, sie kamen an die Macht. Und wie all jene, die zuvor schon zu Großvater gekommen waren, kamen auch deren Parteisoldaten.

Triumphierend verkündeten sie lautstark: „Nun sind wir an der Macht, alter Mann! Jetzt geht's anders lang. Wir befreien das geknechtete Weltproletariat von Ausbeutung und Unterdrückung!"

Großvater zog derweil an seiner Stummelpfeife, paffte ein Wölkchen in die Luft und blinzelte dabei die Vertreter der neuen Macht listig an: „Warten wir's ab, meijne Herrchens", erwiderte er ihnen lächelnd in seiner ostpreußischen Mundart und tat so, als könne ihn nichts mehr erschüttern.

Großmutter aber war heilfroh, dass sie entgegen Großvaters ausdrücklicher Weisung die nun ausgediente Fahne der letzten braunen Machthaber aufgehoben hatte. Hurtig trennte sie den weißen Kreis mit dem schwarzen, hakigen Kreuz aus der Mitte heraus und gedachte, das nun fertige Banner des Weltproletariats am Tag des Kriegsendes aus dem Fenster zu hängen.

„Frau, du bringst uns beide auf unsere alten Tage wirklich noch ins Zuchthaus oder nach Sibirien!", räsonierte Großvater erschrocken, als er den roten Stofffetzen mit dem kreisrunden Loch sah.

„Ach was, rot ist rot!", trotze Großmutter und verstand die Welt nicht mehr.

Schien sich denn alles zu wiederholen?

Aus Erfahrung wusste Großvater nur allzu gut, dass Sieger oder neue Machthaber nicht mit sich spaßen ließen, wenn man deren Zeichen oder Fahnen verunstaltete oder gar missachtete. Zeigte doch das herausgeschnittene, kreisrunde Loch jedermann gut sichtbar an, dass der Eigentümer in der Vergangenheit nicht gerade mit dem revolutionären Weltproletariat sympathisiert hatte, wenngleich sich die Partei der alten Fahne auch ‚sozialistisch' nannte.

Großmutters Fahnen- und Sammeleifer zahlte sich auch

diesmal aus.
„Frau, sieh nach in deiner Truhe", schlug Großvater vor, „bestimmt hast du den roten Restfetzen von der alten Kaiserfahne aufgehoben."
Großmutter huschte zur Truhe und siehe da, freudig förderte sie den Rest vom Kaiserreich zutage, den sie dort seit Jahren, fein säuberlich zusammengelegt, aufgehoben hatte.
Mit ihren schon etwas steifen Fingern begann sie nun, die Fahne des ‚Tausendjährigen Reiches' mit dem Rest der Kaiserfahne auszuflicken. Und so entstand die hauseigene Fahne des Weltproletariats.
Ich war sehr traurig, als beide - wie verabredet - kurz hintereinander starben.
Zur Wendezeit erinnerten mich die vielen enthusiastischen Fahnenschwenker mit ihren schwarz-rot-goldenen Lochfahnen an die beiden Alten.
Hätte der Schöpfer beiden das ewige Leben geschenkt, hätte Großmutter bestimmt noch so allerhand zu tun bekommen - ich meine der Fahnen wegen. Und was Großvater zu den nächsten Vertretern einer neuen Macht sagen würde, kann ich mir auch denken.

Von den Beziehungen

Fast unbemerkt vom Normalbürger verstarb 1992 der britische Historiker und Wirtschaftswissenschaftler Professor Cyril Northcote Parkinson im hohen Alter von 83 Lebensjahren. Nicht zu verwechseln mit dem Mediziner Parkinson, der die nach ihm benannte Krankheit entdeckt und erforscht hatte.

Cyril Northcote Parkinson war nicht nur Wissenschaftler, sondern auch Bestseller-Autor und Verfasser von gut neunzig Büchern. Noch mehr aber machten ihn seine wissenschaftlichen Untersuchungen zum aufgeblähten Verwaltungs- und Beamtenapparat berühmt - ein Problem nicht nur seines Landes. Somit war schon begründet, dass er von dieser Berufsgruppe nicht sonderlich geliebt wurde.

Sein Feldzug gegen die Bürokraten und Verwaltungsbeamten begann rein zufällig. Eines schönen Tages spazierte er am Themse-Kai seiner Stadt entlang und sah dort eine stattliche Anzahl von Kriegsschiffen fest vertäut vor sich hindümpeln. Aus Laune und Neugier begann er sie zu zählen und hörte erst nach vielen Monaten auf, als er meinte, sie alle halbwegs erfasst zu haben. Der Zufall wollte es, dass kurz nach seiner Zählung ein umfangreiches Abrüstungsprogramm weltweit in Kraft tat, von dem auch die Flotte seines Landes nicht verschont bleiben sollte.

Sein Zähleifer wurde danach wieder geweckt und er begann, soweit es ihm möglich war, alle diese stählernen Kampfungetüme von vorne zu zählen. Das Ergebnis war erfreulich. Die Flotte seiner Majestät hatte sich erheblich verkleinert. Doch zu seinem Erstaunen sah er noch viele hohe Seeoffiziere und Admirale umherlaufen. Wie konnte das sein? Kurzerhand beschloss er auch diese Herren zu

zählen, natürlich nur soweit es ihm möglich war. Dennoch, das Ergebnis war mehr als verblüffend. Die Kriegsschiffe seines Landes wurden immer weniger, nicht aber die Zahl der Admirale, diese erhöhte sich sogar. Sein Drang, dieses Phänomen wissenschaftlich zu untersuchen, endete in einer erstaunlichen Entdeckung. Meiner Meinung nach sollte man diese gleich hinter Kolumbus und Albert Einstein einordnen.
Parkinson entdeckte nämlich gesetzmäßige Zusammenhänge zwischen Bürokratismus und dem aufgeblähten Beamtenapparat. Er formulierte seine Gesetze so:

1. In jeder Organisation vermehrt sich die Zahl der Mitarbeiter, unabhängig davon, ob auch die Arbeit mehr geworden ist.

2. Arbeit ist wie Gummi dehnbar. Sie füllt immer die Zeit, die zur Verfügung steht.

Er untermauerte also die Tatsache, dass wenn Menschen beschäftigt sind dies nicht beweist, dass sie auch irgend etwas Sinnvolles zu tun haben.
Parkinson gab zu, diese Gesetze mehr oder weniger durch Zufall entdeckt zu haben. So waren sie nicht nur ein wichtiges Nebenprodukt seiner wissenschaftlichen Forschungen, sondern auch seiner Neugier.
Ich komme einfach von dem Gedanken nicht los, ebenfalls ein Zufallsprodukt meiner Neugier zu entdecken, denn neugierig bin ich gewaltig.
In der Vergangenheit, als mein kleines Land daran ging eine klassenlose Gesellschaft aufzubauen, konnte das für einen Neugierigen und Fragensteller, wie ich es einer bin, saugefährlich sein. Heute, wo ich den Status eines Rentners habe und die freie - nicht wie einstmals propa-

giert: die soziale - Marktwirtschaft den Ton angibt, kann ich meiner Neugier erlauben Fragen zu stellen und auch zu meckern. Mein Alter macht mich frei. Ich habe keinen Chef mehr über mir und muss mich nicht ducken.
Angetrieben von den vielen Arbeitslosen, Sozialhilfeempfängern und Tafelessern in meinem Land und den jetzt zusätzlich noch unkontrolliert hereinwalzenden Asylsuchenden wird meine Neugierde besonders angestachelt und ich frage mich, ob ich nicht ebenso wie Parkinson ein bahnbrechendes Gesetz entdecke, das alles erklärt und von dem man später sagen wird: seht ihr, so schafften wir das! Wenn nicht, sind andere daran schuld.
Natürlich bin ich kein Wissenschaftler, aber immerhin blicke ich als älterer Mensch, so wie alle Wissenschaftler auch, auf einen reichen Erfahrungsschatz zurück. Und Erfahrungen waren schon immer die Basis von umwälzenden Erkenntnissen, die dann in Erfindungen mündeten.
Ich konzentriere mich mal nur auf die vielen Arbeitslosen und Hartz IV-Empfänger in meinem Land und verlasse mich bei deren Zahl nicht auf die Statistik. Statistiken haben schon immer gelogen, sie sind regierungsgenehm geschönt.
Sie drängeln und schieben sich jeden Tag durch die langen Flure der unzähligen Arbeits- und Sozialämter (Arbeitsämter heißen jetzt verharmlosend Jobcenter) und warten vergebens, dass sie von dem aufgeblähten Mitarbeiterstab eine halbwegs annehmbare Tätigkeit zugewiesen bekommen. Mit einer festen Arbeitsanstellung rechnet sowieso keiner mehr von ihnen.
Damals, nach der politischen Wende in meinem Land, blieb dem Beobachter - vorausgesetzt er hatte gute Ohren - nicht verborgen, dass beim mehrmaligen Auftauchen einiger Mitarbeiter dieses Hauses auf den langen Fluren

(dort tauchen sie auch heute noch regelmäßig mehrmals auf, um einen Blutstau vom langen Sitzen in ihren Beinen zu vermeiden), abfälliges Gemurmel aus den Reihen der Wartenden zu hören war.
„Da haben wir's wieder, Beziehungen muss man haben!", wetterten einige hier und da schon etwas lauter, wenn sie einen ehemaligen Partei- oder Staatsfunktionär in einem der vielen Büroräume hinter den Schreibtischen ausgemacht hatten. Die Unzufriedenen sprachen dann immer wieder von ‚Beziehungen'. Derjenige aber, der plötzlich nicht mehr viele Stunden mit Warten auf diesem Amt verbringen musste und irgendwo eine Arbeit gefunden hatte, sprach von ‚Glück gehabt'.
Damals bin ich neugierig geworden. Warum sprachen die einen von ‚Beziehungen' und die anderen von ‚Glück gehabt'?
Gibt es da etwa noch nicht geklärte gesellschaftspolitische Zusammenhänge, die ich als Gesetz erklären könnte?
Ich begann meine Untersuchungen mit denen, die von ‚Glück gehabt' redeten. Augenfällig war, dass die meisten von ihnen der sogenannten Unterschicht angehörten, also sogenannte kleine Leute waren und diejenigen, die schon immer die Last des Staates zu tragen hatten.
Mein alter Kollege Adolf, der schon viele Jahre tot ist und den ich heimlich verehrte, weil er in seinem Leben viel erlebt hatte, sprach nie von Beziehungen. Er hatte einfach, so bekundete er es oft, eben nur ‚Glück gehabt'. Manchmal sagte er auch ‚Schwein gehabt', wenn er seine Kriegserlebnisse von Kreta oder Nordafrika schilderte. Er hätte nur überlebt, meinte er, weil er ‚Afrika-Kämpfer' war und nicht ins kalte Russland musste. Abfällig sprach er in diesem Zusammenhang dann immer von seinem Nachbarn. Dieser war der Sohn des Kreisleiters der NSDAP und immer UK (unabkömmlich) gestellt.

Er hatte Beziehungen. Im Gegensatz zu Adolf, der auch wegen seines Vornamens keine Vergünstigungen hatte und sofort als KV (kriegsverwendungsfähig) gemustert wurde.
Adolf sprach auch von ‚Glück gehabt', wenn im ersten Nachkriegswinter zufällig ein Güterzug mit Kohlen vor der Stadt auf seine Einfahrt wartete. Mit einem großen Sack schlich er sich zum Bahngleis und klaute Kohlen, was das Zeug hielt.
Sein Nachbar hingegen, der Sohn des ehemaligen Kreisleiters, hatte schon wieder Beziehungen. Er war nämlich schnell in die neue Partei eingetreten, die sich auch sozialistisch nannte, und der russische Stadtkommandant dankte ihm diese Zusammenarbeit mit einer Wagenladung Kohlen, die er direkt vor der Haustür des neuen Parteimitgliedes abkippen ließ.
Ich stelle fest, dass ‚Glück gehabt' und ‚Beziehungen' in keinem Verhältnis zueinander stehen. Somit ist es also für den Normalbürger oder Mann der Unterschicht unmöglich, für sein ‚Glück gehabt' eine Gesetzmäßigkeit zu entdecken. Für Glück gibt es eben kein Gesetz. Es schlägt unerwartet zu und es soll außerdem schon vorgekommen sein, dass Bezieher von Beziehungen zusätzlich noch Glück gehabt haben. Schade, ich hätte so gerne den Leuten ohne Beziehungen mit Hilfe des von mir möglicherweise entdeckten Gesetzes zu ein klein wenig mehr Glück verholfen.
Ganz anders sieht es mit den ‚Beziehungen' selbst aus. Beziehungen haben in der Regel immer etwas Anrüchiges an sich. Man kauft oder erwirbt nicht, man bezieht etwas von einem anderen. Dieses Etwas, welches man von der Bezugsperson bezieht, ist immer ein rares Ding, Es kann verschiedenartiger Natur sein. Die einen hätten es gerne mehr ideellerer Art, die anderen bevorzugen

es mehr handlicher. Beziehungen können nicht nur das halbe Leben sein, wie man so schön sagt, sondern hier und da auch das ganze. So gesehen sind Beziehungen schon so alt wie die Menschheit selbst, sind sie doch von ihr hervorgebracht und weiterentwickelt worden. Mehr noch, die ganze Welt besteht aus Beziehungen. Kaiser, Könige, Präsidenten, Politiker, Abgeordnete, Konzernchefs, Geschäftemacher aller Art, Künstler und hier und da auch Sportler wären ohne Beziehungen nie in den Genuss ihrer lukrativen Ämter oder ihrer finanziellen Vergütungen gekommen. Wem wundert's also, dass geradezu alle nach Beziehungen lechzen.

Natürlich hat jedes Gesellschaftssystem so seine eigenen ‚Beziehungsfeinheiten'. Der gewesene Sozialismus in meinem ehemaligen Land machte da keine Ausnahme. Im Gegenteil, in diktatorisch regierten Ländern treiben die Beziehungen oftmals die tollsten Blüten.

Vom Gesetz her hatte meine ehemalige Volksregierung Beziehungen aller Art strengstens verboten. Aber wie das eben mal so ist mit den Verboten - will man alle Versprechungen einhalten, die man großmäulig dem Volk gemacht hat, muss man wohl oder übel die Leine etwas locker lassen, damit sich die Untertanen mit Hilfe von Beziehungen ihre kleinen, bescheidenen Wünsche erfüllen können. Schnell ging da eine Botschaft von Mund zu Mund, natürlich auch unter den Funktionären und staatlichen Würdenträgern, die da lautete: Beziehungen im Sozialismus sind sehr zum Vorteil und wer keine hat ist selbst daran schuld.

Doch eine Frage stellte sich sofort: Wer ist die ‚Beziehung' in einer angeblich klassenlosen Gesellschaft, wo alle gleich arm oder gleich reich sein sollten? Der Ratschlag von den Beziehungen war somit eindeutig sozialismusfeindlich und die wohl gemeinten Beziehungen,

die man knüpfen sollte, hätten unter Strafe stehen müssen. Warum also duldete man diese Redensart in meinem gewesenen ,Arbeiter- und Bauernstaat'?
Die Antwort gab das System selbst mit seiner maroden Wirtschaft. In ihr war die Partei die führende Kraft, sie hatte immer recht! Sie war weise, so sagte Stalin, und übte als führende Kraft auch die Macht aus. Man stellte schon was dar, wenn man ihr angehörte, und bei nicht wenigen öffneten sich wie von selbst kleine Türen und große Tore. Beziehungen und Partei bildeten sozusagen eine Einheit - auch heute noch! Alle wussten es, keiner protestierte, wie schon einmal in Deutschland.
Die ,Beziehungspartei' fand immer mehr Anhänger - besser: Interessenten - wurde somit immer größer, blähte sich mehr und mehr auf, und es kam wie es nach einem einfachen physikalischen Gesetz kommen musste: sie platzte.
Die Bezieher hatten es übertrieben, es gab nichts mehr zu beziehen, mein ehemaliger Staat brach fast lautlos in sich zusammen. Wir haben unheimliches Schwein gehabt. Es hätte auch mit einem großen Knall enden können. Aber auch das kannten wir ja.
Nun denke aber mal keiner, die Bezieher und ihr System wären mit der ehemaligen DDR auch geplatzt, hätten sich in Luft aufgelöst - das wäre gegen das ,Beziehungsgesetz' gewesen, welches ich entdeckt habe.
Leider betrifft es nicht den kleinen Mann und Bürger, dem ich so gerne zu mehr ,Glück gehabt' verholfen hätte. Ich werde aber mit meinen bescheidenen Mitteln nicht locker lassen, dass er irgendwann doch noch zu seinem ,Glück gehabt' kommt.
Resultierend aus all den aufgeführten Tatsachen ergeben sich nun Beziehungsgesetze, die unumstößlich sind:

1. Beziehungen sind, unabhängig von der Gesellschaftsform, überall anwendbar.

2. Beziehungen sind standesgebunden. Sie betreffen nie die Interessen des kleinen Mannes.

3. Das Beziehungsgesetz sagt aus: wer mich anwendet, dem wird Erfolg gegeben.

Eine Krankheit geht um in Europa - die Krankheit der Beziehungen.

Gesunde Menschen aller Länder vereinigt euch!

Das Haus

Von Berlin kommend, schlängelt sich die alte Reichsstraße durch die weiten Kiefernwälder der Schorfheide, um dann weiter in Richtung Norden die hügelige Landschaft der Uckermark zu durchqueren. Einst war sie nur ein halbwegs befestigter Handelsweg mit Tücken und Beschwernissen, den sogar die Truppen Napoleons benutzt hatten, um nach Einnahme Berlins schnell weiter nach Stralsund vorzustoßen. Den Krieg, den sie für ihren Kaiser auf dieser und auch auf anderen Straßen und Wegen weit ins östliche Europa trugen, endete bei klirrender Winterkälte im fernen, brennenden Moskau. Geschlagen und entkräftet zog die einstmals so stolze und auch sieggewohnte Armee den gleichen Weg zurück und unzählige ihrer Soldaten fanden dabei den Tod.
Viele Jahrzehnte gingen danach ins Land und große Veränderungen hielten Einzug in Deutschland und Europa. Große Entdeckungen läuteten ein neues Zeitalter ein: Die Kunst gelangte zu hoher Blüte, Ärzte und Wissenschaftler erkannten die Ursachen der Tuberkulose oder des Kindbettfiebers, die Eisenbahn, als neues Verkehrsmittel, machte das Reisen schneller und bequemer, der Schwede Alfred Nobel erfand das Dynamit, der Deutsch-Französische Krieg endete im Spiegelsaal zu Versailles mit der Kaiserkrönung Wilhelm I., der deutsche Gottlieb Daimler machte die ersten Fahrversuche mit einem Kraftwagen - und das Maschinengewehr wurde ebenfalls erfunden. Alles veränderte sich, so auch der alte Handelsweg. Verbreitert und befestigt zu einer Straße, war diese nun auch den neuen Verkehrsmitteln gewachsen. Und mit dem Alter wurde die Straße auch immer schöner. Zu beiden Seiten hatte man sie mit Sommerlinden bepflanzt, die ungestört zu prächtigen Bäumen heran wuchsen.

Schließlich überwölbten ihre weit ausladenden Äste die Straße so, als wollten sie sie beschützen. Wer heute die alte Straße benutzt, meint er durchfahre einen unendlich langen und grünen Dom. Blühen die Linden, ist die Luft von einem angenehmen Duft erfüllt, der Bienen, Hummeln und anders Getier anlockt, deren Gesumme einem leisen Orgelspiel gleicht.
So gingen die Jahre dahin und wieder zogen Soldaten in feldgrauen Uniformen die alte Straße entlang. Teils waren sie beritten, teils hockten sie auf laut brummenden Lastwagen, die schwerfällige Kanonen hinter sich herzogen. Die jungen Soldaten wollten für ihren Kaiser sterben, der sie lange auf diesen Krieg vorbereitet hatte. Aber auch deren falscher Heldenmut verlor sich irgendwo in den Weiten Russlands und im Westen auf den Schlachtfeldern vor Verdun.
Ja, sie sah viel, die alte uckermärkische Straße, und immer war sie mit dem wechselvollen Schicksal des Landes verknüpft. Die Linden aber wuchsen unbeirrt weiter, trieben jedes Jahr ihr sattes Grün aus und verloren es im Herbst, um dann wieder Kraft für ein neues Leben zu sammeln. Den Menschen der Hauptstadt gefiel die Landschaft rechts und links der alten Straße. Immer mehr begannen nach einem geeigneten Ort Ausschau zu halten, wo man in Ruhe und Abgeschiedenheit seinen Lebensabend verbringen konnte.
Bevor die alte Straße sich in den unbewaldeten Teil der Uckermark begibt, durchquert sie noch einmal einen gewaltigen Buchenwald. Der Wald ist alt, aber gesund und stark. An heißen Sommertagen, wenn die Hitze fast unerträglich auf den nahen Feldern flimmert, empfängt er noch heute den Reisenden mit einer angenehmen Kühle. Hier, auf einer Lichtung, kurz bevor die alte Straße den Buchenwald verlässt, sollte das Haus gebaut werden. Den

Platz hatte der Bauherr gut gewählt. Auf der inzwischen vortrefflich befestigten und ausgebauten Straße ließ sich das Anwesen von der Hauptstadt schnell erreichen und gar so einsam würde es auch nicht sein, befand sich doch ganz in seiner Nähe, ebenfalls an der alten Straße gelegen, ein großer Gasthof, der Durchreisenden Kost und Logis bot. Der Erbauer jenes Gasthofes hatte ebenfalls die Zeichen der Zeit erkannt: dass es immer mehr Menschen aus der Enge der Städte in die Stille der Natur treiben würde. So fuhren dann auch an Sonn- und Feiertagen Kutschen und Personenwagen mit Leuten vor, die in dieser Abgeschiedenheit Erholung und Entspannung suchten. Man wanderte durch den Wald und genoss die Stille oder suchte sich einen Platz im Biergarten des Gasthofes, der sich im Schatten einer mächtigen Kastanie befand. Der Gasthof bot aber noch andere Abwechslungen. In seinen Vereinsräumen traf sich der Förster mit der hiesigen Jägerschaft und der städtische Gesangsverein der kleinen Kreisstadt verlegte hierher sein alljährliches Pfingstsingen.
Der Bau des Hauses mit typischen Elementen des Waldes ging zügig voran. Seine Mauern waren solide und fest, so als sollten sie tausend Jahre überstehen, die Fenster ließen viel Licht hinein, so dass man meinen konnte der Hausherr wollte sich den nahen Wald ins Haus holen, und das flache Dach, welches weit über die Hauswände hinausragte, wurde mit Schieferplatten gedeckt. Auch die geschnitzten Dachbalkenenden konnte kein Gast übersehen. Das gesamte Haus wurde mit einem weißen Anstrich versehen, wodurch sich die großen, grünen Fensterläden und die braunen, überstehenden Dachbalkenenden wohltuend abhoben. An der Straßenseite des Hauses hatte man eine offene Holzveranda errichtet. Auch deren Balken waren mit allerlei Schnitzwerk versehen und machte alles

noch viel einladender als es ohnehin schon war. An stillen Sommerabenden war es schön dort zu sitzen und dem Gesang der Amsel zu lauschen.
Die Zimmer des Hauses hatten eine angenehme Größe. Breite Türen aus matt poliertem Holz verbanden sie miteinander. Die Fußböden waren aus Lärchenholz gefertigt, dessen warme und natürliche Färbung man belassen hatte. Sie knarrten ganz leise, wenn man auf ihnen ging. Aber noch mehr fielen die gewaltigen Kachelöfen auf, die aus wunderschönen grünen und blauglasierten Kacheln errichtet waren. Wie gutmütige Wächter standen sie in jedem Zimmer und spendeten im Winter eine wohlige Wärme. Das größte Zimmer des Hauses, welches als Gesellschafts- oder Esszimmer dienen sollte, wurde mit feinen Stuckarbeiten an der Decke ausgestattet. Eine große Glastür, deren bunte Scheiben zu einem herrlichen Mosaikbild zusammengefügt waren, verband das große Zimmer mit der Veranda.
Auch mit der Gestaltung der Außenanlagen hatte der Hausherr eine glückliche Hand. Die Harmonie zwischen Haus und Natur war spürbar. Eine breite Auffahrt führte von der Straße direkt zum Haus und endete in Form eines kleinen Platzes vor der großen Veranda. Links und rechts dieses Zufahrtsweges wurde ein großer Blumengarten angelegt, dessen gepflanzte und gesäte Arten so geschickt gewählt waren, dass ständig etwas blühte. Kleine Inseln von Ziergehölzen verliehen der Anlage etwas romantisch-verspieltes und riefen die Bewunderung eines jeden Besuchers hervor. Als äußere Begrenzung des gesamten Anwesens wurden Tannen gepflanzt. Sie stellten sich mit den Jahren wie grüne Wächter schützend vor das kleine Paradies. An trüben Herbst- oder Wintertagen, wenn die Dunkelheit langsam aus dem Wald heraustrat, konnte man den Eindruck gewinnen, dass das langgezogene

Schieferdach alles gut behüten wollte, ähnlich einem großen Vogel, der sein Federkleid schützend über seine Nachkommen ausbreitet, damit diese darunter Wärme und Geborgenheit finden. An freundlichen Sonnentagen aber hatte auch das Haus ein fröhliches Gesicht. Sein Weiß erstrahlte dann besonders kräftig.
Es war eine Zeit des wirtschaftlichen Aufschwungs über das Land gekommen. Es ging bergauf und die langen Reihen von Arbeitssuchenden vor den Ämtern und Werktoren verschwanden. Viele von ihnen trugen jetzt stolz Uniformen. Auch neue Fabriken, Werften und andere Industrieanlagen wurden buchstäblich aus dem Boden gestampft, Autobahnen wurden gebaut. Den Menschen wurde eingeredet, dass man wieder wer in der Welt zu werden begann. Sie merkten aber nicht, dass sie geschickt von einer Handvoll Demagogen für einen verbrecherischen Plan manipuliert wurden. Unruhig wurden nur die, die das Treiben der neuen, uniformierten Machthaber durchschauten.
Laut und schrill, sogar voller Hass, waren deren Töne. Der anfangs noch schleichende Terror wurde immer offener und brutaler und schreckte Andersdenkende zurück, ihre Stimme dagegen zu erheben. Volksfeinde wurden die genannt, die ihre Unruhe und auch Sprachlosigkeit überwanden und mutig Widerstand leisteten. Doch ihr Widerstand endete in Lagern, die immer größer wurden und in denen eine bis dahin nie dagewesene menschenverachtende Unterdrückung bis hin zur Vernichtung betrieben wurde. Wie sollte auch der Mut der Wenigen genährt werden, wenn Millionen ihr kleiner Wohlstand wichtiger war? Man vertraute lieber blindlings der Führung.
Das Haus wurde schon viele Jahre von seinem Besitzer bewohnt, als im nachbarlichen Gasthof eine kleine Gruppe von Männern logierte, die allesamt schwarze

Uniformen trugen. Die Führung des Landes hatte sie in den Elitestand erhoben. Tagelang durchstreiften sie das Gelände jenseits der alten Straße und verglichen es mit ihren Landkarten. Hier und da trieben sie Pflöcke in den Boden und legten so die Messpunkte fest, nach denen ihre neue Befehlsstelle errichtet werden sollte. Strategisch konnte sie nicht besser gewählt werden. Der dichte Wald schützte sie vor den Blicken der unruhig Werdenden und die für diese Gegend typischen großen Bodenerhebungen aus der Eiszeit ließen sie vom Waldesrand weit in das uckermärkische Land sehen. Der Bau des militärischen Barackenkomplexes ging zügig voran. Die Kommandostelle ‚Birkenwald' des SS-Reichsführers Himmler war geschaffen, vornehmlich von Häftlingen des KZs Ravensbrück, und es zog der militärische Alltag in sie ein. Es wurde, wie im ganzen Land, der Krieg geübt. Noch aber war Frieden - und an den glaubten die meisten Menschen. Ihr Führer hatte ihn versprochen.

War der Ort auch klein, so profitierte doch jeder Einwohner von dieser Zeit und den Umständen. Der Gasthof hatte fortan neue Gäste zu bewirten, der einheimische Förster fühlte sich aufgewertet, gingen doch die höheren Chargen der Schwarzuniformierten in seinem Revier auf die Jagd und sogar der Straßenmeister, dessen Haus sich am Ausgang des Waldes befand, war fest in die kleine Ortshierarchie eingebunden. Er hatte über den Zustand der alten Reichsstraße zu wachen und musste deren Befahrbarkeit jederzeit garantieren.

Natürlich gehörte auch der Besitzer des Hauses zu diesem gehobenen Kreis. Mehr noch, sein Haus entwickelte sich neben dem Gasthof zum gesellschaftlichen Mittelpunkt des Ortes. In regelmäßigen Abständen luden er und seine Gattin zu Abendgesellschaften, zu denen selbstverständlich auch die höheren Offiziere der Schwarzuniformier-

ten geladen wurden. Die Herren, ob nun in Uniform oder im dunklen Abendanzug, diskutierten nach dem kleinen Diner die aktuelle politische Lage und wie die Führung gedachte, sie zu lösen. Es war nicht zu überhören, dass gerade die Herren in den schwarzen Uniformen und dem Totenkopf an den Mützen vor Tatendrang und Begeisterung für die Führung geradezu überquollen. Einige der etwas älteren Gäste, die den letzten Waffengang des Kaisers und die Niederlage erlebt hatten, hielten sich auffallend zurück.
Zur vorgerückten Stunde tat der Wein bei den Schwarzuniformierten seine Wirkung. Sie standen plötzlich auf, nahmen eine militärische Haltung ein und brachten lautstark einen Toast auf die Führung aus. Für einen kurzen Moment trat danach jedes Mal eine peinliche Stille ein. Der Hausherr begann diese Momente zu fürchten und lud deshalb schnell an das angerichtete kalte Büfett. Doch diese geschickte Ablenkung währte nur kurze Zeit. Die Schwarzuniformierten waren wie im Rausch. Ohne Rücksicht auf die anderen geladenen Gäste stimmten sie ein Lied an. Vergleichbar einem Gassenhauer war der Text - auch für den Dümmsten sofort erlernbar - und die Melodie war einprägsam und schmissig. Die Propaganda der Führung ließ viele solcher Lieder, die den Krieg verherrlichten und zu Heldentaten aufforderten, erschaffen.
Der Hausherrin missfielen diese ungehobelten musikalischen Einlagen. Sie getraute sich aber auch nicht, sie zu verbieten. Die ungeheuerliche Kunde, dass im Land immer mehr Lager entstanden, in denen ohne Rücksicht auf Stand und Herkunft Andersdenkende gequält, gefoltert und getötet wurden, war auch ihr zu Ohren gekommen. Um dennoch bei den Abendgesellschaften den militärischen Gesang aus ihren Räumen zu verbannen, lud sie eine Sopranistin eines bekannten Berliner Opernhauses in

ihr Haus, die gekonnt klassisches und deutsches Liedgut vortrug.
Das große Ereignis, von dem erst heimlich, dann aber immer offener gesprochen wurde, trat ein: es war Krieg. Er überraschte nicht nur die Toleranten, sondern auch die, die von sich behaupteten unpolitisch zu sein. Euphorie löste der Waffengang hingegen bei denen aus, die meinten, die Niederlage von 1918 und den Versailler Vertrag tilgen zu müssen. Die Führung strebte eine Neuaufteilung Europas und der Welt an.
Es gab aber auch nicht wenige Menschen im Land, denen dieses neuerliche Kriegsabenteuer einen gewaltigen Schauer über den Rücken jagte. Doch man schwieg und hoffte, dass alles nur ein großer Irrtum sei. Es war aber kein Irrtum.
Der Krieg ließ die geselligen Zusammenkünfte im Haus immer seltener werden und wenn sie doch stattfanden, wurden die Gespräche einsilbig und gedrückt geführt. Die Anwesenheit der Schwarzuniformierten, deren schändliche Taten immer mehr durchsickerten, flößte allen Angst ein. Die anfangs noch so laut verkündeten Siegesmeldungen wurden mit den Jahren auch immer seltener. Sie schlugen um in ‚Frontbegradigungsmeldungen', die nichts weiter waren als das verlogene Eingeständnis, dass der Krieg immer näher an Deutschland heranrückte. Ließ sich das Thema Krieg dennoch nicht vermeiden, beeilte sich ein jeder das zu wiederholen, was in den Zeitungen stand oder der schmalbrüstige Propagandaminister im Radio verkündete. Verlogen, geradezu grotesk ging es an solchen Abenden zu, niemand getraute sich auch nur leise die Wahrheit zu sagen. Nur ein paar erlösender Worte hätte es bedurft und schnell wäre man sich darüber einig geworden, dass Handeln Not tat. Doch so verharrte alles in Agonie. Der zunehmende Terror, den zuerst niemand

sehen wollte, hatte bereits sein schändliches Werk getan, auch bei ihnen. Furcht und Misstrauen saßen sehr tief.
Im Haus machte sich eine seltene Unruhe breit, die von Tag zu Tag zunahm. Nun war die Zeit der geselligen Feste und Begegnungen endgültig vorbei. Man hoffte auf ein Wunder, welches von der Propaganda der Führung großmäulig angekündigt wurde. Doch das Wunder blieb aus.
Obwohl das Wetter auf ein gutes Frühjahr schließen ließ, wurde das gesamte Anwesen vom Hausherrn vernachlässigt. Schließlich kam der Tag, an dem er das verunsicherte Personal anwies, das Notwendigste zusammenzupacken und das Haus zu verlassen. Zum Abschied ging er noch einmal durch alle Räume und sein Blick wurde grimmig, als er das Bild des großen Führers sah, welches ihn in seiner unnachahmlichen und lächerlichen Pose darstellte. Aus reiner Loyalität und Gehorsamkeit und weil es viele so machten hatte er es auch in seinem Haus anbringen lassen. Gefallen hatte es ihm nie, was er aber nie zeigte. Nun bereute er seine falsche Loyalität und sein Unpolitischsein. Er nahm es von der Wand und trug es nach draußen. Auf dem kleinen Platz vor der großen Veranda hatte das Personal ein Feuer entfacht, worin sie auf Weisung des Hausherrn unnütze Dinge verbrannten. Verächtlich warf der Hausherr das Führerbild in die fast verloschene Glut. Gierig begannen kleine, aufkommende Flämmchen daran zu lecken bis sie plötzlich lodernd hell das ganze Bild verzehrten und nur noch Asche davon übrig ließen. So wie das Bild brannte inzwischen auch das ganze Land. Asche, Trümmer und Tod, wohin man sah.
Trotz der gebotenen Eile wurde das Haus ordentlich und aufgeräumt vom Hausherrn, seiner Gattin und dem Personal verlassen, so als wollten sie wenn alles überstanden

war zurückkommen. Das Haus verstand das alles nicht und ein ängstliches Gefühl beschlich es.
›Warum ziehen die Menschen fort?‹, dachte es, ›es ist doch so schön hier. Bestimmt werden sie wiederkommen und alles wird so sein, wie es einmal war.‹
Der Verbleib der schweren eichenen Möbel und vieles andere, welches im Haus zurückgelassen wurde, deutete in der Tat auch nur auf eine kurze Wohnunterbrechung hin. Sogar die wertvollen Jagdtrophäen, an denen der Hausherr besonders hing, verblieben im großen Ess- und Gesellschaftszimmer. Ebenso an seinem Platz blieb das kapitale Geweih eines starken Hirsches, welches die Veranda zierte und das von jedem Besucher bestaunt wurde.
Schwere Detonationen zerrissen plötzlich die Stille. Teile der Holzbaracken, in denen die Schwarzuniformierten untergebracht waren, flogen viele Meter hoch über den Wald und ein beißender Qualm von Pulver und Verbranntem senkte sich über die kleine Lichtung, wo das Haus und der Gasthof standen. Soldaten, an deren stählernen Helmen ein Totenkopf zu sehen war, hasteten zur nahen Straße. Sie wollten den heranrückenden Truppen des Feindes verbrannte Erde überlassen. Tödlicher Hass und Unberechenbarkeit war auf ihren Gesichtern zu lesen. Das Haus sah, wie sie sich bedrohlich näherten und begann sich zu fürchten.
›Nein, nur das nicht! Das dürfen sie nicht tun! Ich werde doch noch gebraucht‹, wimmerte es leise und breitete das große Schieferdach noch schützender über seine weißen Mauern. Die Tannen vor dem Haus verstanden offenbar die Sprache des Hauses und es war, als reckten sie sich noch weiter in die Höhe, um es vor den zerstörungswütigen Soldaten zu verbergen. Denen aber fehlte es - zum Glück für das Haus - an Zeit. Hastig kletterten sie auf ihre

Mannschaftswagen und fuhren eiligst in Richtung Berlin davon. Nicht ohne Grund fürchteten sie ihren Feind, der unaufhaltsam vorrückte.
Auf der alten Straße folgten nun Tage nie gekannter Hektik. Das Haus sah ängstlich hinter den Tannen hervor und war betrübt, als es die endlosen Kolonnen von flüchtenden Menschen sah, die ihre Habseligkeiten entweder auf dem Rücken trugen, oder sie auf klapprigen Handwagen mühevoll hinter sich herzogen. Es sah auch den schier endlosen Strom von Soldaten, deren Gesichter müde und eingefallen und deren feldgraue Uniformen blutverschmutzt oder zerrissen waren. Kraftlos und ungeordnet trotteten sie dahin, immer wieder rückwärts schauend, so als würden jeden Moment ihre Verfolger auftauchen.
Bei diesem Bild begann sich auch das Haus zu erinnern. Wie forsch klangen doch noch vor wenigen Jahren ihre Lieder, zu denen sie kraftvoll ihre schweren Stiefel aufgesetzt hatten, als sie in die andere Richtung in den Krieg gezogen waren. Nicht nur Deutschland sollte ihnen gehören, sangen sie, sondern die ganze Welt.
›Wiederholt sich denn alles bei den Menschen?‹, dachte das Haus bekümmert. ›Sie vergessen zu schnell, die Menschen, und das ist ihr Unglück.‹
Die langen Kolonnen von fliehenden Menschen und Soldaten wurden mit den Tagen immer seltener und plötzlich ging und fuhr auf der Straße niemand mehr. Eine unheimliche Stille lag jetzt über dem ganzen Land. War nun alles vorbei? Hatte nach dieser schrecklichen Zeit nun ein jeder sein Ziel erreicht?
Die Linden an der alten Straße begannen ihr erstes, zartes Grün zu treiben und im Buchenwald blühten, wie jedes Jahr, wieder tausende Anemonen, die wie ein weißes Tuch den Waldboden bedeckten. Mit aller Kraft brach der Frühling ins Land, so als wolle er alles vergessen machen,

was sich vordem hier und anderswo an schrecklichen Dingen abgespielt hatte. Das Haus spürte die wohltuende, kräftige Frühlingssonne und es hoffte sehnlichst, dass seine Bewohner wieder zurück kämen.
Die Stille des warmen Tages wurde plötzlich vom Gebrumm eines Lastwagens unterbrochen. Schwerfällig und mit quietschenden Bremsen kam er vor dem Haus zum Stehen. Harte, fremdartige Laute ertönten und vom Auto sprangen Soldaten, deren Uniformen ebenso zerschlissen und verschmutzt waren wie die ihrer Feinde, die erst wenige Tage zuvor eiligst hier vorbeigezogen waren. Auch ihre Gesichter ähnelten sich - grau und eingefallen waren sie. Ein älterer Offizier, an dessen Uniformrock sich viele Orden befanden, ließ die jungen Soldaten antreten und redete kurz und eindringlich auf sie ein, wobei sein Blick immer wieder zum Haus ging. Entschlossen umfassten sie danach ihre Gewehre und begannen das Haus zu umstellen. Ein anderer Trupp lud indessen vorsichtig Kisten und lange Kabel vom Auto. Vergebens reckten sich die Tannen wieder in die Höhe, um das Haus hinter ihnen zu verbergen, aber die Soldaten kamen unaufhaltsam näher. Das Haus befiel Verzweiflung und Angst. Auf der kleinen Lichtung wurde es unheimlich still. Auch das Frühlingskonzert der Vögel im nahen Wald war plötzlich verstummt und es war, als verharre alles in Entsetzen.
›Das wird mein Ende sein‹, dachte das Haus traurig und erinnerte sich, wie vor wenigen Tagen die Soldaten mit dem Totenkopf an den Helmen in blinder Wut ihre Barackenunterkünfte gesprengt hatten.
Die fremden Soldaten kamen immer näher. Plötzlich blieb ihr Offizier stehen und hob seine Hand. Regungslos verharrte der Trupp. Spannung lag auf den Gesichtern der jungen Soldaten. Sie wollten jetzt besonders vor-

sichtig sein. Bis hierher, bis zu diesem Haus hatte der Krieg sie vor Verwundung oder gar Tod verschont und jetzt verspürten sie wenig Lust, ihre Gesundheit oder gar ihr Leben für einen blechernen Orden oder dieses Haus zu opfern. Der Krieg schien ohnehin in wenigen Tagen vorbei zu sein.

Eine Amsel, die in der nahen Tannenhecke saß, begann plötzlich, erst kaum vernehmbar, dann aber immer lauter werdend, ihr Frühlingslied zu flöten. Schon früher hatte ihr Gesang den Bewohnern des Hauses große Freude bereitet.

Die jungen Soldaten erhoben erstaunt ihre Köpfe, und je länger sie dem Gesang der Amsel lauschten, umso mehr wich die Spannung aus ihren Körpern. Der schreckliche Krieg hatte nicht vermocht, ihre Gefühle zu töten. Wie lange war es her, dass sie diese schöne Vogelstimme gehört hatten? Sie dachten jetzt an ihre ferne Heimat, wo dieser Vogel ebenso schön sang. Ihre Gesichter wurden traurig und sie vermieden es, sich gegenseitig anzusehen. Wie lange die Amsel sie mit ihren auf- und abschwellenden zarten Tönen gefesselt hatte, vermochten sie nicht zu sagen. Sie hatten einfach vergessen, warum sie vor diesem Haus standen.

Der Offizier nahm seinen stählernen Helm vom Kopf und trat furchtlos an das Haus heran. Die Soldaten folgten im geringen Abstand. Stumm und ein wenig ehrfurchtsvoll begannen sie neugierig das Haus zu betrachten. So sah also das Haus eines Feindes aus. Schweigend umstanden sie es und wussten nicht recht, was sie tun sollten. Ihre Kameraden schleppten derweil vorsichtig Sprengstoff heran und begannen auszukundschaften, wo sich die Ladungen am besten anbringen ließen. Der Offizier schritt zur großen Veranda und sah verwundert, dass dort etwas geschrieben stand. Verächtlich betrachtete er die

kunstvoll geschriebenen Buchstaben und wusste nichts mit ihnen anzufangen. Barsch wandte er sich an einen Soldaten, von dem er wusste, dass dieser die Schrift und auch die Sprache ihrer Feinde beherrschte. Er zeigte auf das Geschriebene und sagte: „Du hast studiert, auch die Sprache der Deutschen, lies vor, was sie uns mitteilen wollen!”
Der Angesprochene, ein zierlicher junger Soldat, der vom Hörsaal seiner Universität direkt an die Front musste, begann langsam den Text vorzulesen und ihn anschließend zu übersetzen.

Das schönste Gotteshaus auf Erden war stets
    für mich der grüne Wald.
Kein Dom und keine Kathedrale geben so
    wie er dem Herzen Halt.
So feierlich ist seine Stille, in alten Eichen
    singt leis der Wind
das Lied vom Werden und Vergehen,
    im Wald ich immer Andacht find.

Der junge Soldat hatte schon lange mit der Übersetzung geendet, als sie immer noch schweigend vor dem Haus standen. Der Offizier fasste sich als Erster. Eine unmissverständliche Handbewegung zum Sprengtrupp ließ deren Arbeit sofort beenden. Mit einigen ausgesuchten Soldaten machte er sich jetzt daran, das Innere des Hauses zu erkunden. Die schwere eichene Eingangstür hatte der Hausherr nicht verschlossen. Wozu auch? Wer in Kriegszeiten als Soldat ein Haus betreten wollte, tat das auch, kein Schloss hinderte ihn daran. Eine unverschlossene Tür garantierte wenigstens, dass diese unversehrt blieb.
So standen die fremden Soldaten plötzlich im Flur des

Hauses und wussten nicht recht, welche Tür sie zuerst öffnen sollten. Alles war so anders als bei ihnen zu Hause. Als erstes betraten sie die Küche. Sauber und aufgeräumt stand das Geschirr in den Schränken, Tiegel und Pfannen hingen blitzblank und wohlgeordnet aufgereiht darüber und der große Küchenherd, auf dessen Feuer in der Vergangenheit viel Köstliches zubereitet wurde, schien nur darauf zu warten, endlich wieder angefacht zu werden.
Verlegen kratzte sich der Offizier sein stoppliges Kinn. Ein Soldat ging zum Wasserhahn und drehte ihn auf. Sauber und mit einem kräftigen Strahl schoss das Wasser in den stählernen Ausguss. Ungläubig schüttelten sie ihre Köpfe. Vorsichtig löschten einige mit dem frischen Wasser ihren Durst und füllten ihre leeren Feldflaschen. Kurz entschlossen stießen sie danach die nächste Tür auf. Sie führte ins Schlafzimmer des geflohenen Hausherrn. Weich und bequem war die Bettstatt. Verschämt starrten sie in den großen Ankleidespiegel. Es war lange her, dass sie sich ungestört in einem Spiegel betrachten konnten. Stumm und voller Verwunderung sahen sie in ihre eigenen Gesichter und erkannten, dass der Krieg sie um viele Jahre älter gemacht hatte. Tiefe Falten durchzogen ihre eingefallenen Wangen und ihre einstmals so blitzenden Augen hatten viel an Glanz verloren. Doch diese Betrachtung währte nur kurz. Sie waren Soldaten und standen jetzt in ihres Feindes Land.
Energisch öffneten sie die nächste Tür und blieben wie angewurzelt auf der Schwelle stehen. Voller Neugier drängten ihre Kameraden nach, um ebenfalls sehen zu können, was sich in diesem Raum befand. Ihr Offizier schob sie aber unwirsch beiseite und betrat als erster den großen Raum. Auch er konnte sein Erstaunen nur schwer unterdrücken. Es war das große Ess-und Gesellschaftszimmer mit seinen kostbaren alten Möbeln, in welchem

er jetzt stand. Er sah auf seine schmutzigen Stiefel, besann sich dann aber und ging mit festen Schritten um den großen Esstisch herum, ohne seinen Blick von den Wänden zu nehmen. Der Hausherr hatte auch hier vieles belassen müssen, von welchem er sich nur schwer trennen konnte. Von der stuckverzierten Zimmerdecke hing ein gewaltiger Kronleuchter, der kunstvoll aus vielen Abwurfstangen kapitaler Hirsche zusammengesetzt war. Etwas abseits, in der Nähe des wunderschönen Kachelofens, stand ein Rauchtisch, dessen glattpolierte, eichene Platte ebenfalls auf mächtigen Hirschgeweihen ruhte. An den Wänden waren wohlgeordnet die schönsten Jagdtrophäen angebracht. Wunderbar präparierte Iltisse verharrten auf einem Baumast und ein großer Waldkauz beäugte stolz und stumm die Szene. Ein riesiges Ölbild, auf welchem eine wildromantische Waldlandschaft zu sehen war, wurde von gewaltigen Keilerköpfen flankiert, deren Waffen furchterregend aussahen.
Sprachlos, ja fast ehrfurchtsvoll betraten sie nacheinander den Raum und betrachteten seine Einrichtung. Leise knarrten die Lärchenholzdielen, als sie mit ihren schweren Soldatenstiefeln darüber gingen. Ihr Offizier hatte seine Mütze vom Kopf genommen, so als wollte er den präparierten Kreaturen, die überall an den Wänden angebracht waren, seine Reverenz erweisen. Verstohlen setzten auch die Soldaten ihre schweren Helme ab. Keiner von ihnen wusste in diesem Moment, ob es nun militärischer Gehorsam war, weil doch ihr Offizier auch mit entblößtem Haupt all die Dinge im Raum betrachtete, oder es sich um eine ganz normale Höflichkeit handelte. Sieger hatten jedenfalls das zweifelhafte Recht, sich auch ganz anders zu benehmen. Ruckartig, so als würden sie sich voreinander schämen, setzten sie sich wieder ihre Helme auf und traten durch die große, zweiflügelige

Verandatür ins Freie. Ein kleiner Trupp von ihnen stieg anschließend ins Obergeschoß, um sich auch dort die Räume anzusehen.
Das Haus schien eine so große Faszination auf sie auszuüben, dass sie es einfach nicht wagten, auch nur ein Stück als Beutegut mitzunehmen oder gar das Mobiliar zu zerschlagen. Gedämpft unterhielten sie sich jetzt vor dem Haus. Was würde ihr Offizier befehlen? Nervös stießen sie den Rauch ihrer selbstgedrehten Zigaretten aus. Da standen sie nun - die Sieger. Von ihrer Heimat bis zu diesem Haus waren sie einen beschwerlichen und opferreichen Weg gegangen. Rache hatten sie geschworen. Ihr Land war verwüstet, zwanzig Millionen Tote waren zu beklagen. Grundlos hatte der Feind prächtige Häuser, Schulen, Schlösser und Museen zerstört und dabei unersetzliches Kulturgut sinnlos vernichtet - wie überhaupt jeder Krieg sinnlos ist. Sogar die wenigen Gotteshäuser, die ihr despotischer Parteiherrscher seinem Volk gelassen hatte, waren nur noch Trümmer. Wie würde die Geschichte nach diesem schrecklichen Krieg urteilen? Wer waren nun die Barbaren oder Untermenschen? Waren es die, die mit Panzern, Flugzeugen und Kanonen in ihr Land eingefallen waren, oder waren es gar sie selbst, die nie den Krieg gewollt hatten und jetzt dort standen, wo er vorbereitet und auch begonnen wurde?
Ängstlich verfolgte das Haus das Tun der fremden Soldaten. Die Stille wurde immer unheimlicher. Auch die Amsel in der hohen Fichtenhecke war inzwischen verstummt. Nur der laue Frühlingswind rauschte vernehmbar im nahen Hochwald. Das Haus fühlte, dass die Gefahr seiner Zerstörung noch nicht gebannt war. Die Kisten mit dem gefährlichen Inhalt standen immer noch in seiner Nähe und keiner von den Soldaten wusste, was ihr Offizier befehlen würde. Sie schwiegen, hofften aber,

dass sie das Haus nicht zerstören mussten.
Fragend sahen sie ihn an, als er aus dem Haus trat. Eine kurze Handbewegung deutete an, dass sie sich zurückziehen sollten. Erleichtert packten sie die vorbereiteten Sprengladungen zusammen und gingen langsam, sich immer wieder umsehend, als könnten sie sich nur schwer von diesem Haus trennen, zur nahen Straße wo ihr Fahrzeug stand. Ihr Offizier hingegen stand immer noch auf dem kleinen Platz vor der Veranda und war in Betrachtung des Hauses versunken. Sein Entschluss, das Haus nicht zu zerstören, war ihm nicht leicht gefallen, war er doch Soldat und hatte Befehle auszuführen. Doch es sinnlos zu zerstören fand er unsoldatisch. Aber handelte er damit nicht gegen die Gefühle seiner geschundenen Landsleute? Millionen von ihnen hatte der Krieg obdachlos gemacht und hier, ausgerechnet hier, im Land seiner Feinde verschonte er deren Haus. Er war doch der Sieger! Das winzige, strohgedeckte Haus seiner Eltern am großen Wolgafluss hatte der Feind auch zerstört. Zehnmal, ach, hundertmal wog dieses Haus hier die ärmliche Hütte in seiner Heimat auf.

›Der Krieg wird in wenigen Tagen vorbei sein und die Zeit danach braucht einen Neuanfang. Ich will ihn jetzt schon machen‹, waren seine Gedanken und er ging, ohne noch einmal zum Haus zurückzublicken, schnell und erleichtert zu seinen wartenden Soldaten. Dann verlor sich das Motorengebrumm ihres Mannschaftswagens langsam in der Ferne.
Die Siegersoldaten mit dem roten Stern an ihren Uniformmützen hatten auch eine neue Ordnung mitgebracht, die sie nun dem besiegten Volk per Befehl aufzwangen. Nach ihrem Verständnis sollte jetzt alles besser werden. ‚Die Macht hat zukünftig vom Volke auszugehen', verkündeten sie - und die Idee war gar nicht mal schlecht.

Nie mehr sollte eine Mutter ihren Sohn beweinen müssen! Noch aber weinten viele Frauen und Mütter um ihre Männer und Söhne, auf deren Heldentaten sie vor nicht allzu langer Zeit noch so stolz waren. Sie hofften und beteten, dass die Sieger sie aus den großen Gefangenenlagern, die sich irgendwo in den unermesslichen und kalten Weiten ihres Landes befanden, endlich frei ließen. Auch musste die Frage geklärt werden, wie es zu dieser Weltkatastrophe kommen konnte und wer die Schuld daran trug. Wie war es überhaupt möglich, dass sich ein ganzes Volk irren konnte und blind einer Führung folgte, deren Ziele immer offensichtlicher wurden? Fragen über Fragen und die Antworten kamen zögerlich und waren dazu auch recht widersprüchlich. Das Haus aber konnte mit all dem nichts anfangen. Es kannte nur Gut und Böse und gut war, wer es vor Zerstörung bewahrte und unter seinem Dach wohnte.

Langsam kehrten wieder Menschen in das Haus zurück und dieses störte es nicht, dass es andere Menschen waren. Eine für das Haus wohltuende Betriebsamkeit setzte ein. Zwar fanden keine Empfänge mehr statt, dafür aber erscholl helles Kinderlachen durch das Haus. Die unteren Räume bezog ein junger Förster mit seiner Familie und in den oberen Räumen richteten sich, so gut es eben ging, Menschen ein, denen der Krieg nur das Leben gelassen hatte. Sie alle waren froh, nach den schrecklichen Jahren endlich wieder eine Bleibe gefunden zu haben. Das Haus bot ihnen Platz und Geborgenheit. Bescheiden wurde ein neuer Anfang geprobt.

Für seine Verwaltungsarbeit richtete sich der Förster einen besonderen Raum ein und er wurde angewiesen, dort ein großes Bild vom weisen Volksführer der Sieger für jedermann gut sichtbar anzubringen. Der Förster tat wie angewiesen. Auch wurde ihm vorgeschrieben, die von

den Siegern eingesetzten Statthalter des eigenen Landes in kleineren Portraits ebenfalls dort anzubringen. Auf keinen Fall aber durften deren Konterfeis größer sein als das des Siegers. Wieder gab also es einen großen Führer, und wer sich dessen Weisungen und die der einheimischen Vasallen widersetzte, dem konnte - wie schon einmal im Land - Schlimmes widerfahren. Große Barackenlager vom letzten Volksführer gab es auch noch genug und man wusste heimlich zu berichten, dass sie schon wieder gut gefüllt waren mit Insassen, die, wie schon einmal, sich den politischen Drangsalierungen widersetzt hatten.
Alles begann sich zu wiederholen. Ob in den Amtsstuben, an großen Plätzen oder an den nicht zerbombten Häuserwänden, überall prangten große Bilder vom Pfeife schmauchenden Generalissimus Stalin. Und so blickte der gütige und große Führer des Weltproletariats viele Jahre von Portraits unterschiedlicher Größe auf das Volk herab. Es sollte eine neue Ära der Menschheit beginnen. Doch das Volk, durch den letzten schrecklichen Krieg wachsam geworden, hatte längst die Widersprüche und auch die Wiederholungen erkannt. Sollte etwa schon wieder ein großer Irrtum begangen werden?
Doch dann erzwangen plötzlich politische Umstände, dass die Bilder des einstmals so großen und weisen Volksführers still und heimlich über Nacht verschwanden. An seine Stelle trat ein anderer. Der alte Führer hätte Fehler gemacht, verkündete man kurz und lapidar dem Volk. Dass der einstmals so verehrte und große Volksführer auch Millionen Menschen seines eigenen Volkes in Lagern umgebracht hatte, verschwieg man aber tunlichst. So und in ähnlicher Form wurden im Land der Sieger noch einige Führer ausgetauscht, ohne dass es dem Volk danach besser gegangen wäre. Auch den Menschen im besetzten Land ging es danach nicht besser.

Katzbuckelnd hatten sie von den Siegern, die man nun Befreier nennen musste, die Vision übernommen, einen vollkommen neuen Menschentyp heranzuerziehen, und dazu sollte wieder eine Partei die Regie übernehmen. ›Schon wieder?‹, fragten sich nicht wenige beunruhigt. Die Befreier, so verkündete die Propaganda, hätten auf diesem Gebiet schon die besten Ergebnisse erzielt. Das Volk rümpfte die Nase, irgendwie kam ihm das alles sehr bekannt vor.

Wie also schon einmal war der Vortrupp dieser Neumenschen wieder eine neue Partei, die von sich behauptete, eine ‚Partei neuen Typus' zu sein. Wer von ihr die Weihe empfing, dem attestierte sie großmäulig, dass er von nun an zu den besseren Menschen gehörte. Revolutionär und Wegbereiter einer neuen und herrlichen Zukunft sollte er ab jetzt sein. Die Partei machte ihn auch unantastbar. ‚Die Partei ist weise, die Partei hat immer recht', ließ sie von bestellten Chören singen, und immer lauter wurden ihre Töne. ‚Wer nicht mit uns ist, der ist gegen uns, und das ist schädlich für das Volk', riefen die inzwischen nach Tausenden zählenden Funktionäre der Partei und ihre Anhänger - und machten schon wieder neue Feinde aus.

Das Volk aber hatte noch mit sich selbst zu tun. Gewaltige Trümmerberge galt es zu beseitigen, die mahnend überall anzutreffen waren und dazu aufforderten, nie wieder eine solche Weltkriegskatastrophe zuzulassen. Dennoch, schleichend setzte wieder die Gewöhnung ein. Man vertraute auf die Zeit, die es schon irgendwie richten würde.

Der Förster trat in die Partei der Neumenschen ein. Er musste nicht. Es war aber besser für ihn. Es gab auch einige Umsiedler, die ehrlichen Herzens auch endlich etwas Neues aufbauen wollten. Zwei Kriege waren mehr als genug! Nie wieder wollten sie Haus und Hof verlie-

ren. Das klang wie Musik in den Ohren der Partei und sie scharwenzelte um diese Leute herum und versprach viel, auch Gerechtigkeit.
Im Büro des Försters fanden die Zusammenkünfte der Partei neuen Typus und der Gerechtigkeit statt. Doch es vergingen nur wenige Jahre bis die Erkenntnis reifte, dass man schon wieder auf eine falsche Führung und deren Partei gesetzt hatte, und aus alter Gewohnheit begann man wieder zu schweigen. Die Ängste aus der Vergangenheit meldeten sich wieder. Das Schweigen aber wurde von den Parteifürsten als Zustimmung zu ihrer Politik gewertet und ihr Ton und auch ihr Verhalten gegenüber Kritikern und Andersdenkenden wurde immer rüder.
Verwundert betrachtete das Haus die Gesellschaft der Versammelten. Steif und unverständlich redeten einige daher und die Schweiger starrten teilnahmslos ins Leere. Wurde einer von ihnen genötigt, seine Meinung zum politischen Geschehen im Land einzubringen, sagte er niemals das, was er wirklich sah und dachte. Artig, fast wie bei einem Schulbuben, kamen seine parteigenehmen Antworten daher, eben so, als hätte er sie aus einer der vielen Parteizeitungen vorgelesen.
›Das kommt mir bekannt vor‹, erinnerte sich das Haus. ›Wird diese Zeit etwa wieder so enden wie die vorangegangene?‹, fragte es sich mit Unbehagen und dachte an die letzten Zusammenkünfte beim ehemaligen Hausherrn, wo man ebenso zu den politischen Ereignissen schwieg oder artig das wiederholte, was die Propaganda für den Endsieg verkündet hatte.
Doch wie die Menschen es damals und jetzt wieder taten, verdrängte auch das Haus seine Erinnerungen. Es beruhigte sich mit dem Gedanken, dass ja noch alles in Ordnung war. Das Haus irrte. Nichts war in Ordnung! Die Partei ließ verkünden, dass jeglicher Besitz dem Volke

gehören musste. Übereifrig, wie man es nur in Diktaturen vorfindet, ging man zu Werke. Und ein jeder, der mehr besaß, als angeblich ein Mensch der neuen Zukunft besitzen durfte, wurde öffentlich verhöhnt. Diese Besitztumsvorschrift, von sogenannten revolutionären Vordenkern vor vielen Jahren erdacht und nun von der Parteidiktatur brutal durchgesetzt, provozierte im Land eine gewaltige Fluchtwelle. Dieses Mal aber zogen die Menschen nicht in langen Trecks gen Westen, so wie es die alte Straße schon einmal gesehen hatte, nein, alles vollzog sich still und leise. Den Schergen der Diktatur täuschte man Loyalität und Einverständnis vor, des Nachts aber packte man heimlich ein paar Habseligkeiten zusammen und verließ die Heimat, die nun keine mehr war.
Der Westen versprach Freiheit und die wollte man endlich haben. So zog auch der Eigentümer des alten Gasthofes davon. Lieber wollte er irgendwo in der Fremde sein Dasein fristen als mitansehen zu müssen, wie sein Besitz in Volkes Hände überging, um dann allmählich zu verrotten. Das langsame Verrotten von Privateigentum war vom Staat gewollt und das Problem des Privateigentums gedachte man so biologisch zu lösen.
Also musste das Haus mitansehen, wie von Jahr zu Jahr der einstmals so prächtige Gasthof immer mehr verfiel. Die Herbstwinde pfiffen ungehindert durch die zerborstenen Fenster und im Winter ächzte das durchlässige Dach von der schweren Schneelast, worauf es stellenweise zusammenbrach. Vollgesogen mit Nässe gab das Gebälk mehr und mehr nach, und an manchen Tagen glaubte das Haus ein Stöhnen und Wimmern vom alten Gasthof zu vernehmen, wenn wieder ein Teil von ihm zusammenstürzte. Das Sterben des Gasthofes dauerte lang. Ein Frühlingssturm war es, der dann den erlösenden Tod brachte. Dem Haus schien, als winke sein alter

Nachbar noch einmal zu ihm herüber, als seine letzte Mauer an diesem nasskalten und stürmischen Tag wie eine zum Abschiedsgruß erhobene Hand plötzlich kraftlos zu Boden sank.
›Niemals so sterben‹, dachte das Haus, ›niemals!‹, und konnte nicht verstehen, dass kein Mensch von dieser Tragödie Notiz nahm, die sich in seiner unmittelbarer Nähe abgespielt hatte. Und so wie der alte Gasthof verfiel, so verfielen auch die Menschen. Sie sprachen das nach, was ihnen vorgesagt wurde und taten Dinge, die sie niemals hätten tun dürfen. Sie wollten nicht merken, dass sie wie eine Herde Schafe dahin trotteten.
Dieser Zustand konnte nicht ewig währen. Es gab einige Mutige, die laut nachzudenken begannen. Wie schon einmal verschwanden auch sie über Nacht und wurden im Namen des Volkes abgeurteilt, ins Gefängnis geworfen und dann nach einigen Jahren in den Westen verkauft.
Immer mehr glich das Land einer großen, ungenutzten Wiese, auf der im Frühjahr das neue Gras ans Licht will. Vom alten, trockenen Vorjahresgras wurde es aber so schwer zu Boden gedrückt, dass seine frischen Keimlinge nur schwer den Weg ins Freie finden konnten. Dass aus dieser Trockenheit schnell ein Flächenbrand werden konnte, erkannten auch die altersschwachen und selbstherrlichen Führer der Diktatorenpartei und ließen brutal jedes noch so kleine, schüchtern aufflackerndes Flämmchen austreten. Sie fürchteten um ihre Macht und die damit verbundenen Pfründe. Noch ließ der Flächenbrand auf sich warten, es fehlte an Wind.
Doch anstelle des Windes kam im Herbst gar ein schwerer Sturm. Er fegte über das Land und keine noch so gut ausgerüstete Feuerwehr vermochte den Brand zu ersticken. Das Volk hatte nach vielen Jahren des Schweigens seine Sprache wiedergefunden. Es wollte einfach nicht

mehr länger Zaungast der Entwicklung sein und schon gar nicht vom Leben bestraft werden, nur weil seine Führer zu spät kamen.

Mit großer Verwunderung sah das Haus, wie der Förster aus seinem Büro das Bild des großen Parteifürsten des Landes abhängte und es in ein flackerndes Herbstfeuer warf, welches er auf dem kleinen Platz vor der Veranda angezündet hatte. Das Haus beschlich Angst und Unbehagen. Wie viele Jahre war es her, dass schon einmal auf demselben kleinen Platz ein Feuer angezündet wurde und auch damals ein Bild von einem Führer brannte? ›Was wird die Zeit bringen? Wird man mich wieder verlassen?‹, dachte es und lauschte in den nahen Buchenwald. Es hörte aber weder Kanonendonner noch sprengte man irgendwo ein Haus in die Luft, und darüber war es froh. ›Krieg ist also nicht, doch wohin wollen all die vielen Menschen auf der alten Straße?‹, fragte es sich. ›Keineswegs sehen sie so aus wie jene, die schon einmal vor vielen Jahren hier vorbeigezogen sind.‹

In der Tat, diese Menschen waren keine Flüchtlinge. Im Gegenteil, sie waren froh und guter Dinge. Unablässig schwenkten sie Fahnen, aus deren Mitte sie ein kreisrundes Loch herausgeschnitten hatten. Die Hauptstadt des nun wiedervereinten Landes hatte sie gerufen, um den Tag der Einheit zu feiern. Die trennende Mauer war vom Volk beseitigt worden und nun galt es, der Verrottung Einhalt zu gebieten. Das Land sollte wieder erblühen, und um dieses Ziel zu erreichen, wollten sie sich nicht schonen.

Das Haus beruhigte sich bis zu jenem Tag, als ein großes, schwarzes Auto vorfuhr. Ein junger Mann, der einen modischen langen Mantel trug, stieg aus und betrat recht selbstbewusst das Anwesen. Ohne sich um den Förster zu kümmern, der verwundert aus dem Haus getreten war und

den Ankömmling befremdet musterte, durchschritt dieser den Garten und besah sich in aller Ruhe das Grundstück. Das Verhalten des jungen Mannes machte den Förster sprachlos. Endlich trat er an den Förster heran, und ohne seine Hände aus den tiefen Manteltaschen zu nehmen und den Tagesgruß zu entbieten, stellte er sich als Nachfahre jenes Mannes vor, der einstmals das Haus erbaut hatte.
Beim Anblick dieser kaum zu überbietenden Arroganz beschlich den Förster ein ungutes Gefühl. Da es aber nicht Sitte war, Gäste oder andere Ankommende einfach so vor der Haustür stehen zu lassen, bat der Förster den jungen Mann ins Haus. Ohne Dank trat dieser ein und begann sofort ungeniert die Räume zu besichtigen. Nachdem er sich genug umgesehen hatte, gab er dem Förster und dessen Frau unmissverständlich zu verstehen, dass er als rechtmäßiger Erbe des einstigen Hausherrn seinen Anspruch auf dieses Haus geltend machen werde. Stumm, und nicht auf die diesmal dargebotene Hand des neuen Besitzers achtend, nickte der Förster nur wie abwesend, bevor der junge Mann mit quietschenden Reifen davonfuhr.
Wie schon einmal, herrschte wieder große Bedrückung im Haus. Schweigend wurden abermals Hausrat und Möbel zusammengepackt und verladen. Es schmerzte den Förster sehr, als er das Haus zum Abschied noch einmal umschritt. Schön war das Leben hier gewesen. Seine Möglichkeiten zum Erhalt des Hauses waren immer sehr begrenzt gewesen, dennoch hatte er alles liebevoll gepflegt und es vor dem Verfall bewahrt, so als wäre es sein Eigentum gewesen. Viele Menschen im Land hatten es ihm gleichgetan und versucht alte Häuser, Kirchen, Parks, Schlösser und Alleen für die Nachwelt zu erhalten. Gedankt hatten es ihnen die alten, machtbesessenen Betonköpfe der Hauptstadt nie.

Als letzte Handlung klappte der Förster die grünen, hölzernen Läden vor die Fenster, verschloss sorgfältig die Haustür - denn es war ja Frieden - und fuhr davon.
Eine fast unheimliche Stille umgab nun das Haus. Der Wind umstrich es und kräuselte das Altlaub über den Hof. Bei einbrechender Dunkelheit verbarg sich das Haus hinter der großen Tannenhecke und war jedes Mal froh, wenn es die Nacht unbeschadet überstanden hatte. Es war diese neue Freiheit, die von einigen jungen Menschen missverstanden wurde und sie alle Hemmungen abwerfen ließ. Nur wenige getrauten sich, ihnen ihren gefährlichen Irrtum auszureden oder sich ihnen gar in den Weg zu stellen. Übel richteten sie den zu, der es dennoch versuchte. Und wieder begannen die Menschen wegzusehen. Das hatte ja nichts mit jener Freiheit zu tun, die man unlängst erst mutig erstritten hatte.
Das Haus lebte in ständiger Angst. Kein Mensch wollte es haben, auch nicht der neue Eigentümer. Warum aber mussten es dann die Menschen verlassen? Unter seinem Dach ließ es sich doch so schön wohnen. Indes rüttelte der Wind weiter an den verschlossenen Fensterläden und im Sommer blieben sogar die Schwalben fort. Es fehlten ihnen die Menschen. Die Anemonen waren längst verblüht und, anders als im Vorjahr, trieben die Bäume recht verspätet ihr erstes Grün. Das Haus hatte sich schon fast an seinen Zustand gewöhnt. Nachts litt es unsägliche Ängste und tagsüber verharrte es schutzsuchend hinter der Tannenhecke und lauschte zur alten Straße, wo es das Brummen der Fahrzeuge verfolgte. So lange ein jedes vorüber fuhr und das Brummen sich am Waldrand verlor, war es gut. Wehe aber es hielt vor dem Haus, so wie an diesem Tag. Zwei junge Männer, die wie mittelalterliche Ritter Helme auf ihren Köpfen trugen, wichen von der Straße ab und stoppten ihre schweren Motorräder direkt

vor der Veranda. Vorsichtig umschlichen sie das Haus, rüttelten an der eichenen Haustür und versuchten sie gewaltsam zu öffnen. Dann aber sahen sie, dass sich die Fensterläden leicht aufklappen ließen. Das schien sie zu befriedigen und sie fuhren anschließend davon. Das Haus beschlich große Angst. Es erinnerte sich der fremden Soldaten mit dem roten Stern an den Helmen. Deren Vorhaben war seinerzeit ersichtlich gewesen. Dass sie ihren Plan dennoch nicht ausführten mag daran gelegen haben, dass sie das Haus schlichtweg schön fanden - und schöne Dinge, ganz gleich wo man sie auf der Welt antrifft, soll man nicht sinnlos zerstören. Doch was führten diese beiden hier im Schilde?
Viele Tage und Nächte danach verbrachte das Haus in ängstlicher Unruhe. Aber es geschah nichts. ›Vielleicht haben meine dicken Mauern sie abgeschreckt, oder dass ich gar so einsam hier an der Straße stehe?‹, dachte es und versank wieder in den Zustand von Angst und Hoffnung. Doch eines Nachts wurde es jäh aus diesem Dasein geweckt. Mit ohrenbetäubendem Lärm fuhren plötzlich Motorräder und einige Autos, besetzt mit jungen Männern, auf dem kleinen Platz vor der Veranda vor. Sie grölten, pfiffen und aus ihren Autoradios dröhnte laute Musik, wussten sie doch, dass niemand sie hier hören würde. Einige von ihnen fuhren mit ihren Motorrädern um das Haus herum und sie achteten dabei weder auf den schmalen Weg noch auf die Hortensiensträucher, die gerade ihr erstes Grün zeigten. Immer schneller jagten sie um das Haus und der nahe Wald gab das Heulen ihrer Maschinen mit dumpfem Echo wider. Schließlich drosselten sie die Motoren und kamen vor der Veranda zum Stehen. Ihre Kumpane hatten inzwischen mit allerlei Werkzeug versucht, die schwere Haustür zu öffnen. Aber so sehr sie sich auch mühten, die Handwerker hatten

seinerzeit gute Arbeit geleistet. Die Tür gab nicht nach. Doch schnell erinnerten sie sich, dass die Fensterläden leicht zu öffnen waren. Laut grölend klappten sie diese zurück. Klirrend zerbrach die erste Fensterscheibe. Die jungen Männer beließen es aber nicht bei einem zerstörten Fenster. Mit langen, keulenartigen Holzschlägern gingen sie um das Haus herum und schlugen sie allesamt ein. Ihre Gesichter verzerrten sich dabei zu hasserfüllten Fratzen. Sie glichen immer mehr einer rasenden Meute. Brüllend wie die Tiere drangen sie durch die eingeschlagenen Fenster ins Innere des Hauses ein. Sie machten sich nicht die Mühe, die Türen zu den Räumen zu öffnen, mit ihren schweren Stiefeln traten sie diese einfach ein. Krachend und splitternd flogen sie auf und blieben wie leblose Geschöpfe an den halb herausgerissenen Scharnieren hängen. Mit gierigen und entstellten Gesichtern, die keine menschlichen Züge mehr aufwiesen, suchten sie die Räume nach Zerstörbarem ab. Im ehemaligen großen Gesellschaftszimmer sahen sie den alten, reichverzierten Kachelofen stehen. Schon lange war er nicht mehr angefacht worden. Moderne Wärmespender hatten ihn abgelöst. Wenn er auch den Menschen nicht mehr dienstbar war, entfernt hatte man ihn dennoch nicht von seinem angestammten Platz. Allein seine Anwesenheit verlieh dem großen Zimmer ein Hauch von gediegener Behaglichkeit.

Sie begannen auf ihn einzuschlagen und mit ihren schweren Stiefeln nach seinen schönen Kacheln zu treten. Er aber stand stumm an seinem Platz und seine glasierten Kacheln schienen nur verächtlich im fahlen Licht zu blinzeln. Irgendeiner der entfesselten Meute hatte plötzlich einen Strick bei der Hand. Laut brüllend schlangen sie ihn um den alten Ofen und überboten sich dabei gegenseitig, wer ihn wohl zum Einsturz bringen würde. Das Haus

erschauerte und blickte verzweifelt zur alten Straße, ob nicht auf ihr von irgendwoher Hilfe nahen würde. Sogar der Mond, dessen kalte und weiße Scheibe vom Himmel leuchtete, schien sich seiner Hilflosigkeit zu schämen. Vom nächtlichen Frühlingswind ließ er sein Gesicht durch eine dunkle und regennasse Wolke verbergen.
Währenddessen gaben die ungebetenen Gäste nicht auf, den alten Gesellen aus seiner Ecke heraus zu reißen. Sie mühten sich aber vergebens. Dann probierten sie es gemeinsam. Stolz und verächtlich blinzelte der Alte noch einmal in die Runde, bevor er krachend zu Boden schlug. Seine wunderschönen Kacheln zerbarsten und Lehmstaub sank langsam im Raum nieder. Sie pfiffen und johlten und meinten stark gewesen zu sein. Einer von ihnen hatte inzwischen begonnen, die kunstvoll gedrechselten Stäbe vom Geländer der in das Obergeschoß führenden Treppe heraus zu schlagen. Schnell schichtete er sie neben den Trümmern des soeben geschleiften Ofens auf, hielt ein Streichholz daran und im Nu begann inmitten des Raumes ein Feuer zu prasseln. Das Haus stöhnte vor Schmerz. Es kannte das Feuer als eine Urgewalt, vor der es kein Entrinnen gab. Es erinnerte sich des alten Gasthofes, wie er langsam und qualvoll hatte sterben müssen.
›Dann lieber durch Feuer‹, dachte es. ›Vielleicht werden meine verbrannten Mauerreste die Menschen endlich wachrütteln, damit sie nie wieder sinnlose Zerstörung zulassen‹, und es schmerzten es die heißen Flammen.
Die jungen Eindringlinge hatten sich um das Feuer gesetzt, öffneten mitgebrachte Flaschen und begannen zu trinken. Die Jüngsten unter ihnen, die kaum dem Knabenalter entwachsen waren, schüttelten sich nach jedem Schluck aus den Flaschen. Sie wollten aber erwachsen sein und taten es den Älteren nach. Die begannen plötzlich zu singen. Trotz seiner Schmerzen horchte das Haus

erstaunt auf. Dieses Lied kannte es und erinnerte sich, dass die Schwarzuniformierten es in diesem Raum schon einmal lautstark gesungen hatten, bevor kurze Zeit danach endlose Flüchtlingstrecks und zurückweichende Soldaten vorbeigezogen waren. Trotz des Feuers erschauderte das Haus. ›Wenn sie die gleichen Lieder singen, dann steht Schlimmes bevor‹, dachte es bekümmert.
Die grölenden Sänger saßen um das Feuer und ihre ausgetrunkenen Flaschen warfen sie einfach in den Raum. Einer von ihnen hatte mit einem wohlgezielten Wurf zur Zimmerdecke die dortigen Rosengirlanden aus Stuckgips zum Bröckeln gebracht. Unter Kreischen und Johlen veranstalteten sie nun ein Zielwerfen nach diesem schönen Zimmerschmuck. Sie gaben nicht eher auf, bis man nicht mehr erkennen konnte, dass hier einstmals ein geschickter Handwerker sein Können bewiesen hatte.
Das Feuer loderte weiter, fraß sich derweil durch die Lärchenholzdielen und hinterließ ein großes schwarzes, verkohltes Loch. Der viele Alkohol tat bei einigen jungen Männern seine Wirkung. Mit verdrehten, glasigen Augen stierten sie in die kleiner werdende Flamme. Ihr Anführer merkte, dass sich mit seinen Kumpanen nicht mehr viel anfangen ließ und forderte sie zum Verlassen der verwüsteten Räume auf. Die Jüngsten, denen das maßlose Trinken überhaupt nicht bekommen war und die sich nur mühsam auf ihren dünnen Beinen, die in viel zu großen Schnürstiefeln steckten, halten konnten, stieß er grob in die Seite. Mit barschen Worten forderte er sie auf, das flackernde Feuer zu löschen. Drei schmächtige Gestalten, die zu dieser Nachtzeit eigentlich schon längst im Bett liegen sollten, begannen, sich gegenseitig haltend, in das Feuer zu urinieren. Eine entwürdigendere Befleckung konnte es für das Haus nicht geben. Sogar die Soldaten, die es vor vielen Jahren als Sieger betreten hatten, hatten

damals wahrlich allen Grund gehabt, sich auch als Sieger zu benehmen. Es wurde von ihnen weder beschmutzt noch zerstört. Zählte diese Horde etwa zu neuen, anderen Siegern?

›Ist das wieder der Beginn einer Zeit der grenzenlosen Gewalt oder des Hasses? Wenn es das ist‹, dachte traurig das Haus, ›dann möchte ich nicht mehr sein.‹

Die jungen Männer torkelten zu ihren Fahrzeugen und stießen dabei unartikulierte Laute in die Nacht. Verständnislos glotzte der Letzte von ihnen auf den Spruch, der immer noch groß und für jedermann sichtbar an der Verandawand zu lesen war. Viele Jahre hatte er dort überdauert, auch in denen, wo er vom Staat nicht geduldet war. Dennoch hatte ihn der Förster dort belassen.

Mit stierem Blick versuchte der letzte ungebetene Gast des Hauses den Inhalt des Spruches zu erfassen. Mühsam formten seine Lippen die Buchstaben zu Wörtern. Dann aber gab er auf. Aus seiner Jackentasche zog er eine Sprühdose und schrieb mit schwarzer Farbe und ungelenker Hand quer über den Spruch ‚Verrecke' und ‚Hass', wobei er die letzten Buchstaben von Hass zu den unheimlichen Schreckenssymbolen und Runen der gefürchteten Schwarzuniformierten formte.

Endlich verschwand die Meute und über der Waldlichtung kehrte Stille ein. Der Wind trieb immer noch dunkle Wolken vor die blasse Mondscheibe. Gespenstisch stand es nun da, das Haus. Sein einstmals so freundliches Weiß glich dem eines Totenschädels und seine herausgeschlagenen Fenster leeren Augenhöhlen.